Oetinger

Nina Weger, 1970 geboren, war nach dem Abitur zunächst eine Saison lang als Seiltänzerin beim Circus Belly beschäftigt, bevor sie eine Journalistenschule besuchte und als Redakteurin und Regieassistentin arbeitete. Heute lebt sie mit ihrem Mann und zwei Kindern als freie Autorin in Hannover und schreibt unter anderem Drehbücher für bekannte Fernsehserien. Nebenbei leitet sie mit einer Freundin ehrenamtlich den »Kinderzirkus Giovanni«, der mit dem »Deutschen Kinderpreis« ausgezeichnet wurde.

Nina Rosa Weger

Ein Krokodil taucht ab
(und ich hinterher)

Verlag Friedrich Oetinger · Hamburg

Klimaneutral
Druckprodukt
ClimatePartner.com/18652-2212-1001

Dieses Buch wurde klimaneutral produziert. Dadurch fördern wir anerkannte Nachhaltigkeitsprojekte auf der ganzen Welt. Erfahre mehr über die Projekte, die wir unterstützen, und begleite uns auf unserem Weg unter www.oetinger.de

FSC
www.fsc.org
MIX
Papier | Fördert gute Waldnutzung
FSC® C014496

3. Auflage

Druck und Bindung: GGP Media GmbH,
Karl-Marx-Straße 24, 07381 Pößneck, Deutschland
Printed 2023
ISBN 978-3-7512-0262-6

www.oetinger.de

Für Maike und Frauke,
mit denen ich heute glücklich
um einen ovalen Tisch sitze.
Und für Simon,
der da immer einen Platz hat.

1. Das Loch im Boden

Große Forscher und Entdecker sagen immer bedeutende Sätze, wenn sie unbekanntes Gebiet erobern. Neil Armstrong zum Beispiel, der als erster Mensch den Mond betrat, funkte, bevor er aus seiner Rakete sprang: »Ein kleiner Schritt für einen Menschen, aber ein riesiger Schritt für die Menschheit.«

Oder Archimedes. Als dem endlich eine wichtige mathematische Formel eingefallen war, rannte er nackt auf den Marktplatz und brüllte: »Heureka!« Was so viel heißt wie: »Ich hab's!«, aber natürlich viel besser klingt.

Und bei mir? Schon in dem Moment, in dem meine erste Expedition startete, war eigentlich klar, dass ich der Nachwelt höchstens einen Satz wie »Schicht im Schacht« oder »Das war's dann wohl« hinterlassen würde. Wenn ich überhaupt dazu kommen würde, irgendetwas zu hinterlassen – denn die Lage sah ziemlich düster aus: Irgendwo in einer einsamen Straße baumelte ich der Länge nach in einem dreckigen Gullyloch und kam weder vor noch zurück. Unter mir klaffte ein tiefer schwarzer Abgrund, und das Einzige, was

mich vor einem Sturz nach unten bewahrte, waren meine Finger, die sich tapfer an die eiserne Kante krallten.
Ich hatte schon wie wild um Hilfe gebrüllt, aber niemand hatte mich gehört. Verzweifelt strampelte ich mit den Beinen. Es musste in diesem Loch irgendeinen Mauervorsprung oder Tritt geben. Ich hatte genau gesehen, wie die Kanalarbeiter ganz lässig in den Gully rein- und wieder rausgeklettert waren. Doch egal wohin ich meine Füße auch streckte – ich tappte ins Leere.
Der reißende Schmerz in meinen Schultern und Armen wurde immer schlimmer. Ich musste an diese Weingummistrippen denken, die es in Waldmeister- und Erdbeergeschmack gibt und die man auseinanderziehen kann, bis sie am Ende doppelt so lang sind.
Dabei hatte ich Blödmann mir die Situation selbst eingebrockt. Ich war weder gestolpert noch gefallen, sondern mit voller Absicht hinter die rot-weiße Absperrung geklettert und in das Loch gestiegen. Trotzdem war diese Harakiri-Aktion nicht freiwillig. Ehrlich, ich hatte keine Wahl. Ich musste in diesen dreckigen, stinkenden Gully steigen, wenn ich das Liebste, was ich hatte, jemals wiedersehen wollte. Denn irgendwo dort unten, in der düsteren Kanalisation, wo alle Leitungen und Rohre zusammenlaufen, wohin das Wasser aus unseren Badewannen, Waschbecken und Toiletten versinkt, irgendwo dort trieb hilflos und allein mein lieber kleiner, 86 Zentimeter langer Mississippi-Alligator Orinoko. Ich konnte ihn nicht im Stich lassen. Schließlich war ich sein bester Freund.
Aber nun hing ich hier, und wenn nicht gleich ein Wunder

geschah, dann würde ich Orinoko gar nicht erst suchen können. Weil ich wahrscheinlich nicht einmal den Einstieg in die Kanalisation überleben würde.
»Hilfe!«, schrie ich noch einmal, so laut ich konnte. »Hiiierher!«
Doch niemand antwortete. Verzweifelt starrte ich in das undurchdringliche Schwarz des Abgrunds. Eigentlich brauchte ich mich ja nicht zu wundern, dass mein Rettungsversuch scheiterte. Schließlich lief schon seit drei Monaten alles schief. Ich fragte mich, wie mein bis dahin wunderbares Leben in nur so kurzer Zeit zu einem einzigen Albtraum werden konnte.

Der Mississippi-Alligator gehört wie die Krokodile, Gaviale und Kaimane zur großen Familie der Krokodilier. Er wird frei lebend nur in den Vereinigten Staaten von Amerika angetroffen. Die Durchschnittslänge der geschlüpften Tiere beträgt 22 Zentimeter. Alligatoren wachsen ihr ganzes Leben und werden bis zu fünf Meter lang. Sie gelten als sehr fürsorglich und bleiben in der Regel jahrelang mit ihrem Nachwuchs zusammen.

2. Das Virus

Ich glaube, mein Unglück begann mit dem Montagmorgen, an dem mein Vater plötzlich drei verschiedene Pullover anprobierte und schließlich doch wieder den ersten anzog. Danach warf er beim Frühstück seinen Kaffee um und nuschelte etwas von einem überraschenden Termin und dass er am Abend noch mal dringend wegmüsse. Das war ungewöhnlich, denn seit dem Tod meiner Mutter – und das ist ungefähr genauso lange her, wie ich mich zurückerinnern kann – war mein Vater immer nur zweimal im Monat ausgegangen: am ersten Montag des Monats zum Reptilienstammtisch und am dritten Sonntag des Monats in die Oper. Und genau da war er am Abend zuvor gewesen.

Dass aber definitiv etwas nicht stimmte, wusste ich, als ich am Nachmittag in den Kühlschrank griff und die Dose mit dem Krokodilfutter öffnete. Sie war leer. Das war noch nie passiert. Unsere Krokodile waren unser Ein und Alles. Nichts taten mein Vater und ich lieber, als uns mit diesen außergewöhnlichen Panzerechsen zu beschäftigen und ihr Verhalten zu erforschen.

Mein Vater, Dr. Konstantin Bach, ist nämlich Reptilienforscher am Zoologischen Institut. Immer wieder nimmt er vorübergehend besondere Krokodilier bei uns zu Hause auf. Damit auch ich alles über diese wunderbaren Tiere lernte, hatte er mir außerdem zu meinem sechsten Geburtstag einen echten, lebendigen Mississippi-Alligator geschenkt. Orinoko war damals gerade frisch aus dem Ei geschlüpft und winzig klein. Ich erinnere mich noch genau, wie ich das erste Mal meine Hand nach ihm ausstreckte und er sie neugierig anstupste. Er hat mich aus seinen silberglänzenden Augen angesehen und das Quakgeräusch gemacht, das für junge Krokodile so typisch ist.

Von diesem Moment an waren wir beide unzertrennlich. Jeden Tag, wenn ich um 15.30 Uhr aus der Schule nach Hause kam, erwartete mich Orinoko schon ungeduldig hinter der Wohnungstür und folgte mir in die Küche. Ich machte mir einen Kakao, und er strich um meine Füße, damit ich ihn kraulte. Am liebsten an der Kehle. Dann gab er leise Grunzgeräusche von sich und zog die Mundwinkel hoch, als würde er lächeln.

Um Punkt 16 Uhr spielten wir einen Erlebnisparcours, der mit seinen Aufgaben in etwa den Anforderungen der Wildnis entsprach und seine natürliche Entwicklung förderte. Alle zwei Tage folgte darauf die Fütterung, und am Abend,

wenn ich noch etwas fernsehen durfte, kletterte Orinoko zu mir aufs Sofa und streckte sich gemütlich auf der Rückenlehne aus.
Unser Tagesablauf war perfekt durchorganisiert, denn nur so konnte ich ernsthafte Forschungen für mein wissenschaftliches Projekt betreiben: Eines Tages wollte ich der Welt nämlich beweisen, dass Krokodile ein gutes Gedächtnis haben und sich mehrere Dinge gleichzeitig merken können.
Die meisten Leute denken ja, Krokodile wären hinterhältige, verfressene Bestien, die nur darauf warten, dass einer sein Bein ins Wasser hält, damit sie es abbeißen können. Was für ein Blödsinn! Fast alle Krokodil-Arten sind scheu. Sie kümmern sich fürsorglich um ihren Nachwuchs, jagen nur das, was sie brauchen, bewegen sich nicht unnötig viel und lieben Gewohnheiten.
Eigentlich sind sie genau so, wie mein Vater bis zu diesem Zeitpunkt immer war. Er hatte auch immer liebevoll für mich gesorgt und sich, wenn irgend möglich, nur auf direktem Weg zwischen unserer Wohnung und dem Zoologischen Institut hin und her bewegt. Nichts hatte er mehr geliebt als unseren Trott.
Bis eben zu jenem Montag, als der Kaffee umflog und ich die leere Futterdose in der Hand hielt. Da begann die Wandlung meines lieben Krokodilvaters zu einem blöden, zahnlosen Molch.
Hätte ich in diesem Moment geahnt, welch furchtbares Chaos Orinoko und mir bevorstand, dann hätte ich sicher ganz anders Alarm geschlagen. Aber so fragte ich nur ver-

wundert: »Gibt es irgendeinen Grund, warum wir kein Futterfleisch im Kühlschrank haben?«
»Die neue Krawatte habe ich mir heute Mittag gekauft«, antwortete mein Vater und schaute mit glänzenden Augen an mir vorbei, als hätte hinter mir nicht der alte Küchenschrank, sondern das Himalajagebirge aufgeragt.
Das reichte. Ich beschloss, den merkwürdigen Zustand meines Vaters ab sofort wissenschaftlich zu untersuchen, so wie er es mir beigebracht hatte und wie wir es bei unseren Krokodilen taten. Also fügte ich meinem Forscherprogramm auf dem Computer die Rubrik *Dr. Konstantin Bach* hinzu und sammelte fortan alle auffälligen Veränderungen. Die Informationen brauchte ich nur in mein iPhone zu tippen, das sie automatisch an den Rechner weitersendete.
Am Ende der Woche stand in meiner Beobachtungsliste:

Gedanklich abwesend
Starrt blöde vor sich hin
Total aufgekratzt
Auffälliger tänzelnder Gang
Verringerte Futteraufnahme
Verweildauer im Badezimmer verdoppelt, mit einhergehender Geruchsveränderung

Ja, mein Vater benutzte plötzlich ein Rasierwasser! Und zwar eins von der Sorte, für das halb nackte Muskelprotze im Werbefernsehen von Klippen springen.
Ich fragte Frau Rüdiger, unsere Nachbarin, ob sie eine Idee habe, was mit ihm los sein könnte.

»Tja«, antwortete sie mit tiefem Bedauern in der Stimme, »deinen Vater hat es wohl voll erwischt. Leider …«
Da war ich mir ganz sicher: Es musste sich um eine gefährliche Krankheit handeln. Doch weder der Tierarzt im Institut konnte sich einen Reim auf die eigenartigen Symptome machen, noch fand ich im Internet eine Diagnose, die halbwegs zu den absonderlichen Anzeichen passte.
Zwei Wochen lang tappte ich völlig im Dunkeln – bis mir der Krankheitserreger an einem Samstagvormittag von ganz allein über den Weg lief. Mein Vater und ich wollten gerade neue UV-Birnen für die Reptilienlampen in unserem Terrarienzimmer kaufen, da stand er plötzlich vor uns. Der Bazillus war nicht zu übersehen: Auch ohne Stöckelschuhe war er über einen Meter siebzig groß und hatte feuerrote lange Locken. Sie hieß Katharina, sang in der Oper und war für ein Gastspiel in der Stadt. Ab dem Moment, als mein Vater sie sah, schien er mich nicht mehr zu bemerken. Er schaute einfach über mich hinweg und parkte mich eine Etage tiefer. Auge in Auge mit der schrecklichen Elektra.
So ein Bazillus kommt nämlich selten allein, und dieser hier hatte eine Tochter. Sie war etwa so groß wie ich und wahrscheinlich auch zehn Jahre alt. Wie ihre Mutter besaß sie lange rote Locken. Die warf sie nun mit großer Geste nach hinten, und dann scannte sie mich mit ihren blauen Augen von oben bis unten ab. Ich kam mir vor wie in einem Röntgengerät.
»Du hast noch das alte. Ich habe schon das neue«, sagte sie schließlich und deutete mit dem Kinn auf mein iPhone. Ich hatte ganz vergessen, dass ich es noch in der Hand hielt.

»Es funktioniert gut«, verteidigte ich mich.
Sie zog nur eine Augenbraue hoch, wandte sich an ihre Mutter und verkündete: »Ich habe Hunger.«
Das war mein Stichwort. »Ich auch«, sagte ich schnell zu meinem Vater und zog ihn am Ärmel. »Wollen wir?«
»Aber das trifft sich doch ausgezeichnet«, flötete Katharina. »Gehen wir doch zusammen etwas essen. Gleich hier um die Ecke ist unser neuer Lieblingsjapaner.«
Ich schüttelte den Kopf und sagte höflich, aber bestimmt: »Daraus wird leider nichts. Wir haben zu Hause nämlich schon leckere Frikadellen vorberei…«
Weiter kam ich nicht, denn mein Vater unterbrach mich begeistert: »Tolle Idee, Katharina!«
Und so fand ich mich fünf Minuten später in einem ungemütlichen japanischen Restaurant wieder und würgte rohen Fisch hinunter, anstatt unsere wunderbaren selbst gemachten Frikadellen zu genießen. Die beiden rot gelockten Monster verdrückten Unmengen von Thunfisch. Wahrscheinlich hatte sich bis zu ihnen noch nicht herumgesprochen, dass bei dessen Fang jährlich Tausende unschuldige Delfine elendig in den Schleppnetzen verendeten.
Aber was war mit meinem Vater los? Hatte er das plötzlich vergessen, oder warum sagte er nichts?
Anschließend wollte Elektra unbedingt noch ins Kino gehen. Als ich mich weigerte, weil Orinoko pünktlich sein Fressen brauchte, rollte sie mit den Augen und sagte: »Es ist doch vollkommen egal, ob der 'ne Stunde früher oder später frisst. Oder trägt dein Krokodil vielleicht 'ne Armbanduhr?«

Jetzt reichte es! Ich holte tief Luft und wollte ihr gerade gehörig die Meinung sagen, da legte mein Vater seine Hand auf meinen Arm und säuselte: »Aber, Paul, das war doch nur ein Scherz.«
Das verschlug mir endgültig die Sprache. Mein Vater, der sonst keine Gelegenheit ausließ, das präzise Zeitgefühl der Krokodile zu verteidigen, fand das komisch?!
»Vielleicht verschieben wir das Kino besser auf ein andermal«, sagte Katharina.
Mein Vater nickte zum Glück. Aber den Rest des Tages hatte er ausgesprochen schlechte Laune.
Von diesem Nachmittag an wurde alles anders in unserem Leben: Statt an den Wochenenden aufs Land zu fahren und Regenwürmer und Insekten für unsere Echsen zu fangen, latschten mein Vater und ich stundelang hinter den rothaarigen Ziegen durch die überfüllte Innenstadt und guckten Schaufenster an. Wenn Katharina und Elektra uns besuchen kamen, musste Orinoko ins Terrarienzimmer gesperrt werden, weil sonst Elektras kläffendes Schoßhündchen Princess vollkommen ausflippte. Und dann schlugen sie auch noch vor, die Fußbodenheizung runterzudrehen, obwohl das Orinokos Tod bedeutet hätte!
Vier Jahre lang hatte ich das Leben und Verhalten meines kleinen Alligators genauestens protokolliert und mit Fotos belegt. Vier Jahre lang hatte ich jeden Tag um 16 Uhr den Erlebnisparcours mit ihm gespielt. »Der Beginn einer glanzvollen wissenschaftlichen Karriere«, hatte mein Vater mich immer gelobt. Aber nun schien ihn das alles nicht mehr zu interessieren. Egal was die Zicken wollten – ob einen be-

stimmten Kuchen in einem besonderen Café oder eine Ruderpartie um 15.45 Uhr – mein Vater nickte begeistert.
Natürlich zeigte das Chaos bald Folgen: Orinoko begann seine Nahrung zu verweigern. Plötzlich legte er sich nachmittags auf die Sofalehne zum Dösen. Alles kam durcheinander. Ich war mir eigentlich sicher, dass es nicht furchtbarer werden konnte – aber wie Frau Rüdiger sagt: »Schlimmer geht immer.«
Und so war es. Ich zählte schon die Tage, bis Katharinas Gastspiel an der Oper endlich vorüber war und sie und ihre schreckliche Tochter wieder nach Hause abziehen würden, da setzte sich mein Vater eines Abends zu mir auf die Bettkante, strich mir über den Kopf und verkündete in feierlichem Tonfall: »Katharina hat ein festes Engagement am Opernhaus angenommen. Sie bleibt in der Stadt, und darum werden sie und Elektra jetzt zu uns ziehen. Ist das nicht toll? Wir werden endlich wieder eine richtige Familie!«
Das haute mich um. Was dachte er denn, was wir vorher waren?
Mein Vater schien meinen Schock nicht zu bemerken, denn er sah mich nur breit grinsend an und fragte: »Wie findest du das?«
In meinem Kopf schwirrte alles, aber dann fielen mir wieder die Worte von Frau Rüdiger ein: »Deinen Vater hat es wohl voll erwischt.« Ja, eine andere Erklärung gab es nicht. Mein Vater konnte im Moment einfach nicht klar denken. Und so verwirrt, wie er war, hatte er sich bestimmt bei der Anzahl unserer Zimmer verzählt und gar nicht gemerkt, dass das nicht ging.

Also antwortete ich in einem sehr verständnisvollen Tonfall, wie man eben mit einem Kranken spricht: »Das ist eine schöne Idee, Papa. Aber wir haben leider nicht genügend Platz. Wo sollen die denn schlafen?«

»Ach«, sagte er und winkte selig ab, »alles schon geklärt. Katharina schläft bei mir, und für Elektra räumen wir das Terrarienzimmer.«

Er hätte auch sagen können: Weihnachten wird abgeschafft. Oder: Morgen geht die Welt unter.

Das Terrarienzimmer war unser ganzer Stolz! Wir hatten es gemeinsam eingerichtet. In stundenlanger Arbeit hatten wir Hügel aus Lehm geformt und ein Wasserbecken angelegt. Sogar die Reptilienzeitung hatte über unser wunderschönes Krokodilgehege berichtet!

Was hatten diese Hexen mit meinem Vater gemacht?! Gehirnwäsche?

»Das ... das geht auf gar keinen Fall!«, krächzte ich, als ich die Sprache wiedergefunden hatte. »Wohin soll dann Orinoko? Und die anderen Krokodile?«

»Keine Sorge«, beschwichtigte mich mein Vater und tätschelte mir den Kopf. »Es ist alles organisiert. Meine Echsen, die sowieso nur zur Pflege hier sind, können ins Institut umziehen, und Orinoko bekommt ein hübsches kleines Terrarium in deinem Zimmer.«

»Nein!«, schrie ich. »Er ist sowieso schon ganz durcheinander. Dieses Chaos bringt ihn noch um!«

»Ach, Paul«, sagte mein Vater, und diesmal klang es, als würde *er* mit einem Kranken sprechen, »warum haben Krokodile 200 Millionen Jahre lang alles überlebt?«

Ich presste stur die Lippen zusammen, aber er gab die Antwort selbst: »Weil sie immer einen Weg gesucht haben, mit Veränderungen klarzukommen.«
Dann strich er mir noch einmal über den Kopf und verließ das Zimmer.

Eine Woche später räumte er das Terrarienzimmer aus und strich die Wände pinkfarben. Auf besonderen Wunsch von Elektra. Während er fröhlich pfeifend den Pinsel schwang, war mir zum Heulen zumute.
»Wir wollten hier außergewöhnliche Echsen studieren – nicht außergewöhnliche Hexen!«, sagte ich wütend.
»Ach, Paul!«, seufzte mein Vater. »Jetzt hör doch mal auf, ständig zu meckern.«
Als wäre *ich* der Störenfried! Dabei waren es doch diese beiden Zicken, die plötzlich alles anders haben wollten.
Es dauerte nicht lange, da hatten sie sich in jedem Winkel unserer Wohnung breitgemacht. Als Erstes sorgten sie dafür, dass mein Minigewächshaus mit den tropischen Pflanzen vom Küchenfensterbrett verschwand, damit eine Mikrowelle aufgebaut werden konnte. Anschließend wurde im Wohnzimmer die Weltkarte mit den eingezeichneten Krokodilbeständen abgehängt, um Platz für ein riesiges Gemälde voller Farbkleckse zu schaffen. Angeblich hatte es der Künstler Katharina persönlich gewidmet. Die Vorhänge im Schlafzimmer meines Vaters wurden ausgewechselt, damit es zu jeder Zeit stockdunkel war, und die Bettdecken mit giftgrüner Seidenbettwäsche bezogen. Keine Ahnung, wofür das gut sein sollte.

Als die beiden Ziegen jede Ecke ihres neuen Reviers markiert hatten, klingelten sie auch noch bei Frau Rüdiger und stellten Elektra als meine neue Stiefschwester vor! Orinoko und ich wurden natürlich nicht gefragt, wie wir das alles fanden. Wir wurden ins Badezimmer verbannt, das vor lauter Schminksachen fast überquoll, und sollten den Erlebnisparcours fortan in der Wanne durchspielen.

Früher hatten mein Vater und ich danach immer die Ergebnisse durchgesprochen und mit internationalen Studien verglichen. Jetzt unterhielt er sich lieber mit Katharina. Sobald sie den Raum betrat, existierte ich nicht mehr. Es ging sogar so weit, dass er mich nicht einmal vermisste, als ich in einem Restaurant über eine halbe Stunde im Klo gefangen war! Das blöde Schloss hatte blockiert, und ich musste warten, bis mich ein wildfremder Mann befreite.

Als ich endlich wieder zurück an den Tisch kam, guckte er mich nur aus großen Augen an und behauptete: »Ich habe gar nicht mitbekommen, dass du aufgestanden bist.«

Den ganzen Heimweg lang hatte Elektra sich totgelacht, während ich mich wie eins der alten karierten Hemden meines Vaters gefühlt hatte. »Was für ein Albtraum«, hatte Katharina bei deren Anblick gerufen und sie in einen blauen Müllsack gestopft. Mein Vater konnte sich gerade noch dazu durchringen, seine früheren Lieblingsstücke hinten im Schrank zu verstauen, wo sie »nicht störten«.

Aber dann tat er etwas, was ich nie von ihm gedacht hätte. Etwas, was er nie zuvor getan hatte: Er ließ mich allein. Er meldete sich einfach bei einem zehntägigen Krokodilkongress in Florida an. Ohne mich. Bisher hatte er mich auf all

seine Reisen mitgenommen. »Wenn irgendetwas passiert«, hatte er immer gesagt, »dann sind wir beide wenigstens zusammen.«
Konnte plötzlich nichts mehr passieren? Oder glaubte er tatsächlich, ich wäre dann nicht mehr einsam – nur weil Katharina und Elektra unsere Wohnung besetzt hatten?
Ich flehte ihn an, mich mitzunehmen. Ich versprach sogar, nicht mehr zu meckern und ohne Gequengel japanisch essen zu gehen. Aber ich hatte keine Chance. An einem Mittwochmorgen packte er seine Koffer, zog seinen Reisepass aus der Schublade, und wir brachten ihn zum Flughafen.
Bevor er durch die Sicherheitskontrolle ging, umarmte er Katharina und Elektra mindestens genauso lang wie mich, und dann begab er sich fröhlich auf seine Reise. Fast 8000 Kilometer weit weg. Auf einen anderen Kontinent. Mit unendlich viel Wasser dazwischen, einem ganzen Ozean.
Nur deshalb trieb Orinoko jetzt hilflos durch die Kanalisation. Nur deshalb konnte Elektra ihren gemeinen Anschlag eiskalt planen und durchziehen. Ja, sie hatte noch die Nachricht abgewartet, dass mein Vater nach zehnstündigem Flug gut in Amerika gelandet war, dann hatte sie ihren Angriff gestartet.
Um 16.45 Uhr – Orinoko lag gemütlich im seichten Wasser der Badewanne, und ich tippte gerade *30 Gramm Rindfleisch* unter der Rubrik *Nahrungsaufnahme* in mein iPhone – tanzte sie mit ihren lila Kopfhörern ins Badezimmer.
»Hau ab, und mach die Tür von außen zu!«, fuhr ich sie genervt an.
Aber das hörte sie natürlich nicht, weil sie ihre Musik oh-

renbetäubend laut gestellt hatte. Und darum konnte ihr blöder Köter Princess hinter ihr durch den Türspalt ins Badezimmer schlüpfen. Sofort begann er wie verrückt zu bellen. Katharina, die im Wohnzimmer ihre nervtötenden Gesangsübungen veranstaltete, schrie: »Ruhe! Ruhe!« Und weil Elektra nicht reagierte (weil sie ja nichts hörte!), gab ich ihr einen Schubs – woraufhin Princess total ausflippte und auf den Wannenrand sprang. Das wiederum führte dazu, dass Orinoko einen Riesenschreck bekam und aus dem Wasser flüchtete. In seiner Panik kletterte er über den Wannenrand, rutschte von der glatten Kante ab und fiel kopfüber ins Klobecken direkt daneben.

Genau darauf hatte Elektra spekuliert. Sie gab mir einen Stoß, ich fiel mit voller Wucht rückwärts und landete direkt auf dem Spülknopf. Es rauschte, dann machte es ein Schlurfgeräusch, und bevor ich mich aufrappeln und Orinoko zu Hilfe springen konnte, war er weg. Fortgespült durch das dicke Abflussrohr, das nach einem Knick zwischen den Fliesen im Boden versinkt.

Ich sprang auf und raste ins Treppenhaus. Dort hatte ich das Wasser schon oft durch die Leitungen strömen gehört. Es floss von da in den Fahrradkeller, wo sich mehrere Rohre zu einem größeren vereinten, das dann in der Wand verschwand. Genau an diese Stelle hielt ich mein Ohr, klopfte, rief … doch außer Plätschern und Blubbern hörte ich nichts.

Ich wusste, dass sich die Abwasserleitung von unserem Haus aus unter dem Gehweg entlang bis zu einem unterirdischen Kanal windet, in den die Abwässer aller Häuser der

Straße laufen. Das hatte mir Frau Rüdiger mal erklärt, als im Winter, bei Frost, ein Rohr geplatzt war. Und da alle unterirdischen Kanäle irgendwie miteinander verbunden waren, mussten logischerweise alle Gullyeinstiege irgendwie zu Orinoko führen. Darum war ich losgerannt, um irgendwo einen offenen Einstieg ohne zentnerschweren Gullydeckel zu finden.

Ich weiß nicht mehr genau, wie lang ich durch die Gegend gelaufen bin, bis ich endlich einen orangefarbenen Transporter der Kanalinspektion neben einem geöffneten, rot-weiß umzäunten Gullyloch fand. Hinter einem Baum versteckt wartete ich, bis die Arbeiter in ihren Gummianzügen aus dem Loch kletterten und für eine Pause in ihrem VW-Bus verschwanden. Ich notierte mir noch schnell die Notfallnummer, die auf der Beifahrertür stand, und dann startete ich meine Rettungsexpedition.

Der Plan war denkbar einfach: Da mich die Arbeiter sicher nicht freiwillig mit runternehmen würden, wollte ich im Alleingang abtauchen und Orinoko auf eigene Faust suchen. Entweder ich fand ihn, bevor die Arbeiter Feierabend machten, und kletterte gemeinsam mit ihnen wieder an die Oberfläche – und wenn nicht, wollte ich weitersuchen und nach vollendeter Rettungsaktion einfach die Notfallnummer wählen.

Aber nun hing ich hier. Genauso hilflos und allein wie Orinoko, der in irgendeiner stinkenden Kanalröhre schwamm.

Mississippi-Alligatoren sind feinfühlige Wesen. Neben ihrem phantastischen Geruchssinn besitzen sie ein spezielles Sinnesorgan, mit dem sie kleinste Bewegungen erspüren können: die sogenannten Dom-Druckrezeptoren. Diese kleinen Noppen an der Schnauze registrieren sogar den Aufprall eines einzigen Wassertropfens auf einem riesigen See.

3. Gefangen

Lange würde ich mich nicht mehr halten können, so viel war klar. Die Schmerzen in meinen Armen waren jetzt schier unerträglich. Ich musste hier raus. Noch einmal streckte ich mein Bein so weit ich konnte nach rechts, um den rettenden Mauervorsprung zu finden – da passierte es: Mein linker kleiner Finger rutschte über die Kante. »Hilfe!«, schrie ich, so laut ich konnte. »Hiiiilfe!« Da glitt auch noch mein Ringfinger ab.

Auf der Stelle hielt ich den Mund und atmete ganz flach. Jetzt hielten mich nur noch acht Finger. Nicht bewegen, dachte ich. Doch zu spät, denn nun rutschte ein Finger nach dem anderen über den eisernen glatten Gullyrand. Ich starrte noch einmal in den schwarzen Abgrund – dann fiel ich.

Mein Sturz in das düstere Loch dauerte genau zwanzig Zen-

timeter, dann knallten meine Füße gegen einen Widerstand und in meinem Rücken gab es einen heftigen Ruck, so wie bei einer Fahrt mit dem alten Fahrstuhl im Nachbarhaus, wenn man unten im Erdgeschoss ankommt. Irgendetwas hatte mich unsanft gestoppt.
Panisch krallte ich meine Hände in die verwitterten Backsteine und presste mich gegen die Wand. Jetzt bloß festhalten. Als ich wieder einigermaßen sicher stand, tastete ich mit meinen Füßen ab, worauf ich gelandet war. Es war ein Steigeisen. Und zwar genau so eins, wie ich es die ganze Zeit gesucht hatte. Die Eisenbügel begannen einfach nur tiefer. Logisch! Wann stiegen hier auch Leute rein, die unter 1,50 Meter groß waren?!
Ich ließ meine Wange erschöpft gegen die schmutzige Wand fallen. Erst jetzt spürte ich das heftige Zittern meiner Hände. Wie das lose Schutzblech an meinem Fahrrad, wenn ich über Kopfsteinpflaster fuhr. Ich atmete kurz durch und blinzelte in den wolkenlosen Himmel über mir. Dann sah ich wieder in den düsteren Abgrund.
Schon auf der Höhe meiner Füße war es so finster, dass ich kaum mehr die Umrisse meiner Turnschuhe erkennen konnte. Ich griff an meinen Hals, wo die Grubenlampe hing, die ich oben bei den Sachen der Kanalarbeiter gefunden hatte. Als ich den Schalter drückte, schoss ein greller Lichtstrahl in die Tiefe. Ich glaubte, ganz unten einen grauen Steinboden zu erkennen. Wie weit es wohl da runterging? Fünf Meter? Sechs?
Vorsichtig kletterte ich Bügel für Bügel das Steigeisen hinab, bis mein rechter Fuß ins Leere trat. Ich leuchtete noch ein-

mal zum Grund. Jetzt konnte ich die Entfernung zum Boden gut abschätzen. Es waren ungefähr 1,80 Meter. So hoch war auch die Mauer auf unserem Hinterhof, und von der war ich schon ein paarmal runtergesprungen. Also lehnte ich mich mutig zurück und ließ los.

Ich landete in der Hocke, verlor das Gleichgewicht und plumpste auf den Hintern. Dabei fiel mir die Grubenlampe aus der Hand. Mit einem scheppernden Geräusch krachte sie auf den Steinboden, und ihr kalter weißer Strahl leuchtete in einen langen Gang. So weit ich sehen konnte, waren da nur verwitterte graue Wände.

Etwas beklommen rappelte ich mich auf. Die Decke des Gangs war so niedrig, dass ich gerade mal aufrecht stehen konnte, und wenn ich meine Arme nach rechts und links ausfuhr, berührten die Ellenbogen mühelos die kahlen Mauern.

Ich band mir die Gummigurte der Grubenlampe um den Kopf, so, wie ich es bei den Kanalarbeitern gesehen hatte, und machte vorsichtig ein paar Schritte in den Tunnel hinein. Ein bisschen gruselig war das schon. Es fühlte sich so an wie in der Geisterbahn auf dem Jahrmarkt, wo man jeden Moment damit rechnen muss, von irgendeinem verkleideten Monster angesprungen zu werden. Nur dass ich da bislang immer direkt hinter meinem Vater gelaufen war und einfach die Augen schließen konnte, wenn ich die Anspannung nicht mehr aushielt.

Ich ballte die Hände fest zu Fäusten und hoffte, dass ich Orinoko ganz schnell wiederfand. Dann würden wir … Ich stockte. Ja, was würden wir dann? Nach Hause gehen? Aber wer wusste, was die schreckliche Elektra als Nächstes mit meinem kleinen Krokodil anstellen würde? Nein. Orinoko in Elektras Nähe, das war unmöglich. Und im anderen Fall, also wenn ... ich mochte gar nicht daran denken, aber ... wenn meinem kleinen Alligator tatsächlich etwas zugestoßen war ... dann konnte ich erst recht nicht wieder nach Hause. Wie sollte ich mich jemals wieder auf unser Klo setzen, ohne an Orinoko zu denken?!

In derselben Sekunde, in der mir das durch den Kopf schoss, hörte ich plötzlich Stimmen. Sie kamen von oben, aus dem Schacht. Die Kanalarbeiter! Eigentlich war ich ganz froh, dass sie schon jetzt runterkamen. Vielleicht konnte ich die Männer ja doch dazu überreden, mir bei der Suche nach Orinoko zu helfen? Sie kannten sich schließlich hier unten aus und wussten bestimmt, wohin mein Alligator von unserem Klo aus gespült worden war. Außerdem würde ich mich in ihrer Gesellschaft eindeutig sicherer fühlen.

Ich tappte noch zwei Meter von dem Einstiegsloch weg, damit sie mich nicht gleich wieder hochjagten, bevor ich alles erklärt hatte, dann hockte ich mich an die Wand, löschte das Licht und wartete. Aus dem Schacht drangen merkwürdige Geräusche. Erst knirschte es, dann klang es, als würde Metall auf Metall prallen, und plötzlich wurde es dunkel. Dumpfe Schläge erfüllten den Schacht. Was war da los?

Ich tastete mich zurück bis unter das Einstiegsloch und starrte nach oben. Doch sosehr ich meine Augen auch anstrengte – ich sah nichts. Nur Schwarz.

Die Erkenntnis traf mich wie ein Faustschlag. Hier würde überhaupt keiner mehr nach unten kommen. Denn über dem tiefen Einstiegsloch lag jetzt wieder der zentnerschwere Kanaldeckel. Ich stolperte rückwärts und schnappte nach Luft. Doch als ich endlich den Mund aufriss, um laut zu schreien, heulte oben, weit über mir, der Motor des orangefarbenen Transporters auf.

»Cool bleiben, nur nicht den Kopf verlieren«, versuchte ich mich mit zitternder Stimme zu beruhigen. »Du hast die Notfallnummer. Jetzt einfach ganz ruhig die Notfallnummer wählen. Das wolltest du doch sowieso.«

Mit flatternden Händen zog ich mein iPhone aus der Tasche – und bekam endgültig einen Atemstillstand. Denn hier unten, in der dunklen, düsteren Kanalisation, gab es keinen Empfang. Ich hielt das iPhone über den Kopf, stellte mich auf die Zehenspitzen und drehte mich – doch nicht der geringste Ausschlag. Absolut tote Hose.

Panisch sprang ich hoch und versuchte, eins der Steigeisen zu erreichen, um irgendwie nach oben zu kommen. Vergeblich. Ich brüllte und schrie, bis ich heiser wurde und völlig erschöpft gegen die staubige Wand fiel.

Ich war verloren. Sechs Meter unter der Erde, in der düsteren Kanalisation. Wie sollte mich hier jemals irgendwer finden? Verzweifelt rutschte ich mit dem Rücken an der Mauer hinunter und ließ mich auf den kalten Boden plumpsen. Ich hätte es wissen müssen. In meinem Leben lief halt gerade alles schief. Wenn man sich derart auf dem absteigenden Ast befand, stieg man einfach nicht in einen offen stehenden Gully. Damit forderte man sein Schicksal heraus – und das war einfach dämlich!

Entmutigt schlang ich die Arme um meine Beine und legte

den Kopf auf die Knie. Ich fühlte mich elend und hilflos. Wie sollte es da erst Orinoko gehen? Der Arme wusste ja nicht mal, wo er sich befand und was ihm da genau passiert war.

Das war alles ihre Schuld. Sie allein waren dafür verantwortlich: die schreckliche Elektra und ihre furchtbare Mutter. Sie waren in unser Leben geplatzt! Sie hatten sich in unserer Wohnung breitgemacht und alles zerstört! Nur ihretwegen saß ich jetzt hier, einsam und verlassen! Nur ihretwegen trieb Orinoko durch das schmutzige Kanalwasser und wartete verzweifelt auf seine Rettung!

Da begann es in meinem Bauch zu brodeln. Erst nur wenig, aber dann wurde es stärker, und schließlich explodierte es. Eine riesige Wut schoss in mir hinauf, so als hätte man eine Sprudelflasche geschüttelt und dann ganz schnell den Deckel aufgedreht. Ich sprang auf die Füße und brüllte: »Wenn ihr glaubt, dass ich hier unten aufgebe, dann habt ihr euch getäuscht! Ich werde Orinoko finden! Und einen offen stehenden Gully! Und zwar in genau dieser Reihenfolge! Jawohl!«

Dann holte ich tief Luft, richtete die Grubenlampe an meiner Stirn aus, drehte mich in den dunklen Gang und machte mich auf den Weg.

Leider war mein Mut in dem engen Tunnel ziemlich schnell wieder verflogen. Bei jedem Schritt, der dumpf von den Wänden widerhallte, zuckte ich zusammen. Aber diesmal nicht, weil ich mich allein fühlte, sondern weil ich fürchtete, dass ich es eben gar nicht war. Selbstverständlich war mir

als logisch denkendem Jungen klar, dass es hier unten keine Monster oder menschenfressenden Wesen gab. Andererseits hatte ich vor Kurzem erst in einer wissenschaftlichen Zeitung gelesen, dass man in Birma eine neue Echsenart und einen stülpnasigen Affen entdeckt hatte. Und wenn man die bisher übersehen hatte, obwohl sie fröhlich an der Oberfläche rumliefen – wie leicht konnte sich dann erst hier unten irgendeine unbekannte Kreatur ausbreiten?
Ich blieb ruckartig stehen und lauschte. Doch außer dem Klappern meiner aufeinanderschlagenden Zähne war es still.
Um gar nicht erst wieder in Versuchung zu geraten, anzuhalten, beschloss ich, laut jeden Schritt mitzuzählen: »Eins, zwei, eins, zwei, eins …«
Das funktionierte. Nach zehn Metern hatte ich wieder ein normales Schritttempo, und mein Herz pochte nur noch so schnell wie die Wasserpumpe in unserem alten Krokodilbecken. Eins, zwei, eins, zwei … Nur nicht nachdenken. Wenn man erst einmal ins Grübeln kam, wurden die Dinge meist kompliziert. Dann fiel einem ein, was alles passieren könnte und wie viel klüger es gewesen wäre, das Ganze doch lieber sein zu lassen. Und da ich sowieso keine Wahl mehr hatte, konnte ich mir diese Gedanken gleich sparen. »Eins, zwei …«
Ich ließ den Strahl der Grubenlampe rechts und links über die Wände des Schachts gleiten und wunderte mich, wie sauber es hier unten war. Das hatte ich sechs Meter unter der Erde nicht erwartet. Wenn ich da an die Ecken in unserem Keller dachte, der nur zwei Meter tief lag … Ich fragte

mich, ob die Kanalarbeiter gerade geputzt hatten oder ob alle Tunnel einen so hübsch gefegten Steinboden besaßen. Bei diesem Gedanken überfiel mich der nächste Schauder: Wie sollte ich mich hier unten zurechtfinden, wenn tatsächlich ein Tunnel wie der andere aussah?! Sicher gab es keine Hinweisschilder unter der Erde … Nur nicht nachdenken! Eins, zwei, eins, zwei …

Nun begann sich der Tunnel auch noch leicht zu krümmen. Ich reckte den Hals, um den Lichtstrahl so weit wie möglich nach vorn zu richten, doch schon nach zwanzig Metern war Schluss. Dort ging der Tunnel in eine scharfe Kurve, und was dahinterlag, wusste nicht einmal der Himmel. Automatisch wurden meine Schritte kürzer. »Eins, zwei, eins, zwei«, zählte ich tapfer weiter.

Die Biegung kam immer näher. Jede Sekunde konnte irgendetwas dahinter hervorspringen. Ich zog meinen Kopf so weit ein, dass meine Schultern fast die Ohren berührten. Wahrscheinlich sah ich jetzt aus wie die hundertjährige Schildkröte Ida im Zoologischen Institut. Nur dass ich hier unten ganz sicher nicht so alt werden würde. Jetzt begann auch noch der Lichtstrahl zu flackern, weil ich so sehr zitterte. Mit ausgestreckten Händen und im Zeitlupentempo schlich ich um die Kurve – und stand vor einer alten, verrosteten Eisentür.

Erleichtert sackte ich zusammen und fasste mir an den Kopf. So viel Angst wegen einer blöden Tür! Ich ließ den Strahl der Grubenlampe über das verwitterte Eisen wandern. Die Tür sah so aus, als wäre sie in den letzten Jahren nur wenige Male benutzt worden, und wenn man den gelben dreiecki-

gen Warnschildern glaubte, die in Augenhöhe angebracht waren, sollte man sie besser nicht öffnen. Aber hinter der Tür hörte ich Wasser plätschern. Hier mussten die Abwasserkanäle der Stadt sein, und genau da wollte ich hin.
Also nahm ich meinen ganzen Mut zusammen, legte die Hand auf die Klinke und drückte sie hinunter. Mit einem schrillen Quietschen gab das Eisen nach. Die Tür sprang einen Spalt auf, und ich taumelte zurück. Ein schleimiger, ätzender Gestank schlug mir entgegen. Angeekelt riss ich die Arme vors Gesicht und verbarg meine Nase in meinem Sweatshirt. Ich brauchte eine Maske, sofort! Sonst würde ich mich auf der Stelle übergeben.
Mit der freien Hand löste ich mein Halstuch, legte das Dreieck über Mund und Nase und knotete die Enden am Hinterkopf zusammen. Nun sah ich zwar aus wie Zorro, aber dafür war der Mief erträglich. Besorgt dachte ich an Orinoko: Wie sollte er das mit seiner feinen Nase nur aushalten? Er musste schnellstens hier raus. Ich nahm einen letzten tiefen Atemzug in der sauberen Luft des Schachts, dann stieß ich die Tür weit auf und trat mit einem großen Schritt in das wirre, düstere Netz der Kanalisation.

Krokodilier verfügen über einen perfekten Orientierungssinn. Selbst über weite Strecken finden sie sicher nach Hause. Ihr genaues Vorgehen ist der Wissenschaft bisher ein Rätsel. Vermutlich nutzen sie: 1. die Position zur Sonne, 2. das magnetische Feld, 3. die Augen, 4. ihren Geruchssinn. Der Orientierungssinn des Menschen ist im Vergleich bedauerlicherweise eher schlecht ausgeprägt.

4. Im Labyrinth der Kanäle

Vor mir erstreckte sich ein breites Wasserbecken. Darin stand bis zum Rand eine fettige, Blasen schlagende Brühe. Schnell ließ ich den Lichtstrahl nach oben streifen. Doch was ich dort sah, war auch nicht besser: Hässliche schwarze Höcker stachen wie Eiterbeulen aus der fleckigen Decke und sonderten einen rostig orangefarbenen Schleim ab, der unaufhörlich nach unten tropfte. Ich zog mir sicherheitshalber meine Kapuze über den Kopf. Jetzt begann ich mir richtig Sorgen zu machen: Wenn in allen Kanälen dieses stinkige Gemisch aus Seife, Kacke und Chemie floss, dann würde Orinoko hier unten nicht lange überleben. Er brauchte nicht mal etwas zu schlucken – dieses Gebräu würde seinen Panzer angreifen und ihn allmählich von außen vergiften.

Suchend drehte ich meinen Kopf hin und her. Der Strahl der Grubenlampe huschte durch den Raum, und ich entdeckte auf der linken Seite einen Kanalzufluss, der immer neues dreckiges Wasser in das Becken spülte. Auf der gegenüberliegenden Seite floss klareres Wasser in einen anderen Tunnel wieder ab. Vermutlich wurde in diesem Gewölbe der Müll abgefangen und das Wasser gesiebt. Ich ließ den Lichtstrahl über die giftige Plörre gleiten und rief zaghaft: »Orinoko?« Vielleicht hatte er sich irgendwo auf eine der Inseln aus Dreck und Geröll gerettet.

Natürlich war es unwahrscheinlich, dass er ausgerechnet hierhergespült worden war, aber manchmal gab es ja so sonderbare Zufälle, kleine Wunder ... Und warum sollten wir beide nach dem ganzen Schlamassel nicht auch mal ein bisschen Glück haben?

»Orinoko?«

Ich ließ meinen Blick angestrengt durch das Gewölbe schweifen und lauschte. Doch weder hörte ich sein Quaken, noch konnte ich irgendwo einen Krokodilschwanz entdecken.

Er war nicht hier. Und das bedeutete, dass ich in einen der beiden düsteren Tunnel steigen musste. Wahrscheinlich war es besser, wenn ich gegen den Strom des Kanals ging. So würde Orinoko vielleicht auf mich zugespült werden, und wir könnten uns auf halber Strecke begegnen.

Ich wandte mich nach links, zog angewidert den Kopf ein, kniff meine Augen zusammen und tappte die kleine Metallstiege zum Beckenrand hinunter. Von dort aus schob ich mich an der schmierigen Wand entlang, bis ich direkt vor dem Eingang der Zulaufröhre stand. Mit ihrem halbrund gemauerten Bogen erinnerte sie mich an einen alten Eisenbahntunnel, nur dass sie eben viel enger und beklemmender war. Unter einer schwarzen öligen Patina schimmerten noch schwach die roten Klinkersteine hervor, aus denen das Ding vor Ewigkeiten gebaut worden sein musste. Am linken Rand, etwa zwanzig Zentimeter über dem Wasser, befand sich ein steinerner Steg. Er war gerade so breit, dass man darauf gehen konnte.

Ich beugte mich ein Stück vor und richtete die Lampe auf das Wasser. Es war unmöglich zu erkennen, wie tief es war. Nicht dass ich vorhatte, da hineinzusteigen. Ich hätte in jedes andere Gewässer eher einen Fuß gesetzt, außer vielleicht in eine Badewanne, in der Elektra saß. Trotzdem hätte ich gern gewusst, welche Untiefen da an meiner Seite lauerten.

Als ich mich wieder aufrichtete, entdeckte ich auf Höhe meiner Augen eine weiße unregelmäßige Linie. Vermutlich hatte das Wasser schon einmal bis da oben gestanden. Wie oft stieg es wohl so hoch? Wieder überkam mich dieses mulmige Gefühl. Auch die Tatsache, dass der Wetterbericht für die nächsten Tage Sonnenschein vorhergesagt hatte und darum keine Regenflut drohte, beruhigte mich nicht wirklich. Vielleicht reichte es ja schon aus, wenn die Bewohner eines Häuserblocks zufällig gleichzeitig duschten? Oder in einem Schwimmbad der Stöpsel gezogen wurde?

»Wenn Überflutungsgefahr gedroht hätte«, sagte ich laut, um meine Angst zu vertreiben, »dann wären hier nicht Kanalarbeiter, sondern Taucher runtergestiegen.« In dem Tunnel klang meine Stimme beängstigend fremd und blechern.

Nun schlotterten meine Knie noch mehr. Aber es half nichts: Wenn ich Orinoko retten wollte, dann musste ich in diesen Kanal rein. Jede Minute, die ich jetzt hier vergeudete, konnte sein Ende bedeuten. Also atmete ich tief durch und tauchte in den widerlichen Tunnel.

Eine Gänsehaut lief mir den Rücken hinunter, und ich war nicht sicher, ob es die Feuchtigkeit oder die Angst war, die mir da unter die Kleidung kroch. Geduckt schlich ich Schritt für Schritt voran. Aufrechtes Gehen war unter der niedrigen Decke des Tunnels nicht mehr möglich. Wenn ich meinen Rücken durchdrücken wollte, musste ich meinen Kopf schräg zur Seite legen, und wenn ich meinen Kopf gerade hielt, musste ich mich krumm nach vorn beugen.

An den Wänden entdeckte ich jetzt merkwürdige Muster. Wie wilde Gewächse wucherten sie an den alten Steinen hinauf. Wahrscheinlich stammten sie von dem steigenden und fallenden Wasserspiegel. Auch die zerrissenen Plastiktüten und alten Stofffetzen, die träge im Strom des Kanalwassers dümpelten, hielt ich im ersten Moment für exotische Schlingpflanzen. Das Ganze erinnerte mich an die Zeichnungen in meinem Buch über die Urzeit. Es war genauso abenteuerlich und fremd.

Ich folgte immer weiter dem Wasserlauf, der sich ohne ein erkennbares System durch die Erde schlängelte, bis ich auf eine Kreuzung stieß. Ratlos blieb ich stehen. Ich hatte keine Ahnung, in welche Richtung ich mich bewegen sollte. Gerade wollte ich mich für die rechte Röhre entscheiden, da schrillte ein Pfiff aus der Dunkelheit. Panisch löschte ich die Grubenlampe und drückte mich gegen die Wand. Was war das?

Mit rasendem Herzen lauschte ich in die Finsternis. Es war, das schwöre ich, die undurchdringlichste Dunkelheit, die ich je gesehen hatte. Egal wie lange ich in das Schwarz starrte, meine Augen gewöhnten sich nicht daran. Ich konnte nicht einmal meine eigenen Hände sehen. Jetzt hörte ich ein Huschen. Kam da etwas näher? Dann noch ein schriller Pfiff. Irgendetwas rannte da durch den Tunnel ... Natürlich, das waren Ratten!
Mit zitternden Fingern drückte ich den Schalter der Grubenlampe und war froh, wieder im Hellen zu stehen. Vor lauter Angst hatte ich für einen Moment vergessen, dass ich das pfeifende Geräusch schon oft gehört hatte. Nämlich immer dann, wenn die Futtertiere ins zoologische Institut geliefert wurden. Daher wusste ich auch, dass Ratten lieber flüchten, als anzugreifen. Es sei denn, man treibt sie in die Enge, aber das hatte ich ja nicht vor. Ich wählte genau die Röhre, aus der der Pfiff erklungen war. Denn wo sich Ratten aufhielten, drohte kein Unheil. Dass Ratten als Erste das sinkende Schiff verlassen, ist nämlich kein dummer Spruch. Sie wittern Gefahr. Was das angeht, kann man fest auf sie vertrauen.

Bald teilten sich die Kanäle immer häufiger oder flossen mit anderen Bächen und Rinnsalen zusammen. Dabei änderte sich jedes Mal die Farbe des Wassers: Mal wurde sie milchiger, mal brackiger, aber immer wieder klärten sich die Kanäle auch und stanken viel weniger. Ich hoffte, dass Orinoko einen solchen sauberen Kanal mit wenig Dreck und Chemie gefunden hatte.

Immer wenn ich an eine der vielen Abzweigungen kam, blieb ich stehen und rief seinen Namen. Dann leuchtete ich die ersten Meter der verschiedenen Röhren ab und suchte nach Spuren wie Krokodilkacke. Doch nirgends fand ich einen Hinweis auf mein kleines Krokodil.
Ich irrte nun schon mehrere Stunden durch die Kanalisation und zögerte längst nicht mehr, wenn ich auf eine Kreuzung stieß oder ein Tunnel eine scharfe Kurve formte und ich nicht sehen konnte, was danach kam. Vielleicht lag es daran, dass ich so sehr damit beschäftigt war, mir die vielen Abzweigungen einzuprägen und auf dem glitschigen Boden nicht auszurutschen. Vielleicht war ich inzwischen aber auch einfach nur zu müde, um mich zu fürchten.
Mein iPod zeigte mittlerweile 0.40 Uhr. Das grelle Licht der Grubenlampe, das scharf wie ein Krokodilzahn die Dunkelheit durchschnitt, brannte in meinen Augen, und mein Nacken schmerzte vom gebückten Gehen. Ich sehnte mich nach meinem weichen Bett. Wie gern hätte ich mich jetzt in meine Kissen gekuschelt und geschlafen.
Immer schwerer fiel es mir, die ganzen Abzweigungen im Kopf zu behalten und mir zu merken, wann ich wo in welche Richtung abgebogen war. Als ich nach einer schier endlosen Wanderung durch eine Röhre mit malzig riechender Flüssigkeit endlich wieder an eine Kreuzung gelangte, hatte ich plötzlich das Gefühl, genau an dieser Stelle schon einmal gestanden zu haben. War ich im Kreis gegangen? Oder sah die Kreuzung nur genauso aus wie eine andere?
Ich versuchte, die Abzweigungen der letzten Stunde in meiner Erinnerung noch einmal durchzugehen, aber so-

sehr ich mich auch anstrengte – mein Hirn war komplett benebelt. Nur ein einziger, riesiger Gedanke füllte meinen Kopf: Schlafen. Gleichgültig bog ich in den linken Tunnel ein und setzte wie in Trance einen Fuß vor den anderen. Ich konnte mich kaum noch auf den Beinen halten, als ich endlich ein größeres Gewölbe mit einer Empore fand. Ich taumelte der kleinen Eisentreppe entgegen, schleppte mich mit letzter Kraft die Stufen hinauf und rollte mich auf dem kalten Steinboden zusammen. Ich schloss die Augen und schwor mir, nie wieder Elektras und Katharinas Namen in den Mund zu nehmen. Dann fiel ich auch schon in einen tiefen, schweren Schlaf.

Wilde Traumfetzen flackerten durch meinen Kopf. Es ging kreuz und quer durch die Zeit: Erst stand ich in unserem Reptilienzimmer und sah meinen Vater, wie er sich in einer Schlingpflanze verhedderte und in das Wasserbassin plumpste. Dann erlebte ich noch einmal die Polizeikontrolle, in die wir vor einem Jahr wegen zu hoher Geschwindigkeit geraten waren. Der Polizist war ziemlich blass um die Nase geworden, als er meinen kleinen Alligator auf dem Beifahrersitz entdeckt hatte. Wir wurden sofort weitergewunken! Mein Vater und ich hatten uns schlappgelacht!
Aber immer dann, wenn es richtig schön wurde, sprangen gemeine Albträume dazwischen – und von Mal zu Mal wurden sie schlimmer. Schließlich sah ich mich auf der Brille eines riesigen Klos stehen. Ich blickte in die schwindelerregende Tiefe des weißen Beckens und entdeckte Orinoko, der in einem reißenden Strudel hin und her gewirbelt wurde.

Hilflos ruderte er mit seinen kleinen Beinchen gegen die Strömung. Ich schrie um Hilfe, aber niemand hörte mich.
In meiner Not sprang ich Orinoko mit einem Kopfsprung nach und wollte ihn retten. Aber kaum war ich aus den Fluten aufgetaucht, da erfassten mich die Wassermassen ebenfalls und schleuderten mich im Kreis herum. Ich kämpfte gegen die Wogen, versuchte, Orinoko zu erreichen, aber ich sank tiefer und tiefer in den trichterförmigen Strudel hinein. Das dunkle Abflussrohr kam immer näher. Jetzt wurde ich heftig durchgeschüttelt, und plötzlich waren da Stimmen, laute Schreie ...
Halt, stopp! Das war kein Traum! Ich schreckte hoch und riss die Augen auf. Das war Wirklichkeit! Für den Bruchteil einer Sekunde sah ich noch das Gewölbe und den gleißenden Strahl einer Taschenlampe – dann wurde mir von hinten ein Sack über den Kopf gestülpt.
Jetzt war ich hellwach! Ich wurde überfallen! Hier, unter der Erde, in der Kanalisation! Wie verrückt schlug ich um mich, strampelte mit den Beinen und versuchte mich loszureißen, doch ich hatte keine Chance. Mehrere Hände packten meine Füße. Gleichzeitig drehte mir jemand die Arme nach hinten, zerrte sie auf dem Rücken zusammen und fesselte mich. Dann legte sich ein Arm um meinen Hals und nahm mich so fest in den Schwitzkasten, dass ich mich nicht mehr rühren konnte.
»Ich habe ihn«, keuchte eine Stimme hinter mir.
»Wir«, verbesserte dieselbe Stimme kaum eine Sekunde später – nur kam sie diesmal von vorn.
Wurde ich jetzt verrückt, oder lag es an dem Sack über meinem Kopf, dass alles gleich klang?

»Hört auf, herumzuzicken!«, befahl da eine Stimme von links. Die klang zum Glück deutlich anders. So als käme sie von einem Mädchen. Ich wollte ihr den Kopf zuwenden, doch das ging nicht. Der Arm lag wie eine Schraubzwinge um meinen Hals.

»Stimmt ja. Das hast du uns schon so oft gesagt«, stänkerte die doppelte Stimme hinter mir – und echote einen Wimpernschlag später von vorn: »Wir sollen ja nicht streiten.«

Kein Zweifel – das war ein und dieselbe Stimme. Entweder hatte hier jemand zwei Köpfe, oder er konnte sich wie Scotty von Raumschiff Enterprise blitzschnell von einem Ort zum anderen beamen.

Mein Herz raste, und unter dem Sack machte mein Atem ungefähr so ein Geräusch wie unser alter Blasebalg, als meine dicke Lehrerin, Frau Bohnhorst-Külping, darauf eintrampelte, weil ich beim Schlaffest nicht schnell genug die Luftmatratze aufgepustet hatte.

»Woher kommt der?«, fragte nun eine vierte Stimme, die viel jünger als die anderen klang.

»Woher wohl? Von oben«, antwortete das Mädchen.

Ich war jetzt ziemlich sicher, dass meine Angreifer keine Erwachsenen waren. Dafür klangen die Stimmen alle nicht tief und alt genug.

»Aber er hat keine Gummistiefel«, stellte der Kleine fest. »Dann kann es kein Spion sein.«

»Was ist das denn für eine Logik?«, fragte die Doppelstimme von vorn und antwortete von hinten: »Na, gar keine.«

»Wenn der Kanalinspektor jemanden runterschicken würde, um uns auszuspionieren, dann würde er ihm doch Gum-

mistiefel geben«, beharrte der Kleine. Er musste irgendwo schräg vor mir stehen.
»Genau!«, rief die Doppelstimme spöttisch von vorn und ergänzte von hinten: »Damit wir den Spion gleich erkennen.«
»Ich bin kein Spion!«, rief ich durch den Sack und schmeckte die groben Fussel, die während des Kampfes in meinen Mund geraten waren.
»Was willst du dann hier?«, fuhr mich die Doppelstimme an und setzte von hinten nach: »Ja, wieso bist du hier?«
»Ich suche mein Krokodil.«
Im selben Moment, als ich das aussprach, wurde mir klar, wie bescheuert sich das anhörte. Ein Krokodil suchen! Mitten in der Nacht, in einer deutschen Großstadt!
»Hä?!«, machte nun auch der Kleine.
»Wirklich, es wurde das Klo runtergespült«, versuchte ich zu erklären, aber das klang natürlich nur noch irrer.
»Der spinnt«, sagte die Doppelstimme hinten, und von vorn: »Ja, das ist einer von den Durchgeknallten. Ihr wisst schon, wie der Verrückte, der immer Stimmen hört.«
»Ich weiß, das klingt total schräg, aber es ist die Wahrheit«, beteuerte ich.
»So, so«, sagte das Mädchen lässig. »Und wie bist du hier runtergekommen? Bist du auch das Klo runtergespült worden?«
»Ich bin in einen Gully gestiegen, als die Kanalarbeiter nicht aufgepasst haben, und dann bin ich durch eine Tür gegangen, zu einem großen …«
»Alle Türen sind abgeschlossen«, unterbrach die Stimme hinter mir scharf. Und die vorn sagte: »Er lügt!«

»Sie war nicht abgeschlossen, das schwöre ich! Da war ein stinkendes Becken, mit einer Mauer in der Mitte. Ihr könnt selbst nachgucken gehen.«

»Er meint bestimmt ein Schotterbecken!«, rief plötzlich der Kleine. »Wo ist denn das nächste?«

Ich atmete erleichtert aus. Vielleicht glaubten mir meine Angreifer nun?

Doch auch nach längerem Gemurmel und Gebrummel konnten sie sich nicht einigen, wo das nächste Schotterbecken wohl war.

»Dann mal anders«, sagte das Mädchen schließlich. Ihre Stimme klang noch immer sehr misstrauisch. »Wie heißt die Straße, in der du eingestiegen bist?«

In meinem Hirn rotierte es. Ich war ewig lang durch die Gegend gerannt, und dabei hatte ich natürlich nicht auf die Straßenschilder geachtet. »Es war ziemlich einsam da«, versuchte ich mich anzunähern. »Alles war sehr schäbig. Ich erinnere mich an eine riesige Kreuzung und einen Parkplatz für Lkws ... aber wie die Straße hieß ... keine Ahnung. Ich hab doch nur einen offen stehenden Gully gesucht. Und als ich endlich einen gefunden hatte, bin ich rein. Ohne nachzudenken.«

Bis auf das Glucksen aus dem Wasserbecken war es nun ganz still. Ich hatte das Gefühl, dass sich die Gruppe untereinander Zeichen gab. Sie schienen sich uneinig.

Nach einer unerträglich langen Pause räusperte sich endlich das Mädchen und verkündete: »Wir nehmen dich mit. Die Bande soll entscheiden, was mit dir passiert.«

»Los, aufstehen!«, forderte der Kleine.

Die anderen packten mich unter den Armen und zogen mich hoch. Dabei verrutschte für einen kurzen Moment der Sack über meinem Kopf, und ich erspähte unter dem Rand hindurch mehrere Paare Gummistiefel. Sie hatten ungefähr meine Schuhgröße. Das hieß, dass meine Angreifer in etwa so alt wie ich sein mussten.
Sie griffen mich an den Ellenbogen und schoben mich die kleine Eisentreppe hinunter.
»Birne einziehen und links halten!«, befahl der Kleine.
Dann bekam ich von hinten einen Stoß und wurde in eine der niedrigen Kanalröhren gedrängt. In meinem Kopf wirbelten tausend Fragen durcheinander: Wer war die *Bande*? Ein Haufen von Verbrechern, die sich hier versteckten? Waren die Kinder ihre Gefangenen, oder gehörten sie dazu? Warum dachten sie, ich wäre ein Spion? Und die wichtigste aller Fragen: Was hatten sie mit mir vor?

Heranwachsende und ausgewachsene Alligatoren sind weniger gesellig als ganz junge Tiere. Trotzdem sammeln auch sie sich in lose organisierten Gruppen. Auch wenn es untereinander immer wieder Herausforderungen gibt, sind körperliche Auseinandersetzungen eher selten.

5. Das geheime Lager

Meine Entführer trieben mich mit ungeheurem Tempo durch die Tunnel. Traumwandlerisch sicher folgten sie ihrem Weg und zögerten keine Sekunde, wenn wir auf eine der vielen Abzweigungen stießen. Woher kannten sie sich so gut aus? Lebten sie hier unten? Das Getrampel ihres Gleichschritts klang, als ginge eine Armee Patrouille. Vielleicht gehören sie wirklich zu einer Armee?, schoss es mir durch den Kopf. Einer Armee von Verbrechern! Warum sonst müssten sie sich hier unten verstecken?

Ich bemühte mich, in ihren hämmernden Schritt mit einzufallen. Das war gar nicht so leicht. Immer wieder verhedderte ich mich im Takt und bekam einen schmerzhaften Tritt in die Hacken. Um den Anschluss wiederzufinden, musste ich fest gegen den Sack über meinem Kopf pusten. Dann blähte sich der grobe Stoff ein Stückchen auf, und ich konnte einen Blick auf die Stiefel meines Vordermanns und den Steg erhaschen. Der war jetzt so schmal, dass ich meine Füße wie ein Seiltänzer direkt voreinandersetzen musste. Ich sah, dass das Wasser immer noch auf mich zufloss. Seit fast einer Stunde bewegten wir uns also weiter weg von meinem Einstiegsloch, tiefer in die Kanalisation hinein. Wo unter der Stadt wir uns jetzt wohl befanden?

Plötzlich trat mein Fuß ins Leere. Ich strauchelte und wollte mit den Armen rudern, doch die waren fest auf meinem Rücken zusammengezurrt! Unaufhaltsam kippte ich zur Seite, mein rechtes Bein tauchte schon ins Wasser – da packten mich meine Entführer, rissen mich zurück, und ich donnerte mit einem dumpfen Knall gegen die Tunnelwand.

»Du Blödmann, pass doch auf!«, schimpfte der Kleine. »Meinst du, wir haben Lust, dich aus der Brühe zu fischen?!«

Ich zitterte am ganzen Leib und hustete heftig, weil ich vor Schreck jede Menge Fussel eingeatmet hatte. Der Kanal musste genau in dem Moment, als ich mit meinen Gedanken woanders gewesen war, einen Knick nach links gemacht haben.

»Alles okay?«, fragte das Mädchen, und sie klang sogar ein wenig besorgt.

Ich schüttelte mein triefend nasses Hosenbein und bat leise: »Könntet ihr mir nicht den Sack abnehmen?«

»Klar, damit du siehst, wo wir dich hinbringen, hmm?«, sagte die Doppelstimme von vorn – und entschied gleich darauf von hinten: »Der Sack bleibt drauf!«

»Kommt, wir sind spät dran«, beendete das Mädchen die Diskussion. Sie drehte mich wieder in Laufrichtung, und weiter ging es.

Meine durchgeweichte Hose klebte am Bein, und in meinem Turnschuh stand ein kleiner See, der bei jedem Schritt unangenehm schmatzte. Wie lange wollten die mich noch durch die Gegend treiben? Und wo wollten sie überhaupt hin?
Da hörte ich es, erst nur gedämpft und aus weiter Ferne: ein leises Rauschen, das mir seltsam bekannt vorkam. Je näher wir kamen, desto lauter wurde das Geräusch, und mit jedem Schritt wurde ich mir sicherer, dass ich es schon einmal gehört hatte. Aber wo? Ich war ja noch nie unter der Erde gewesen – außer als ich mal mit dem Auto durch den Elbtunnel gefahren war. Aber da hörte man natürlich nur Motorengeräusche, und dies hier klang nach Wasser. Nach viel Wasser.
Bald schwoll das Rauschen zu einem Tosen an, und dann wurde das Tosen zu einem ohrenbetäubenden Donnern. So mächtig, dass es in meiner Magengrube vibrierte. Es war gewaltig, reißend, zerstörerisch ... und da fiel mir ein, woher ich dieses Geräusch kannte. Aus Afrika! Vor zwei Jahren hatte ich meinen Vater zu einer Krokodilexpedition an den Sambesi-Fluss begleitet. Am Ende der Reise waren wir zu einem der größten Wasserfälle der Welt gefahren, zu den Victoriafällen. Und genau so hatte es geklungen, als Abertausende Liter Wasser von einem Felsen stürzten und hundert Meter tiefer in den Fluss einschlugen. Aber war es überhaupt möglich, dass es hier, mitten unter der Stadt, einen Wasserfall gab?
Es schien so, denn plötzlich war die Luft voller feiner Wassertropfen. Bald spürte ich mit meinen Händen die aufstäubende Gischt, und die Feuchtigkeit drang durch den Sack

bis auf meine Wangen. Da schoben mich meine Entführer in einer scharfen Kurve nach rechts, und plötzlich begann der Boden unter meinen Füßen zu wanken. Es fühlte sich an, als würde ich über eine wackelige Brücke gehen. Das Wasser spritzte von allen Seiten, und das Tosen war so unglaublich laut, dass ich nicht mehr verstand, was sich meine Entführer zubrüllten. Wir mussten jetzt direkt hinter diesem unterirdischen Wasserfall stehen. Was wollten wir hier?
Da fuhr mir ein schrecklicher Gedanke ins Hirn: Sie brachten mich gar nicht zu dieser Bande! Das hatten sie nur behauptet, während sie mit Zeichensprache etwas völlig anderes vereinbart hatten. Das Ganze war nur ein Trick, um mich problemlos hierherzuschaffen. Damit ich ihnen wie ein blödes Schaf folgte – und sie mich mühelos in den Wasserfall stoßen konnten!
Menschen tun anderen Menschen furchtbare Dinge an. Das hatte ich oft genug in den Nachrichten gesehen. Und wenn jemand schon nicht davor zurückschreckte, ein hilfloses kleines Krokodil (das er auch noch kannte!) das Klo hinunterzuspülen, warum sollten die hier dann nicht einen mutmaßlichen Spion (den sie nicht kannten) in einen Wasserfall werfen?
Plötzlich wurde mein Atem ganz ruhig und mein Kopf ganz klar. Eins sollten sie wissen: Kampflos würde ich mich nicht ergeben!
Mit einem heftigen Ruck warf ich mich zurück.
»He, was soll das?!«, brüllte das Mädchen hinter mir. Sie war auf meine Attacke nicht vorbereitet gewesen und geriet jetzt ins Wanken. Ich stemmte mich mit aller Kraft gegen sie. Sie war verdammt stark, aber trotzdem gelang es mir,

sie Zentimeter um Zentimeter zurückzudrängen – bis mich plötzlich zwei starke Hände von vorn packten und mir einen Stoß versetzten, der mich von den Füßen riss. Ich taumelte, und dann stürzte ich. Das war es, dachte ich. Doch als ich aufschlug, platschte es nicht. Es krachte. Verwirrt stellte ich fest, dass ich auf trockener, festgestampfter Erde gelandet war und nicht in aufgewühlten Wassermassen.

»Hast du einen Totalschuss?!«, hörte ich die doppelte Stimme gegen den Lärm des Wasserfalls brüllen, und dann bekam ich einen Tritt in den Hintern, der mich noch einmal einen Meter weiter fliegen ließ.

»Du bist ja vollkommen gaga!«, rief nun auch der Kleine.

Ich musste in einer Art Höhle gelandet sein, die direkt hinter dem Wasserfall lag. Jedenfalls klangen die Stimmen jetzt so, als würden sie von irgendwelchen Wänden widerhallen. Ich spürte, wie sich jemand über mich beugte.

»Wenn du das noch einmal machst, dann schmeiße ich dich eigenhändig in die Dreckbrühe. Klar?« Das war das Mädchen.

»Klar«, stammelte ich.

»Ich schneide dir jetzt die Fesseln durch, weil wir ein Stück nach oben krabbeln müssen. Kriegst du das hin, ohne Theater zu machen?«, fragte sie scharf.

»Kein Problem«, versicherte ich schnell.

Im nächsten Moment spürte ich kaltes, glattes Metall an meinen Handgelenken, und dann lösten sich die Stricke. Erleichtert streckte ich meine Arme nach vorn und rollte meine Schultern. Wahrscheinlich waren sie von dem Sturz grün und blau geschlagen.

»Mir nach!«, rief da der Kleine.
Ich krabbelte hinter ihm einen schmalen Gang hinauf, der steil anstieg. Je weiter wir vorankamen, desto schwächer wurde das tosende Geräusch. Dann klappte hinter uns eine Tür ins Schloss, und es wurde still, bis auf das Scharren unserer Knie auf der trockenen, festgestampften Erde. Nach etwa 25 Metern rief der Kleine plötzlich: »Stopp!«
Eine Türangel quietschte. Es gab also zwei Türen – eine am Anfang und eine am Ende des langen Gangs. Wo führte die zweite wohl hin?
»Los, weiter!«, drängte das Mädchen hinter mir. Vorsichtig kroch ich voran, ertastete eine Kante – da griff jemand rechts und links unter meine Arme und zog mich hoch.
Ich landete auf festem, geradem Boden. Durch den groben Stoff des Sacks schimmerte etwas Licht. Ich hörte Geflüster und Getrappel. Ganz sicher: Hier waren mehr Menschen als meine vier Entführer. War ich jetzt bei der Bande? Da riss mir jemand von hinten den Sack vom Kopf, und ich konnte das erste Mal seit dem Überfall wieder frei Luft holen. Erlöst ließ ich meinen Oberkörper nach vorn fallen und spuckte die ekeligen Fussel aus meinem Mund.
Tief einatmend richtete ich mich wieder auf. Erst jetzt bemerkte ich, wie wohlig warm es war und wie herrlich es nach Essen roch. Verwundert rieb ich mir die Augen.
Vor mir erstreckte sich ein mittelalterliches Gewölbe, das durch zwei Reihen mächtiger viereckiger Säulen getragen wurde. Sie waren so dick, dass ich sie nicht mit den Armen hätte umfassen können, und teilten die Halle in einen Hauptraum und zwei schmalere Seitenflügel. Am Ende des

Hauptraums loderte ein kleines Feuer in einem Eisenkorb, wie ich sie aus den Schrebergärten am Stadtrand kannte. Um die Feuerstelle herum standen in einem losen Kreis alte abgewetzte Sessel und Stühle.
Auf der linken Seite, hinter der Säulenreihe, entdeckte ich Schlafstätten mit Kissen und Decken. Neben einigen Lagern standen sogar kleine Nachttische, die aus alten Kisten und Kartons gebaut waren.
Plötzlich nahm ich aus den Augenwinkeln eine Bewegung wahr. Ich riss den Kopf herum und versuchte im schummrigen Licht des rechten Seitenflügels etwas auszumachen. Vage erkannte ich die Silhouetten mehrerer Jungen und Mädchen. Bis auf einen Kleineren schienen sie alle in etwa so groß wie ich zu sein. Warum starrten sie mich so an?
»Willkommen«, sagte da wie aus dem Nichts eine Stimme hinter meinem Rücken.
Erschrocken fuhr ich herum. Nur eine Armlänge entfernt von mir stand ein Junge mit großen dunklen Augen und schwarzem, schulterlangem, struppigem Haar. Seine Gesichtsfarbe erinnerte mich an das feine durchscheinende Porzellan in unserem Wohnzimmerschrank, das mein Vater nur zu Weihnachten rausholte. In meinem ganzen Leben hatte ich noch nie einen so blassen Menschen gesehen. Der Junge sah mir direkt in die Augen und musste nicht ein einziges Mal zwinkern. Ohne dass es irgendjemand sagte, war klar: Er war der Anführer.
»Tut mir leid, mit dem Sack über dem Kopf und den Fesseln«, entschuldigte er sich höflich. »Aber wir müssen uns schützen.«

»Schützen?«, wiederholte ich, noch immer ganz durcheinander. »Vor wem?«
»Der Chef der Kanalbetriebe, Dr. Richter, würde viel dafür tun, herauszubekommen, wo wir uns verstecken. Und wer sagt uns, dass du nicht in seinem Auftrag kommst?«
»Ich bin kein Spion«, beteuerte ich erneut. »Ich suche nur mein Krokodil.«
»Das habe ich schon gehört«, entgegnete er ruhig, und zu meiner Überraschung klang er so, als würde er mir glauben. »Woher hattest du dein Krokodil?«
»Genau genommen ist es ein Mississippi-Alligator«, erklärte ich. »Er kommt aus einer Zuchtstation in Amerika und heißt Orinoko.«
Der Anführer betrachtete mich eingehend. Dann fragte er: »Aber jetzt hat irgendjemand dein Krokodil das Klo runtergespült?«
»Ja«, antwortete ich und bemühte mich dabei um eine feste Stimme.
»Und da dachtest du, du kommst mal schnell hier runter, holst es und marschierst wieder nach Hause?«
Zwischen den Säulen zum rechten Seitenflügel drang Gelächter hervor, das aber sofort verstummte, als der Anführer einen strengen Blick in diese Richtung warf.
»Ich weiß nur, dass ich Orinoko finden muss«, murmelte ich erschöpft. »Was dann kommt … darüber habe ich noch nicht nachgedacht. Klar ist nur: Zurück nach Hause kann ich nicht mehr.«
Der Anführer nickte, als sei das völlig normal. »Dann geht es dir wie uns allen.«

Ich sah ihn verwirrt an.
Er deutete mit dem Kinn an mir vorbei. »Wir alle wollen nie wieder zurück an den Ort, der mal unser Zuhause war.«
Ich zeigte ungläubig zu der Gruppe zwischen den Säulen. »Die wollen alle nicht mehr nach Hause?«
Er schüttelte den Kopf. »Freiwillig kriegt uns hier keiner weg.«
Ich fühlte, wie mir ein riesiger Brocken der Erleichterung vom Herzen polterte, denn das bedeutete ja wohl, dass diese Jungen und Mädchen keine Bande von untergetauchten Verbrechern waren. Und es bedeutete auch, dass ich mit meinen Sorgen nicht allein auf der Welt war.
»Wir haben hier unten unsere eigene Familie gegründet«, erklärte der Anführer. »Sie ist besser als alle anderen da oben. Wir achten nämlich aufeinander, und wir kümmern uns umeinander. Wir brauchen keine Erwachsenen, die einfach über uns bestimmen.«
»Das geht?«, fragte ich völlig baff, denn so etwas hatte ich noch nie gehört.
Der Anführer lachte. »Siehst du doch.«
»Toll!« Etwas Klügeres fiel mir im ersten Augenblick leider nicht ein.
»Ja, es ist toll.« Mit diesen Worten trat ein kräftiger Junge mit einer wilden Lockenmähne und einem Gesicht voller Sommersprossen ins Licht des Mittelgangs und baute sich angriffslustig vor mir auf. Ich erkannte die Stimme sofort. Es war die, die es doppelt gab, und prompt echote es auch jetzt wieder zwischen den Säulen hervor. »Aber das finden eben nicht alle.«

Und nun stellte sich ein zweiter, absolut identisch aussehender Junge neben den anderen. Natürlich! Die Doppelstimme gehörte keinem Zauberwesen mit zwei Köpfen. Es waren eineiige Zwillinge. Sie ähnelten sich so sehr, dass ich bis auf ihre verschiedenfarbigen Pullis keinen Unterschied zwischen ihnen entdecken konnte. Mit frostigen Mienen starrten sie mich an.
»Ich will euch wirklich nicht ausspionieren«, wiederholte ich sicherheitshalber noch einmal.
Nun löste sich ein Mädchen mit kurzen strubbeligen Haaren aus der Schar, blieb zwei Schritte vor mir stehen und stemmte die Hände in die Hüften. »Gut. Nehmen wir mal an, du bist kein Spion. Was willst du dann von uns?«
»Was ich von euch will?!«, fragte ich verwirrt. »Bis vor einer Stunde wusste ich doch nicht einmal, dass es euch gibt! *Ihr* habt mich doch überfallen, als ich ruhig und friedlich eine Pause gemacht habe.«
»Komischerweise ganz in der Nähe der Stelle, wo uns das letzte Mal beinahe die Kanalarbeiter gepackt hätten?«
»Ich kenne keine Kanalarbeiter, und ich weiß auch nicht, wo sie euch beinahe geschnappt hätten. Ich will einfach nur mein Krokodil finden!«, rief ich aufgebracht. »Wie oft soll ich das denn noch sagen?!«
»Woher sollen wir wissen, dass diese Krokodilgeschichte nicht erstunken und erlogen ist?«
Jetzt erkannte ich auch ihre Stimme. Sie war die, gegen die ich mich auf der Brücke hinter dem Wasserfall geworfen hatte. Kein Wunder, dass sie nicht gut auf mich zu sprechen war.

»Es ist die Wahrheit. Wirklich«, beteuerte ich noch einmal.
»Dann beweis es!«
In meinem Kopf ratterte es. Wenn mir nicht schnell etwas einfällt, dachte ich panisch, bekomme ich bestimmt gleich wieder einen Sack über den Kopf und lande im Wasserfall. Aber wie sollte ich etwas beweisen, das ich verloren hatte?
Da schoss es mir wie ein Blitz durchs Hirn. »Mein iPhone!«, rief ich erleichtert. »Ich habe bestimmt tausend Fotos von Orinoko.« Hastig griff ich in die Hosentasche, zog das Gerät heraus und hielt es dem Mädchen hin. Sie nahm das iPhone, stellte sich neben den Anführer und begutachtete mit ihm gemeinsam das Bild auf dem Display, das Orinoko, meinen Vater und mich zeigte. Dann klickte sie den Ordner *Fotos* an.
Die Zwillinge kamen neugierig heran und spähten ihr über die Schultern.
»Das bedeutet gar nichts«, höhnte der eine, und der andere sagte mit einer wegwerfenden Bewegung: »So was kann man ruck, zuck an einem Nachmittag fotografieren! Guter Täuschungsversuch!«
Ich schnaufte entrüstet. »Wenn ihr auf *Forschertagebuch* geht, findet ihr alle Einträge der letzten vier Jahre. Glaubt ihr ehrlich, irgendjemand würde sich die Mühe machen, all das aufzuschreiben, nur um euch zu täuschen?«
»Forschertagebuch?«, fragte das Mädchen. Ihre Stimme klang nun eher neugierig als misstrauisch. Sie klickte ein wenig herum und las dann laut vor: »Nahrungsaufnahme: 30 Gramm Rindfleisch, Verfassung: stab…« Sie schaute auf. »Da bricht es ab, gestern Nachmittag um 16.49 Uhr.«

Ich nickte. »Ja, genau da ist es passiert. Da wurde Orinoko …« Weiter sprach ich nicht, denn nun begann meine Stimme peinlich zu zittern.

»Ich glaub ihm nicht«, sagte der Zwilling mit dem blauen Pulli. »Das klingt irgendwie alles zu perfekt, zu gut ausgedacht.«

Sein Bruder nickte zustimmend. »Das mit dem Krokodil erzählt er nur, damit er einen guten Grund hat, wieder nach oben zu verschwinden. Und dann verrät er uns, und die heben unser Lager aus!«

»Genau! Wir sollten ihn so schnell wie möglich aussetzen«, forderte der erste Zwilling. »Irgendwo in den kleinen Röhren außerhalb, wo ihn keiner findet.«

»Das könnt ihr nicht machen!«, rief ich verzweifelt. »Ich muss Orinoko finden! Wenn ich ihn nicht bald aus dem Dreckwasser hole, stirbt er!«

»Seht ihr!«, höhnte der andere. »Er redet nur von dem Krokodil. Er hat gar keine Angst, was mit *ihm* passiert. Wahrscheinlich, weil ihm gar nichts passieren kann! Weil ihn die Leute von der Kanalinspektion geschickt haben und auch wieder rausholen.«

Der Zwilling im blauen Pulli gab mir einen groben Stoß, sodass ich zwei Schritte zurückstolperte. »Los, mach besser gleich den Mund auf: Was haben sie dir geboten, damit du uns ausspionierst?«

Ich schüttelte verzweifelt den Kopf. »Gar nichts! Niemand interessiert sich für mich und wo ich bleibe! Ich habe nur noch Orinoko! Ohne ihn …«

Der Anführer hob beschwichtigend eine Hand, dann wandte

er sich der Gruppe zu. »Dieser Junge hat wie jeder andere auch eine ordentliche Abstimmung verdient.« Er drehte sich zu mir und sagte: »Du wirst uns deine Geschichte erzählen, von Anfang an, und dann entscheiden wir. Wenn du die Mehrheit überzeugst, kannst du bleiben. Wenn nicht, setzen wir dich irgendwo aus.«

Die Zwillinge wechselten missmutig einen Blick. »Dann aber schnell«, sagte der eine, und der andere setzte nach: »Bevor der sich hier weiter umguckt und Informationen sammelt.«

»Mooooment!«, hallte es da durch das Gewölbe.

Aus einer Ecke hinter der Feuerstelle kam ein rundlicher Junge mit freundlichen braunen Knopfaugen hervor. Er hatte eine Kochschürze umgebunden und hielt einen großen Holzlöffel in der Hand. »Erst sollten wir essen. Die Nudeln werden sonst matschig. Und das wäre mal ein *echtes* Problem.« Er sah mich prüfend an und stellte fest: »Du siehst so aus, als hättest du Hunger.«

Ich nickte.

Lächelnd streckte er mir die Hand entgegen. »Hallo erst einmal. Wie heißt du eigentlich?«

»Paul«, antwortete ich und schüttelte ihm dankbar die Hand.

»Mensch, Paul«, sagte er besorgt, »deine Hände sind ja kalt wie ein Semifredo! Ich bin übrigens der Koch hier. Mein Name ist Linus-Paavo.«

»Wie bitte?«, fragte ich, denn ich war nicht sicher, ob ich ihn richtig verstanden hatte.

»Linus-Paavo. Linus nach Linus-Carl Pauling, einem der

wenigen zweifachen Nobelpreisträger, und Paavo nach Paavo Nurmi, dem Mann, der bis zu meiner Geburt die meisten olympischen Medaillen gewonnen hatte. Du kannst mich aber einfach Linus nennen.«

Ich nickte etwas verwirrt, denn Linus wirkte weder wie ein Supersportler noch wie ein zweifacher Nobelpreisträger.

»Solange er nicht aufgenommen ist, hört er keine Namen!«, schimpfte einer der Zwillinge.

»Komm mal runter«, sagte Linus. »Was soll er denn mit unseren Namen anfangen, wenn wir ihn wieder aussetzen, Tom? Oder bist du Ole?« Dann drehte er sich zu den anderen und sagte: »Also, wer ist dafür, dass wir erst essen und Paul uns danach seine Geschichte erzählt und wir abstimmen?«

Bis auf die Zwillinge hoben alle die Hand.

»Geht doch«, sagte Linus und zog mich zufrieden hinter sich her, durch den Mittelgang bis zur Feuerstelle. Dort schob er mich zwischen den zerschlissenen Sesseln hindurch in den rechten Seitenflügel.

Wie angewurzelt blieb ich stehen, denn so etwas hatte ich noch nie gesehen: Unmengen von Kerzen baumelten von der Decke oder standen auf Holzklötzen, die zwischen den Fugen in der Wand klemmten. Dazwischen befand sich eine Art Lagerküche. Auf wild zusammengezimmerten Regalen lagerten Nudeln, Reis und verschiedene Konservendosen. Ein paar alte Holzplanken, die über einen Stapel Bierkästen gelegt waren, dienten als Arbeitsplatte. Darunter standen Töpfe, Kisten mit Besteck, Teller und Gläser. In der Mitte dieses geordneten Chaos waren zwei wackelige Gaskocher

aufgestellt, in denen irgendetwas köstlich Duftendes vor sich hin köchelte.
»Heute gibt es Spaghetti bolognese à la Linus«, verkündete Linus.
»Mitten in der Nacht?«, fragte ich überrascht. »Oder ist es nicht sogar schon früher Morgen?«
Linus drehte sich um, schaute auf eine große Bahnhofsuhr, die an der Wand hing, und zuckte verständnislos mit den Schultern. »Es ist kurz vor 4.«
»4 Uhr in der Früh!«, rief ich. »Da isst man doch normalerweise nicht warm! Wenn man da überhaupt etwas isst. Habt ihr hier eigentlich alles auf den Kopf gestellt?!«
»Kommt ganz darauf an, von wo aus man es betrachtet«, sagte Linus und zog einen Stapel Teller unter der Arbeitsplatte hervor. »Vielleicht leben die da oben ja verkehrt und wir richtig.« Amüsiert drückte er mir einen Stapel Teller in die Hand. »Würdest du mir trotzdem helfen, das Abendbrot auszuteilen?«
Dann griff er nach einer Kelle, und ich musste ihm nacheinander die Teller anreichen, die er mit Nudeln und Soße füllte und an die Bandenmitglieder weitergab.
Als alle ihr Essen bekommen hatten, tat er auch uns eine dampfende Portion auf.
»Danke, dass du so nett zu mir bist«, sagte ich leise.
Linus stupste mich an. »Hör mal, wer eine Rubrik *Nahrungsaufnahme* in seinem iPhone hat, der ist mir grundsätzlich schon mal sympathisch.« Er reichte mir Besteck und deutete auf einen freien Sessel im Feuerkreis. »Setz dich und iss erst einmal.«

Ich schob mich an einer Holzkiste vorbei und wollte mich gerade auf den mir zugewiesenen Platz fallen lassen, als ein dürres blondes Mädchen an mir vorbeischlüpfte und sich in die Polster warf.

»Hey!«, rief Linus vorwurfsvoll.

Doch das Mädchen hob nur sein Kinn, wischte sich eine Strähne seines blonden glänzenden Haars aus dem Gesicht und tat so, als wären wir gar nicht vorhanden. Diese Sorte Mädchen kannte ich: Sie guckten von oben auf einen herab, selbst wenn sie zwei Köpfe kleiner waren.

»Vanessa«, stellte Linus vor und rollte genervt seine runden Augen. »Zicken gibt es leider überall. Selbst hier unten.«

»Ruddy hell! Das ist mein Stammplatz!«, donnerte das Mädchen mit einer tiefen kratzigen Stimmen, die ich ihrem mageren Brustkorb gar nicht zugetraut hätte.

Perplex starrte ich sie an. Linus hingegen schien kein Stück überrascht und ließ sich, als sei so ein ausländischer Fluch das Normalste der Welt, auf eine große Holzkiste fallen. Er tippte auf das freie Stückchen rechts neben sich und sagte: »Komm, hier ist auch noch Platz für dich.«

Ich setzte mich schnell. Auf gar keinen Fall wollte ich irgendeinen Ärger. Schließlich würde auch das dürre fluchende Mädchen gleich über mein Schicksal abstimmen.

»Wird schon alles, keine Sorge«, flüsterte mir Linus zu, der meinen besorgten Blick bemerkt haben musste.

Ich schaute ihn unsicher von der Seite an. Meinte er das wirklich, oder wollte er mich nur beruhigen? Aber fragen konnte ich jetzt nicht mehr, denn nun war Linus nicht mehr ansprechbar. Er war ganz in die Betrachtung seiner Nu-

delportion versunken und sog genüsslich den Duft der Tomatensoße ein.
Ich stellte meinen Teller auf den Knien ab, pikste meine Gabel in den Spaghettiberg und begann zu essen. Noch nie hatten mir Spaghetti mit Fleischsoße so gut geschmeckt. Ich fragte mich, woher ein zehnjähriger Junge so phantastisch kochen konnte.
Während ich mir eine prall gefüllte Gabel nach der anderen in den Mund schob, hatte ich Zeit, mir die Kanalbande in Ruhe anzusehen. Mir direkt gegenüber kämpfte der kleine Junge mit einem Haufen widerspenstiger Nudeln. Als er den Berg endlich auf seine Gabel gewickelt hatte, passte er nicht mehr in den Mund, und er musste mit den Händen nachstopfen. Dabei verteilte sich die rote Soße über seinem Kinn, sodass er aussah wie ein Clown. Die letzte Nudel sog er mit einem schlürfenden Geräusch durch eine riesige Lücke, die zwischen seinen Schneidezähnen klaffte.
Neben dem Kleinen saß das Mädchen mit dem kurzen strubbeligen Haar. Jetzt, im Licht des Feuers, sah ich, dass sie dieselbe große Zahnlücke hatte wie er. Außerdem trugen sie beide derbe, abgeschnittene Hosen und dunkelgrüne Gummistiefel. Waren sie Geschwister?
In dem Moment gab das Mädchen dem Jungen einen Klaps auf den Hinterkopf und sagte: »Jakob, du frisst wie ein Schwein!« Da war ich mir ganz sicher: Sie konnte nur seine große Schwester sein.
Links von den beiden Geschwistern lümmelte sich die fluchende Vanessa in ihrem Sessel. Wie ein Vögelchen pickte sie mit ihrer Gabel auf dem Teller herum und sortierte die

Fleischstückchen aus. Ihre Gummistiefel waren schick kariert, ihre Fingernägel blitzblank, und das Haar sah aus, als sei es gerade frisch gekämmt. Insgesamt machte sie eher den Eindruck, als würde sie in einem rosa Himmelbettchen schlafen und davon träumen, eine Prinzessin zu sein. Niemals wäre ich auf die Idee gekommen, dass so eine Mitglied in einer Kanalbande war! Jedenfalls, solange sie den Mund nicht aufmachte.

Ich wollte mich gerade wieder über meinen Teller beugen, um einen weiteren Packen Nudeln auf meine Gabel zu wickeln, da nahm ich aus den Augenwinkeln rechts von mir ein Paar schwarzer Gummistiefel wahr. Ohne dass ich es bemerkt hatte, musste sich jemand neben mich gesetzt haben. Ich warf unauffällig einen Blick zur Seite. Das Mädchen hatte sein Gesicht hinter einer Wand aus braunen Locken versteckt und aß mit tief gesenktem Kopf. Ihre Kleidung war pechschwarz. Hatte ich sie deswegen in dem schummerigen Licht nicht bemerkt – oder war sie vorher gar nicht da gewesen?

Ich ließ meinen Blick noch ein Stück weiter nach links schweifen. An der Stirnseite des Raums, auf einem alten Polsterstuhl, saß der Anführer. Rechts und links von ihm hatten sich die Zwillinge Ole und Tom platziert und flüsterten ununterbrochen auf ihn ein. Dabei schauten sie immer wieder argwöhnisch in meine Richtung. Ganz klar: Sie wollten den Anführer dazu überreden, mich ohne irgendeine Abstimmung in einem finsteren Winkel der Kanalisation auszusetzen. Ich konnte nur hoffen, dass sie ihn nicht überzeugen würden, denn sonst war ich verloren. Und Orinoko ebenso.

»Da fehlen Salz und frisches Basilikum«, riss mich Linus aus meinen Gedanken.
»Wie bitte?«, fragte ich.
»Und eine Prise Muskat ...«
»Das sind die besten Spaghetti bolognese, die ich je gegessen habe«, sagte ich.
Linus lächelte und drehte kunstvoll eine Nudel auf. »Wir hatten leider kaum mehr frische Kräuter. Ich muss dringend mal wieder nach oben, einholen.«
Bevor ich fragen konnte, was genau er mit »einholen« meinte, erhob sich der Anführer, warf ein großes Stück Holz in den Feuerkorb und sagte: »Okay, Paul, wenn du satt bist, kannst du uns jetzt deine Geschichte erzählen, und dann entscheiden wir.«
Ich stellte meinen Teller beiseite und stand auf. Als ich mich in die Mitte des Kreises stellte, spürte ich, wie meine Knie zitterten. Acht Mitglieder gehörten zur Kanalbande. Fünf musste ich überzeugen, um nicht einsam und allein in den Tiefen der Kanalisation zu verhungern.
Die Zwillinge lehnten sich demonstrativ mit verschränkten Armen zurück. Vanessa beobachtete mich neugierig. Der Kleine, Jakob, schaute freundlich gespannt, aber seine Schwester eher skeptisch. Linus lächelte mich zuversichtlich an, und das schwarz gekleidete Mädchen hielt weiter den Kopf gesenkt. Nur der Anführer zeigte keine Regung. Ausdruckslos wie eine ägyptische steinerne Sphinx nickte er mir zu.
Ich räusperte mich noch einmal, und dann begann ich zu erzählen.

Ob der Mississippi-Alligator zum Kannibalismus neigt, das heißt, ob er in der Not auch Artgenossen tötet und verzehrt, ist nicht zweifelsfrei geklärt. Bislang ist nicht beobachtet worden, dass Krokodile ihre Nachkommen oder ihre Eltern angreifen. Es gibt jedoch Hinweise darauf, dass halb ausgewachsene Alligatoren gelegentlich jüngere, die nicht mit ihnen verwandt sind, fressen.

6. Die Abstimmung

Ich erzählte der Kanalbande meine ganze Geschichte: von dem wunderbaren Leben, das mein Vater, Orinoko und ich geführt hatten. Wie glücklich wir gewesen waren, bis die beiden Ziegen auftauchten. Ich beschrieb ihnen unser phantastisches Terrarienzimmer und wie es geräumt werden musste. Ich malte bis ins kleinste Detail den Anschlag auf Orinoko aus und erklärte, warum ich in den Gully gestiegen war und mich in der Kanalisation verirrt hatte. Es sprudelte einfach alles aus mir heraus, und als ich mit den Worten »Darum bin ich hier« endete, war es totenstill.

Ich starrte auf meine schmutzigen nassen Turnschuhe und traute mich nicht, aufzuschauen. Waren die Mitglieder der Kanalbande so stumm, weil sie mit mir fühlten – oder weil sie mir kein Wort glaubten?

»Eins frage ich mich die ganze Zeit«, durchbrach schließlich einer der Zwillinge das Schweigen. »Warum hast du dich nicht gegen diese Ätzkühe gewehrt?«
»Das habe ich«, antwortete ich bitter. »Aber es hat nichts genützt.«
Der andere Zwilling zog verächtlich einen Mundwinkel hoch. »Ach ja? Dann nenn uns doch mal ein Beispiel. Oder hast du dir das vorher nicht ausgedacht?«
»Ich habe mir überhaupt nichts ausgedacht!«, fauchte ich ihn wütend an, aber dann bremste ich mich ganz schnell wieder. Schließlich war ich nicht in der Position, große Töne zu spucken. So ruhig wie möglich fuhr ich darum fort: »Als die beiden Monster zu uns zogen, hat meine bescheuerte neue Stiefschwester verlangt, dass unser alter rechteckiger Küchentisch, den meine Mutter kurz vor ihrem Tod gekauft hat, in den Keller geräumt werden sollte. Nur damit sie ihren hässlichen runden Marmortisch aufstellen konnte.«
Ich verschwieg ihnen lieber, dass sie behauptet hatte, unser Tisch sähe arm und popelig aus, denn dann hätte ich bei Nachfragen auch zugeben müssen, dass meine Mutter ihn damals wirklich für wenig Geld beim Trödler gekauft hatte. Aber darum ging es ja ohnehin nicht. Ich liebte den Tisch, auch wenn er nicht teuer oder irgendein angesagtes Designerteil war.
»Und?«, drängten die Zwillinge.
»Da habe ich Alarm geschlagen. Ich sagte, wenn der Tisch wegmuss, dann gehe ich. Daraufhin ist der Tisch erst mal stehen geblieben. Aber mein Sieg nützte mir nicht viel: Drei Tage später hat das Miststück einen heißen Topf auf

die Holzplatte gestellt und einen dicken schwarzen Fleck hineingebrannt. Angeblich absolut aus Versehen. Die Erwachsenen haben ihr das auch noch geglaubt, und sie hat wie immer erreicht, was sie wollte: Unser Holztisch ist zur Reparatur in eine Tischlerei gewandert, und ihr grässlicher kalter Marmortisch wurde aufgestellt.«

»Caca la vaca!«, donnerte Vanessa. »Ich glaube, da wäre ich auch gegangen.«

Erleichtert drehte ich mich um. Sie glaubte mir. Noch nie hatte ein Fluch in meinen Ohren so schön geklungen.

»Du Armer«, sagte nun auch Linus mitfühlend. »Bestimmt hat dir an dem Marmortisch das Essen nicht mehr geschmeckt.«

Gerade wollte ich ihm erzählen, dass die Ziegen Essen hauptsächlich beim Bringdienst bestellten und glaubten, Kochen hieße, den Knopf der Mikrowelle zu drücken – da forderte das Mädchen mit den strubbeligen Haaren streng: »Stopp! Nicht diskutieren. Erst wird abgestimmt. Keiner soll beeinflusst werden.«

Der Anführer nickte und sah Jakob, der als Jüngster wohl beginnen sollte, auffordernd an.

Jakob sprang auf und verkündete: »Also, ich denke, wir sollten Paul aufnehmen und ihm helfen, sein Krokodil zu finden.«

»Wir wissen doch gar nicht, ob es das Vieh wirklich gibt«, stöhnte Ole – der, wie ich jetzt wusste, den blauen Pulli trug –, und Tom motzte: »Sollte es bei wichtigen Abstimmungen nicht mal eine Altersbegrenzung geben?«

Linus hob mahnend die Hand. »Ihr seid später dran, jetzt

verkünde erst ich meine Meinung.« Er stand auf, zog seine Kochschürze straff und sagte sehr ernst und feierlich: »Paul sollte zu uns gehören. Eine Kanalbande ohne Krokodil, das ist wie … wie Milchreis ohne Zucker und Zimt.«
»Ich esse Milchreis nur mit heißen Kirschen«, giftete Ole, und sein Zwillingsbruder nickte bekräftigend.
Das Mädchen mit den strubbeligen Haaren machte eine beschwichtigende Geste. Was hatte das jetzt zu bedeuten? Meinte sie damit: Ruhig Blut, wir gewinnen sowieso!? Nun nickte Tom auch noch siegesgewiss. Ich spürte, wie mir das Herz bis zum Hals schlug. Ich wollte nicht in der Kanalisation ausgesetzt werden! Ich würde mich verirren und verhungern! Und Orinoko dann auch!
»Dao mei!«, fluchte in dem Moment Vanessa. »Wenn wir aus dem Vieh hinterher eine Handtasche machen, bin ich auch dabei.«
»Du spinnst wohl!«, rief ich völlig außer mir. Dieses dürre fluchende Aas war ja noch schlimmer als meine zwangsaufgepfropfte Stiefschwester!
Vanessa rollte die Augen. »Himmel, Arsch und Zwirn! Das war ein Scherz! Ich finde, du solltest bleiben.«
Ich atmete auf. Besonders witzig fand ich Vanessa zwar nicht, aber immerhin war sie für mich. Damit waren es schon drei Bandenmitglieder, die wollten, dass ich bleibe.
Jetzt waren die Zwillinge an der Reihe. Sie wechselten einen Blick, dann stand Tom auf und verkündete mit frostiger Stimme: »Ich habe große Zweifel an der Krokodilgeschichte und glaube, dass Paul – wenn er überhaupt so heißt – uns in furchtbare Schwierigkeiten bringen wird. Darum bin ich

dagegen, dass er bleibt. Wenn es nach mir geht, setzen wir ihn irgendwo aus, wo ihn kein Mensch findet.«
Nun erhob sich sein Bruder Ole. »Ich bin auch dagegen, ihn hierzubehalten. Und zwar egal, ob er lügt oder die Wahrheit sagt. Was wollen wir mit einem Krokodil?! Wenn es groß genug ist, wird es uns fressen.«
»Es dauert noch Jahre, bis Orinoko groß genug ist, einen Menschen anzufallen!«, rief ich verzweifelt.
Die Zwillinge sahen mich nur abschätzig an. »Wie dem auch sei«, stieß Tom zwischen den Zähnen hervor. »Es soll hinterher keiner sagen, wir hätten euch nicht gewarnt!«
Eigentlich hatte ich von den Zwillingen nichts anderes erwartet, trotzdem wuchs meine Angst noch ein Stück. Jetzt stand es drei zu zwei. Und das war denkbar knapp.
Offensichtlich war nach den beiden Jungen Jakobs Schwester an der Reihe, denn alle sahen erwartungsvoll in ihre Richtung.
Sie starrte noch einen Moment nachdenklich in die Flammen, dann stand sie auf und begann: »Ich hasse Streit, das wisst ihr. Darum lieber vorher: Egal, wie die Abstimmung ausgeht, alle akzeptieren das Ergebnis. Ohne Stress. Klar?«
Sie blickte im Kreis herum, bis sie von jedem ein zustimmendes Nicken erhalten hatte. »Gut. Nachdem ich nun Pauls Geschichte gehört habe, bin ich der Meinung …« Sie machte eine Pause und wandte sich den Zwillingen zu. »… bin ich der Meinung, dass er die Wahrheit sagt. Er kann nicht mehr nach Hause. Wir sollten ihn aufnehmen und ihm helfen, sein Krokodil zu suchen.«
Mir polterte ein riesiger Stein vom Herzen. Die Hälfte war

für mich. Jetzt fehlte nur noch eine Stimme, eine einzige Stimme, dann war ich gerettet! Bittend sah ich zu dem Anführer und dem schüchternen Mädchen, das sich noch immer hinter einer Wand aus Haaren versteckte.

Unterdessen kochten die Zwillinge vor Wut und schleuderten grimmige Blicke in Richtung Jakobs Schwester, doch die beachtete sie gar nicht.

Nun ging neben mir zaghaft eine blasse Hand in die Höhe. Für eine Sekunde schaute das schüchterne Mädchen zwischen ihren Haaren hervor und sagte leise: »Das kleine Krokodil ist ganz allein. Wir müssen ihm helfen!«

Ich war gerettet. Rückwärts ließ ich mich auf die Holzkiste plumpsen und sackte in mich zusammen. Ich war so unendlich erleichtert, dass ich mich nicht mal freuen konnte. Es war die erste gute Nachricht an diesem Tag. Ach was, es war die erste gute Nachricht seit Wochen!

»Ich … ich … danke euch!«, stammelte ich. »Und Orinoko wird bestimmt niemanden fressen. Das verspreche ich.«

»Juhu!«, juchzte Linus und boxte mich in die Seite.

Jakob rutschte aufgeregt auf seinem Hintern hin und her und jubelte: »Wir bekommen ein Krokodil!«

Seine große Schwester warf ihm einen strengen Blick zu, woraufhin er schlagartig verstummte. Logisch, einer fehlte noch: der Anführer.

Und auch wenn jede Stimme gleich viel zählte, war klar: Solange er nicht für mich war, würde ich nie einen Platz in der Bande finden.

»Frisst dein Krokodil auch Ratten?«, fragte er nun und warf beiläufig ein Stöckchen ins Feuer.

Ich schluckte. Sollte das etwa ein Problem sein? Zögerlich antwortete ich: »Also … ja, wenn Orinoko größer ist, dann wird er auch Ratten fressen.«

Der Anführer nickte nachdenklich. »Das heißt, wir brauchen ganz unbedingt ein Krokodil. Hoffentlich wächst es schnell!«

Jetzt konnte sich Jakob nicht mehr auf seinem Sessel halten. Er sprang auf, rannte um das Feuer und rief: »Yeah, schlag ein! Wir kriegen ein Krokodil, und das richten wir gegen den blöden Kanalchef, Dr. Richter, ab, und wenn er kommt, beißt es ihn in den Hintern!«

Wir schlugen die Hände zusammen, und dann sprangen auch alle anderen auf, klatschten und beglückwünschten mich. Selbst die Zwillinge reichten mir die Hand, auch wenn sie dabei ziemlich missmutig aussahen. Nachdem mir alle gratuliert hatten und ich nun wusste, dass Jakobs große Schwester Anna und das schüchterne Mädchen rechts neben mir Kara hieß, trat der Anführer auf mich zu und fasste mich an beiden Oberarmen.

»Willkommen in der Kanalbande, Paul!«, sagte er feierlich. »Ich heiße übrigens Leo.«

Das passt perfekt, dachte ich. Leo bedeutete schließlich Löwe – und der war im Tierreich auch der Anführer.

»Jetzt fehlt nur noch der Eid!«, rief Jakob.

»Was für ein Eid?«, fragte ich.

»Wer in die Kanalbande eintritt«, erklärte Leo, »muss einen Eid leisten.«

»Kein Problem«, sagte ich. »Was soll ich machen?«

Leo baute sich dicht vor mir auf, legte seine schneeweiße

Hand auf seinen Brustkorb, dort, wo wohl sein Herz saß, und sah mich auffordernd an. Ich legte ebenfalls die Hand auf mein Herz und fühlte ein ruhiges festes Klopfen.
Alle anderen stellten sich im Kreis um uns herum und nahmen eine feierliche Haltung ein.
»Du musst mir nachsprechen«, sagte Leo. »Bereit?«
»Ja«, antwortete ich mit fester Stimme.
»Wir bestimmen über uns selbst und stimmen über alles ab. Jede Stimme zählt gleich viel.«
»Wir bestimmen über uns selbst und stimmen über alles ab. Jede Stimme zählt gleich viel«, wiederholte ich.
»Wir halten immer zusammen. Wir respektieren einander, und wir achten aufeinander. Keiner darf sich über einen anderen stellen. Jeder darf tun, was er möchte – solange er die anderen damit nicht stört oder einengt.«
»Wir halten immer zusammen. Wir respektieren einander, und wir achten aufeinander. Keiner darf sich über einen anderen stellen. Jeder darf tun, was er möchte – solange er die anderen damit nicht stört oder einengt.«
Ich wiederholte alles, was Leo sagte. Es ging so schnell, und die Stimmung war so feierlich, dass ich gar nicht richtig darüber nachdenken konnte, was ich eigentlich genau schwor.
»Niemals wird einer von uns die Bande verlassen«, fuhr Leo fort.
Ich öffnete den Mund, um ihm nachzusprechen, da blieben die Worte plötzlich in meinem Hals stecken. »Niemals« – das bedeutete, dass ich für immer hier bleiben würde. Ich würde meinen Vater, die anderen Krokodile und mein schönes Zimmer nie wiedersehen. Natürlich konnte ich sowieso

nicht mehr nach Hause zu den Zicken, aber durch den Schwur wurde es endgültig. Selbst wenn diese Hexen das Feld räumen und unsere Wohnung verlassen würden – was absolut unwahrscheinlich war –, gäbe es ab jetzt keinen Weg mehr zurück, und dieser Gedanke fühlte sich sehr merkwürdig an.

Hinter mir trat jemand ungeduldig von einem Bein auf das andere. Ich sah zu Leo, der meinen Blick gelassen erwiderte. Da fasste ich einen Entschluss und verkündete laut und deutlich: »Niemals wird einer von uns die Bande verlassen.«

Denn so, wie ich mein altes Zuhause liebte, gab es das ohnehin nicht mehr. Orinoko würde nie mehr dort leben können. Und mein Vater? Der interessierte sich sowieso nicht mehr für mich. *Der* hatte mich alleingelassen. *Der* hatte nicht mehr auf mich geachtet. Da musste er sich nicht wundern, wenn ich mir eine andere Familie suchte. Und so sprach ich ganz sicher und überzeugt den Rest des Eides nach, ohne noch einmal zu zögern: »Ich schwöre, dies immer zu beherzigen und meine neue Familie nie zu verraten – zu keiner Zeit und unter keinen Umständen.«

Meine letzten Worte gingen schon in wildem Getrommel unter. Die Bandenmitglieder schlugen mit den Händen auf ihre Oberschenkel und rissen dann mit einem lauten »Hey!« die Arme in die Luft. Das gehörte wohl zum Ritual des Eides dazu.

Nur Linus schüttelte ärgerlich den Kopf und brummte: »Hätte ich das geahnt, hätte ich ein Dessert vorbereitet.«

»Das holen wir morgen nach«, tröstete Leo ihn. »Jetzt haben wir sowieso anderes zu tun.« Damit drehte er sich zu mir. »Du hast gesagt, dein Krokodil muss schnell gefunden werden, richtig? Dann sollten wir gleich mit der Planung beginnen.«

Er führte mich in den linken Seitenflügel hinüber, wo hinter den Schlafstätten, gegenüber der Küche, eine kleine Ecke mit Tüchern und Decken abgehängt war. »Unser Büro«, erklärte Leo und schob die Stoffe auseinander, sodass ich hineinschlüpfen konnte.

In dem abgeteilten Raum stand ein großer Tisch, der aus Brettern und Kisten zusammengezimmert war. Darauf lag eine riesige Karte. Im gelblichen Schein der Kerzen erkannte ich ein verästeltes Gewirr von verschiedenen dicken und dünnen Linien. Das Ganze erinnerte mich an die feinen verworrenen Blumenwurzeln, die man beim Umtopfen immer in der Erde der Balkonkästen findet.

»Das ist das Kanalsystem unter der Stadt«, erklärte Leo. »Wenn man alle Röhren hintereinanderhängen würde, dann würden sie eine Strecke von knapp 8000 Kilometern ergeben.«

»8000 Kilometer?!« Ich erschrak. Das war so weit wie von hier bis nach Florida, wo jetzt mein Vater war. Und der hatte über zehn Stunden mit dem Flugzeug gebraucht, um die Strecke zurückzulegen. Wie sollte ich Orinoko da jemals finden?

Hoffnungslos ließ ich mich auf einen kleinen Schemel fallen. Leo schien meine Gedanken zu erraten, denn er legte mir beruhigend eine Hand auf die Schulter und sagte: »Einen großen Teil der Röhren können wir doch ausschließen. Wir müssen nur den Weg absuchen, den das Wasser von eurem Haus bis zum Klärwerk fließt. Oder denkst du, dein Krokodil würde gegen die Strömung schwimmen?«

Ich schüttelte den Kopf. »Orinoko ist klein, das würde er sicher nicht schaffen.«

Leo lächelte. »Na, siehst du. Dann gucken wir jetzt, wo dein Krokodil unter die Erde gespült worden ist, und von dort aus folgen wir der direkten Route bis zur Kläranlage.«

Ich sah ihn mutlos an. »Aber auch das wird Wochen dauern, oder?«

Leo zuckte mit den Schultern. »Ich weiß nicht, wie viele Kilometer wir tatsächlich ablaufen müssen, aber du hast es selbst gesehen: Die Wege durch die engen Tunnel mit den schmalen Stegen sind beschwerlich, und es gibt sogar Tunnel, die nicht einmal einen Steg haben. Dort müssen wir mit Anglerhosen durch die Brühe waten. Manche Röhren sind so eng, dass wir nur gebückt hindurchkommen, wieder andere haben eine Strömung wie ein reißender Fluss, und wenn man nicht aufpasst, werden einem die Füße unterm Hintern weggerissen. Aber wir sind viele, und wir können uns aufteilen.«

Trotzdem war meine Freude verflogen. »In den Gewässern schwimmt so viel Seife, Putzmittel und andere scharfe Chemie«, sagte ich niedergeschlagen. »Jede Stunde länger in dieser Plörre greift Orinokos Atemwege an! Macht seinen Magen kaputt und verätzt seine Haut! Wie soll ich ihn denn hier unten wieder gesund pflegen? Ohne Medikamente.«

Leo boxte mir gegen den Arm. »Wieso ohne Medikamente? Bisher haben wir noch immer alles von oben besorgt, was

wir brauchten. Aber anstatt hier rumzujammern, sollten wir uns lieber beeilen. Also los!«
Damit rollte er einen Stadtplan aus und legte ihn über die Karte mit dem Kanalnetz. Auf beiden Karten waren rot markierte Stellen. Als er die genau übereinandergelegt hatte, forderte er mich auf: »Zeig mir, wo du gewohnt hast.«
Ich beugte mich über den Plan. Als Erstes suchte ich den Hauptbahnhof – den fand ich immer. Dann fuhr ich von dort mit dem Finger die Strecke zum Zoologischen Institut ab und von da zu uns nach Hause. »Hier ist es«, sagte ich. »Krumme Straße 17.«
Leo pikste mit einer Nadel an der Stelle durchs Papier, wo unser Haus stand. Dann nahm er die Stadtkarte vorsichtig ab, suchte das Einstichloch und steckte die Nadel wieder hinein. »Also dort.«
Ich zeigte auf einen blauen Punkt weiter links und fragte: »Ist hier das Lager?«
Leo nickte.
»Und wo ist das Klärwerk?«
»Das ist …« Leo suchte eine Stelle ganz am Rand der Karte, unten rechts, wo das Geäst der einzelnen Kanäle schon ziemlich ausgedünnt war und nur noch einige wenige dicke Linien verliefen. »Hier.«
Aus einer Blechdose zog er einen roten Buntstift und malte jetzt den kürzesten Weg von der Stecknadel, die mein altes Zuhause markierte, bis zur Kläranlage nach. »Das ist unser Weg, die rote Route«, stellte er zufrieden fest.
Ich betrachtete die lange Strecke und seufzte.
»Jetzt sieh doch nicht schon vorher schwarz!«, schimpfte

Leo lachend. »Nur eine Schlacht, die man nicht schlägt, ist schon verloren.«

»Okay, du hast recht. Krokodile stecken auch nicht den Kopf in den Sand, sondern halten Augen und Nase über Wasser.« Während ich das sagte, kam mir eine grandiose Idee. »Können wir nicht ein Floß bauen? Dann geht doch bestimmt alles viel schneller.«

»Klar«, sagte Leo. »So könnten wir auf jeden Fall die Hauptröhren doppelt so fix durchsuchen. Aber von uns hat keiner Ahnung vom Floßbau. Du vielleicht?«

Ich nickte stolz. »In den Ferien habe ich mal einen Kurs im Wildwasser-Kanufahren gemacht. Da haben wir auch gelernt, wie man im Notfall ein Floß selbst baut.«

»Toll!«, sagte Leo beeindruckt. »Wildwasser-Kanufahren. Habe ich noch nie gehört.«

»Ich brauche das zur Übung«, erklärte ich. »Wenn ich irgendwann Krokodilforscher bin, muss ich ja auch gefährliche Gewässer durchqueren können, wie im Dschungel in Südamerika oder in Afrika.«

»Verstehe«, sagte Leo und wandte sich wieder der Karte zu. Er zeigte auf ein paar dickere Striche in dem Liniengewimmel. »Also, all diese Rohre hier müssten breit genug sein, damit ein Floß durchpasst. Und je näher wir zur Kläranlage kommen, desto größer werden die Kanäle sowieso.« Er sah mich zufrieden an. »Dann bist du ab sofort unser Bootsbauer. Jeder von uns hier hat nämlich sein Spezialgebiet.«

»Super! Wofür bist du zuständig?«, fragte ich.

»Ich bin der Pfadfinder«, antwortete Leo, während er mit einem blauen Stift den kürzesten Weg vom Lager zur roten Route zeichnete. »Ich plane und leite unsere Ausflüge, weil ich am besten mit Karten und Kompass umgehen kann. Außerdem lebe ich am längsten hier unten und kenne mich besser aus als jeder andere.«

In dem Moment streckte Anna ihren Kopf zwischen den Vorhängen hindurch. »Hey, Paul, du brauchst ein Bett für die Nacht. Eine Luftmatratze haben wir noch, und bis wir neue Decken besorgt haben, gibt dir jeder was ab. Kommst du eben?«

Leo nickte mir zu. »Wir sind mit unserer Planung sowieso durch. Mach nur nachher schnell eine Liste mit allem, was wir für den Floßbau besorgen müssen. Dann können wir gleich morgen loslegen.«

Ich blieb wie angewurzelt zwischen den Vorhängen stehen. Daran hatte ich gar nicht gedacht. Wir konnten ja nicht eben mal in einen Baumarkt gehen und alles einkaufen. Ganz davon abgesehen, dass es hier unten keine Läden gab – wir hatten auch kein Geld.

Leo schien abermals meine Gedanken zu erraten, denn er zwinkerte mir verschwörerisch zu. »Du glaubst gar nicht, wie gut man von unten überall reinkommt.«

»Okay«, sagte ich und versuchte mir auszumalen, wie »von unten in alles reinkommen« wohl aussah. Verwirrt und verwundert von all dem neuen Wissen schob ich mich durch die Tücher.

»Paul?«

Ich drehte mich noch einmal um. »Ja?«

Leo lächelte mich zuversichtlich an. »Wir finden dein Krokodil. Ganz bestimmt.«

»Danke«, sagte ich, und als ich in den Seitenflügel mit den Schlaflagern trat, spürte ich plötzlich ein schönes warmes Gefühl in meinem Bauch. Und das lag ganz sicher nicht nur an Linus' wunderbaren Nudeln.

Anna zeigte auf die beiden Reihen mit den Matratzen und fragte: »Wo möchtest du liegen?«

Bevor ich antworten konnte, rief Leo aus dem Büro: »Neben mir!«

Offensichtlich war dieses Angebot eine besondere Ehre, denn Anna zog beeindruckt eine Augenbraue hoch, schob die beiden Schlaflager auseinander, die am nächsten zum Büro lagen, und sagte: »Also zwischen Leo und Jakob.«

Wir holten eine Luftmatratze und Decken und legten sie in den Zwischenraum.

»Bevor du die Matratze aufpustet, solltest du noch wissen, wo du frische Anziehsachen findest«, sagte Anna. »Du willst ja sicher deine nassen Strümpfe und deine Hose wechseln, oder?«

Ich schaute an meiner ekelig stinkigen Hose hinunter und nickte.

Anna zeigte auf eine Reihe Holzkisten am anderen Ende des Gewölbes. »Da legen wir immer die sauberen Klamotten und Handtücher rein. Die dreckige Wäsche kommt in die Pappkartons daneben. Wenn du etwas brauchst, nimm es dir. Aber frag am besten immer noch einmal nach. Bei manchen Sachen ist es völlig egal, aber jeder hier hat auch seine Lieblingsstücke.«

»Keine Sorge«, sagte ich und beschloss, bei jeder einzelnen Socke vorab zu klären, wem sie gehörte. Bei meinem Glück würde ich bestimmt jedes Mal mit sicherem Griff eine Lieblingsklamotte der Zwillinge erwischen. Und was dann passierte, mochte ich mir lieber nicht ausmalen. Jetzt hatte ich aber erst noch eine wichtigere Frage zu lösen.

»Sag mal …«, begann ich und merkte, wie mir die Röte ins Gesicht schoss. »Wo finde ich … also, was macht man, wenn … wenn man mal muss?«

Anna grinste. »Draußen, wenn du hinter dem Wasserfall auf die Brücke kommst, gehst du rechts«, erklärte sie. »Gleich dahinter ist eine Nische mit einem Gitter. Sag einfach Bescheid, dann zeigt dir jemand den Weg. Wir gehen sowieso immer zu zweit, aus Sicherheitsgründen. Einer muss Wache halten, wegen der Kanalinspektion, du weißt schon.«

Jakob, der sich langsam neugierig genähert hatte, stupste mich an. »Es ist auch okay, wenn du mich nachts weckst«, erklärte er mit gewichtiger Miene. »Das machen wir alle so.«

»Gut zu wissen, danke.«

»Ihr beide kriegt das hier allein hin, oder?«, fragte Anna. Als Jakob lässig abwinkte, ging sie zur Lagerküche und half den anderen mit dem Abwasch.

Jakob und ich begannen, abwechselnd die Luftmatratze aufzupusten.

»Warum seid du und deine Schwester eigentlich von zu Hause abgehauen?«, fragte ich in einer kurzen Atempause.

»Unsere Eltern haben sich nur noch gestritten.«

»Oh, das tut mir leid.«

»Ja«, seufzte Jakob. »Ständig wollten sie uns verlassen. Jeder Krach endete damit, dass einer von beiden schrie: ›Ich habe die Schnauze endgültig voll! Morgen bin ich weg!‹ Weißt du, ich hatte jede Nacht Angst, dass entweder Papa oder Mama nicht mehr da sind, wenn ich morgens aufwache. Und von dieser dauernden Angst bekam ich immer Bauchschmerzen. Hier ungefähr.« Er hielt seine kleine Hand dahin, wo in etwa der Magen saß. Dann lächelte er und zeigte dabei seine breite Zahnlücke. »Irgendwann hat es Anna gereicht. ›Wir müssen uns nicht länger anhören, dass man es da, wo wir sind, nicht aushält‹, hat sie gesagt. ›Wir warten nicht länger, bis einer von denen geht. Jetzt gehen wir einfach selbst.‹«

Ich setzte das Ventil ab. »Und dann?«

»Dann haben wir unsere Rucksäcke gepackt und sind abgehauen. Erst haben wir uns unter einer Brücke versteckt, und dann hat uns in der zweiten Nacht die Kanalbande gefunden.«

»Wie lange ist das her?«

Jakob zuckte mit den Schultern. »Keine Ahnung. Ich glaube, das war vor Ostern.«

»Jetzt ist es September«, sagte ich, aber das schien Jakob nicht sonderlich zu interessieren.

»Wir gehen sowieso nicht mehr zurück«, sagte er. »Weißt du, hier will keiner abhauen. Niemand aus der Bande würde mit so was drohen. Darum habe ich auch keine Bauchschmerzen mehr.« Dann zeigte er auf die Luftmatratze. »Gib mal rüber, du hast schon eine ganz rote Birne.«

Nach und nach kamen auch die anderen Bandenmitglieder in den Seitenflügel und machten es sich auf ihren Betten bequem. Als alle da waren, schleppten die Zwillinge ein merkwürdiges Fahrrad heran, das wie ein Fitnesstrainer auf einem Ständer aufgebockt war. An den Reifen waren unzählige altmodische Dynamos befestigt, von denen viele kleine Kabel zum Lenker liefen. Dort wurden sie gebündelt und in einem dicken Strang zu einer Kiste und von da zu einem Scheinwerfer weitergeführt. Ole setzte sich auf den Sattel und begann zu treten. Sekunden später glimmte der Scheinwerfer auf, und alle schauten erwartungsvoll in den gelben Lichtkreis, der auf die Wand neben der Eingangsluke fiel.

»Die Lichtmaschine hat Kara gebaut«, erklärte Linus und ließ sich neben mich auf die Matratze plumpsen, sodass ich einen halben Meter hochgeschleudert wurde. »Sie weiß gut über Strom und Gas Bescheid.«

»Woher denn?«, fragte ich neugierig.

»Weil bei ihnen zu Hause ständig der Strom abgestellt wurde. Ihre Mutter hat die Rechnungen nie bezahlt. Da musste sie dann immer irgendwelche Leitungen anzapfen, damit sie Licht und warmes Wasser hatten.«

Ich schaute mich suchend nach Kara um. Wieder dauerte es eine ganze Weile, bis ich sie entdeckt hatte. Sie saß zusammengekauert auf einer dunklen Decke, die sie und ihre schwarze Kleidung regelrecht zu verschlucken schien.

»Aber wer hat ihr gezeigt, wie das geht?«, bohrte ich weiter nach.

Linus hob ahnungslos die Arme. »Das musst du sie selbst fragen. Aber warte lieber noch ein bisschen, Kara ist sehr schüchtern.«

In dem Moment flackerte der Lichtkegel. Verwirrt blinzelte ich in den hellen Schein. Sah ich jetzt schon Gespenster? Oder huschte da tatsächlich der Schatten eines Krokodils über die Wand?! Ich wollte mich gerade fassungslos an Linus wenden, da sah ich, dass Leo direkt neben der Lampe stand und mit seinen Händen Figuren formte, die als Schatten an der Wand wie Tiere und Menschen aussahen. Jakob half ihm, indem er auf sein Zeichen verschiedene Papierschnipsel hochhielt. Einer besaß die Form eines Klos. Dann tauchten plötzlich die schwarzen Umrisse eines Jungen auf, und ein Mädchen tanzte hinzu … Kein Zweifel, das war meine Geschichte!

»Wir bekommen fast jeden Abend ein Schattenspiel. Manchmal erzählt Leo auch irgendetwas dazu, aber meistens sehen wir nur die Bilder«, flüsterte Linus. »Das ist unser Kino. Hier unten gibt es ja keinen Fernseher oder Internet.«

»Unglaublich«, murmelte ich. So etwas hatte ich tatsächlich noch nie gesehen. Schläfrig kuschelte ich mich in meine Decke und legte mich auf die Seite. Während ich das Treiben der schwarzen Schattenfiguren auf der Wand verfolgte, dachte ich: Wenn ich jetzt noch Orinoko finde, könnte sogar alles irgendwie wieder gut werden. Dann fiel ich in einen tiefen, wohligen Schlaf.

Der Körperbau des Mississippi-Alligators ist durch die Lebensweise im Wasser geprägt. Er zeichnet sich durch einen flachen Rumpf, eine breite Schnauze und einen zum Ruder ausgebildeten, seitlich abgeflachten Schwanz aus. Alligatoren besitzen 9 Halswirbel, 17 Rumpfwirbel und 35 bis 37 Schwanzwirbel.

7. Verbotene Worte

Als ich am nächsten Morgen erwachte, blickte ich in vollkommene Finsternis. Verwirrt rieb ich mir die Augen und richtete mich auf. Dann kamen die Erinnerungen zurück. Natürlich, ich befand mich sechs Meter unter der Erde, im Gewölbe der Kanalbande. Zu der ich seit gestern auch gehörte!
Noch schlaftrunken wendete ich meinen Kopf hin und her. Ganz allmählich gewöhnten sich meine Augen an die Dunkelheit. Ich erkannte die massigen Säulen, das merkwürdige Fahrrad mit den Dynamos und schließlich kleine, sich behutsam hebende und senkende Deckenberge.
Die Mitglieder der Kanalbande schliefen alle noch. Mir fiel ein, dass Linus gesagt hatte, vor 18 Uhr gebe es kein Frühstück. Ich beugte mich zur Seite und tastete auf dem schmalen freien Streifen Steinboden zwischen meiner und Jakobs

Matratze nach dem iPhone. Es lag neben der Grubenlampe. Als ich die runde Taste drückte und das Foto von Orinoko, meinem Vater und mir aufleuchtete, fühlte ich einen kleinen Stich im Herzen. Wenngleich ich unglaublich wütend auf meinen Vater war, weil er mich einfach alleingelassen hatte, konnte ich mir trotzdem nur schwer vorstellen, ihn nie wiederzusehen.

Ob er wohl schon wusste, dass ich weg war? Mein iPhone zeigte 16 Uhr an. Das hieß, dass es in Florida 9 Uhr am Morgen war. Wahrscheinlich frühstückte er gerade. Eins war klar: Von allein würden ihm die Ziegen sicher nicht Bescheid geben, dass ich weg war. Die würden erst mein Zimmer ausräumen und sich sicherheitshalber schon mal da breitmachen, bevor sie zum Telefonhörer griffen.

Ob mein Vater wohl nach mir fragte, wenn er anrief? Ich war nicht sicher, immerhin hatte er mich auch auf dem Restaurantklo vergessen. Trotzdem wollte ich nicht, dass er sich Sorgen machte. Nur weil er sich nicht mehr um mich scherte, hieß das ja nicht, dass ich mich genauso rücksichtslos verhalten musste.

Ich beschloss, ihm bei unserem Ausflug an die Oberfläche eine kurze SMS zu schicken: *Suche Orinoko und habe ein neues Zuhause. Mir geht es gut,* oder so etwas. Hoffentlich würde mein Akku bis dahin durchhalten. Er zeigte nur noch elf Prozent an, und hier unten gab es schließlich keinen Strom, um ihn wieder aufzuladen. Wahrscheinlich wäre es das Klügste, ich schaltete das Handy bis dahin aus. Ich drückte den Knopf, warf noch einen Blick auf Orinoko, dann begann sich der kleine Kreis zu drehen, und das Display erlosch.

Im selben Moment begann mein Magen lautstark zu knurren. Schnell zog ich die Decke hoch, damit die anderen von dem heftigen Gegrummel nicht geweckt wurden. Ich kannte mich. Dieses Gerumpel würde nicht aufhören, bis ich etwas gegessen hatte.
Da die Bande frühestens in zwei Stunden frühstücken würde, beschloss ich, mich auf eigene Faust nach irgendetwas Essbarem umzusehen. Ich schnappte meine Lampe, schälte mich aus meinen Decken und schlich auf Zehenspitzen zwischen den Schlafplätzen hindurch Richtung Lagerküche.
Das Feuer im Eisenkorb war längst verglimmt. Nur ein handbreiter Sonnenstrahl, der schräg durch den langen Schacht über der Feuerstelle fiel, spendete etwas Licht. Staubkörnchen tanzten in dem hellen Streifen, und ab und zu wirbelte ein Luftzug etwas Asche auf.
Ich tastete mich zwischen den Sesseln und Stühlen hindurch auf die andere Seite. Erst hier stellte ich meine Grubenlampe an. Mit dem hellen Lichtstrahl fuhr ich das Vorratsregal ab und entdeckte ein Päckchen Weißbrot mit Rosinen. Hungrig streckte ich meine Hand aus, doch dann stockte ich. War das erlaubt? Durfte sich hier einfach jeder etwas zu essen nehmen, wie er wollte?
Auf keinen Fall wollte ich irgendetwas falsch machen. Die Zwillinge warteten bestimmt nur auf einen Fehler von mir. Anderseits hatte ich fürchterlichen Hunger, und Linus als Küchenchef hätte bestimmt Verständnis, wenn ich etwas essen würde. Mit zwei Fingern zog ich das Päckchen aus dem Regal und nahm mir eine Scheibe heraus. Dabei passte ich

auf, dass die Folie nicht allzu laut knisterte, und stellte die Packung genauso wieder ins Regal zurück, wie ich sie vorgefunden hatte.

Zufrieden setzte ich mich auf eine Kiste und begann mit kleinen Bissen das Weißbrot zu essen. Dabei fiel der Strahl meiner Lampe in den rechten Seitenflügel. Diesen Teil des Gewölbes hatte ich noch gar nicht richtig gesehen. Neugierig schwenkte ich die Grubenlampe hin und her. Was im Lichtstrahl aufblitzte, sah ziemlich wüst aus: Überall standen Kisten und Kartons mit Brettern, Metallschrott und Kabeln. An einer quer durch den Raum gespannten Schnur baumelten lange Anglerhosen aus Gummi, an deren Hosenbeine die Gummistiefel gleich angeschweißt waren. Zwei behelfsmäßig zusammengezimmerte Tische dienten als Werkbank. Dahinter waren Haken in die Wand geschlagen, an denen Schraubenzieher, Zangen und Hämmer hingen.

Plötzlich fiel mir wieder ein, dass ich ja eine Liste machen sollte, was wir an Material für das Floß brauchten. Wie hatte ich das nur vergessen und einfach einschlafen können?! Jetzt musste ich mich beeilen, denn bevor ich überhaupt eine Materialliste erstellen konnte, musste ich erst einmal wissen, wie unser Floß aussehen sollte!

Ich leuchtete mir den Weg zu den Werkbänken und versuchte in dem Chaos einen Block und Stifte zu finden. In einer alten Orangenkiste, zwischen Pinseln und dicken Farbtuben, wurde ich fündig. Ich schnallte mir die Grubenlampe um den Kopf, legte einen Block mit Karopapier und Bleistifte auf der Werkbank zurecht und begann ein ideales Floß für die Kanalbande zu entwerfen.

Meine ersten Zeichnungen zerknüllte ich gleich wieder. Ein normal breites, viereckiges Floß würde nie durch die schmalen gewundenen Kanäle passen. Allerdings hatte ich in meinem Kanukurs gelernt, dass schmale Flöße schneller kentern. Außerdem durfte das Gefährt nicht zu lang sein, sonst passte es nicht durch die engen Kurven der Kanäle. Es brauchte die Stabilität und die Wendigkeit ... eines Krokodils! Genau, das war es! Ich musste das Boot bauen wie einen Krokodilkörper – und damit kannte ich mich ja bestens aus!

Ich zeichnete eine Stunde, verwarf, änderte, und dann hatte ich das perfekte Kanalfloß entwickelt. Es bestand aus drei einzelnen Teilen, die ich Kopf, Körper und Schwanz nannte. Alle drei Teile konnten ganz unabhängig voneinander schwimmen, aber ich wollte sie trotzdem mit Ösen und Haken verbinden, wie die Wagen meiner alten Kindereisenbahn. Die konnte auch prima durch alle Kurven fahren, egal wie lang der Zug war. Außerdem hoffte ich, dass sich die Floßteile durch diese Verbindungen gegenseitig Halt geben und nicht so leicht nach vorn oder hinten kippen würden. Damit das Floß nicht durch das Gewicht der Passagiere nach unten gedrückt wurde, wollte ich jeweils zwei leere Wasserkanister auf der Unterseite befestigen. Den Trick hatte ich im Kanukurs gelernt.

Ich begann gerade damit, die Liste der Materialien zu erstellen, da hörte ich tapsende Schritte, die sich von der Feuerstelle näherten. Ich fuhr herum und starrte in die Dunkelheit. Zwischen den mächtigen Säulen löste sich ein Schatten und kam langsam auf mich zu.

»Maldito! Was machst du hier? Es ist doch noch mitten in der Nacht«, fluchte eine krächzige Stimme. Es war Vanessa. Sie schlappte in einem rosa Nachthemd auf mich zu und gähnte. »Bist du schon lange auf?«
»Über anderthalb Stunden.«
»Und warum hast du dann noch kein Frühstück gemacht?«, fragte sie entrüstet.
»Sollte ich? Oh, das wusste ich nicht«, entschuldigte ich mich.
»Immer der Erste, der aufsteht«, sagte Vanessa und schaute mir neugierig über die Schulter. »Troi oi! Was ist das denn?!«
»Eine Bauanleitung für ein Floß. Und was ist ›Troi oi‹?«
»Vietnamesisch. Heißt so viel wie ›Großer Gott!‹.«
Sie betrachtete meine Zeichnung und nickte anerkennend. »Das sieht wirklich arschgut aus.«
»Ja, es müsste funktionieren«, antwortete ich und fühlte mich von ihrem ruppigen Lob doch sehr geschmeichelt. »Wir benötigen dafür allerdings jede Menge Bretter, Balken, Wasserkanister und dann natürlich Nägel, Haken, Ösen und Schrauben.«
Vanessa schaute sich um. »Die zwei Wasserkanister, die wir haben, brauchen wir für unser Trinkwasser. Aber Holz liegt hier jede Menge. Das angeln wir immer aus dem Dreckwasser, wenn wir *Großer Preis* spielen.«
»Großer Preis?«, fragte ich, denn ich war nicht sicher, ob ich richtig gehört hatte.
»Unser Lieblingsspiel«, erklärte Vanessa. »Das ist ein Wettangeln. Wer den tollsten Gegenstand mit Angelhaken und Schnur aus den Kanälen fischt, hat gewonnen.«

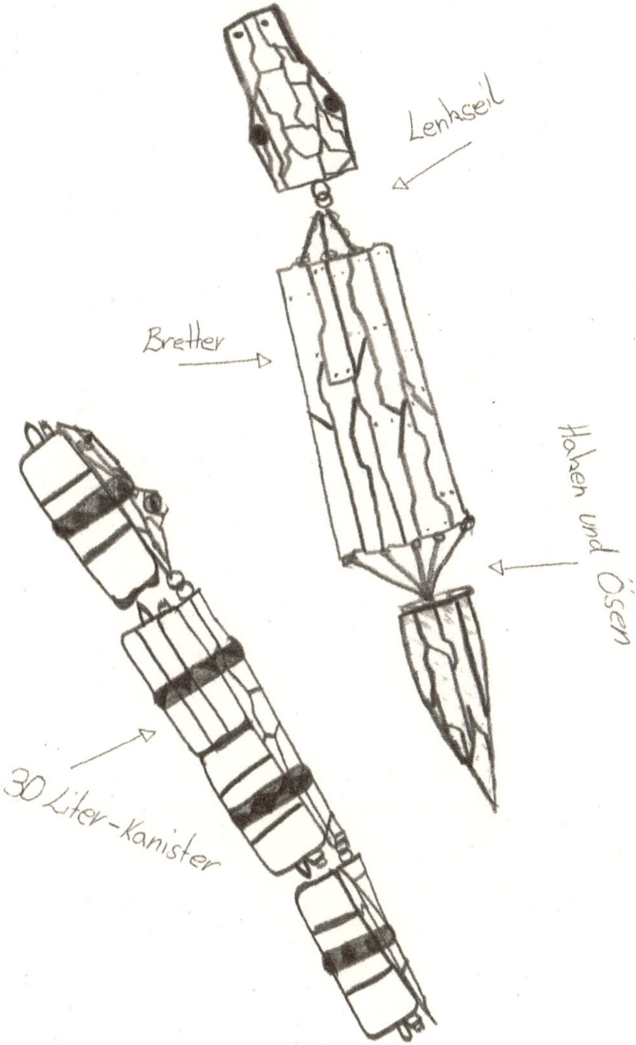
Lenkseil
Bretter
Haken und Ösen
30 Liter-Kanister

»Klingt super«, sagte ich. »Das heißt, wir brauchen nur den Kleinkram und die Kanister. Das gibt es alles in jedem Baumarkt.«

Vanessa grinste. »Baumarkt ist gut. Die haben riesige Höfe mit eigenen Kanalausstiegen. Aber jetzt komm, wir müssen erst mal Frühstück machen.«

»Äh ... Vanessa ...« Ich räusperte mich verlegen. »Also ... ich ... ich wollte mich noch bedanken, dass du gestern für mich gestimmt hast.«

»Gern geschehen«, sagte sie. »Aber bild dir bloß nichts drauf ein.«

Sie drehte sich um und schlappte in die Lagerküche. Verwundert sah ich ihr nach. Sie war anders als die zickigen Mädchen, die ich sonst kannte. Irgendwie lustiger – auch wenn sie sich jetzt schon wieder so blöde eingebildet die Haare aus dem Gesicht strich.

In der Lagerküche zündeten wir als Erstes ein paar Kerzen an. Dann stellten wir Holzbrettchen auf die Arbeitsplatte und begannen, viele Brotscheiben fingerdick mit Nutella, Honig und Marshmallow-Creme zu beschmieren.

»Woher kannst du eigentlich Vietnamesisch?«, fragte ich, während ich einen gewaltigen Nutellaberg auf eine Scheibe Weißbrot klatschte. Mein Vater wäre bestimmt ausgerastet, wenn er das gesehen hätte. Zucker auf Pappe nannte er so etwas.

»Ich kann kein Vietnamesisch«, antwortete Vanessa. »Ich kann nur fluchen – aber das in allen Sprachen.«

»Und wo hast du das gelernt?« Jetzt war ich wirklich neugierig.

»Von den vielen Au-pair-Mädchen, die ich im Lauf der Jahre hatte.«
»Wie viele waren das denn?«
»Habe ich nicht gezählt.«
»Klingt irgendwie spannend«, sagte ich vorsichtig, denn ich war mir nicht ganz sicher, ob Vanessa die Sache mit den Au-pair-Mädchen gut oder schlecht fand.
»Also«, erklärte sie, während sie ihr Messer in den Honig tauchte, »der Vorteil ist, dass so ein Au-pair, ohne zu meckern, dein Zimmer aufräumt und dir die Klamotten hinterherträgt. Der Nachteil ist, dass sie allesamt absolut unbrauchbar sind, wenn es darum geht, deine Hausaufgaben zu erledigen. Meine Arbeitsblätter wimmelten nur so von Rechtschreibfehlern. Wenn sie die Aufgabenstellung überhaupt verstanden hatten. Ständig hat mir meine Lehrerin einen Smiley-Stempel mit heruntergezogenen Mundwinkeln ins Heft gedrückt.«
»Das ist blöd«, gab ich zu.
»Lanet olsun, ja!«, fluchte Vanessa und verteilte den Honig auf der Brotscheibe. »Aber dann hatte ich *die* Idee, wie ich die Mädchen doch noch sinnvoll einsetzen konnte: Für den ersten *Internationalen Katalog der Flüche*!« Sie strich sich wieder stolz eine blonde Strähne aus dem Gesicht. »Die Liste war am Ende echt beeindruckend.«
Ich fand, dass das alles sehr lustig klang, und verstand nicht, warum Vanessa es dann nicht mehr zu Hause ausgehalten hatte.
Doch gerade als ich sie das fragen wollte, fuhr sie mich mit ihrer kratzigen Stimme an: »So, und jetzt gib mal Gas, wir

müssen auch noch Kakao machen.« Damit marschierte sie zu den Gaskochern, und das Gespräch war beendet.

Nach und nach krochen nun auch die anderen Bandenmitglieder aus ihren Betten. Anders als beim Abendbrot, das alle zusammen begannen, wenn Linus mit Kochen fertig war, nahm sich beim Frühstück jeder zu essen, wann er wollte. Die Zwillinge machten ein Feuerchen, und als alle gemütlich im Kreis um die Flammen saßen, stellte ich meinen Plan für das Floß vor. Die anderen Bandenmitglieder waren begeistert, sogar Ole und Tom stimmten dafür. Wir beschlossen, zwei Boote zu bauen, auf denen jeweils vier Personen Platz hatten. Gleich in dieser Nacht wollten wir das nötige Material besorgen. Leo schlug vor, um 23 Uhr aufzubrechen. So konnten wir etwa gegen Mitternacht aus dem Kanalschacht auf den Hof des Baumarkts steigen und alles in Ruhe zusammensammeln. Außerdem blieb dann noch genügend Zeit, um anschließend die Lebensmittel zu besorgen, die Linus in den nächsten Tagen zum Kochen brauchte.
Kara und Vanessa meldeten sich freiwillig, vorab die Holzvorräte nach brauchbarem Material für das Floß zu durchsuchen und Latten und Bretter von alten Nägeln und Schrauben zu befreien. Außerdem mussten noch die normalen Arbeiten im Lager erledigt werden. Ole und Tom waren an der Reihe, die Kanister mit frischem Trinkwasser zu füllen. Ihren Gesichtern nach zu urteilen, war das keine besonders beliebte Aufgabe. Jakob bekam Unterricht im Lesen, Schreiben und Rechnen – was er auch nicht toll fand, doch seine

große Schwester blieb hart. Er musste sich ans Feuer setzen und die Zutaten von Kochrezepten, die auf vier Personen ausgelegt waren, für die doppelte und die fünffache Menge Menschen berechnen.

»Da weiß er wenigstens, wofür er multiplizieren lernt«, erklärte Anna und sah ihrem kleinen Bruder über die Schulter. »Mensch, Jakob«, seufzte sie. »Wenn du das weiter so berechnest, kriegst du am Ende ganz sicher keinen Kartoffelpuffer mehr ab.«

Ich sollte Leo beim Ausarbeiten der Route für unseren Ausflug nach oben helfen. Vorher mussten wir aber wissen, welche Lebensmittel Linus in der Stadt besorgen wollte und wo.

Nachdem er alle Vorräte begutachtet hatte, kam er mit einer langen Liste zurück zum Feuer. »Tiefkühlfleisch, Ketchup und Tee gibt es im Supermarkt, Kartoffelsäcke und Gemüse holen wir am besten auf dem Großmarkt. Da würden wir auch die Eierpaletten mit vierzig Stück kriegen, die wir besser transportieren und lagern können.«

Leo schüttelte den Kopf. »Der Großmarkt liegt in entgegengesetzter Richtung vom Baumarkt. Das schaffen wir nicht in einer Nacht. Überleg noch mal, worauf du in den nächsten Tagen am ehesten verzichten kannst, und dann gehen wir heute in einen Supermarkt und holen kleine Packungen.« Damit stand er auf und verschwand im Büro, hinter den Tüchern.

»Warum gehen wir nicht in diesen Ökosupermarkt in der Innenstadt?«, fragte ich Linus, der geknickt auf seine Liste schaute. »Da kriegen wir auch alles in großen Mengen und müssen keinen langen Umweg machen. Das wäre dann nicht nur gesünder, sondern auch effizienter.«

Linus starrte mich an. »Was hast du gesagt?!«

»Dass wir in den Ökosupermarkt gehen könnten«, wiederholte ich.

»Nein … das andere!« Linus' Stimme klang merkwürdig aufgebracht. »Ich meine das, was du danach gesagt hast, das mit dem …«

»Nichts«, unterbrach da Anna und sprang aus ihrem Sessel auf. »Paul hat nichts gesagt. Nur, dass wir im Ökosupermarkt alles kriegen können und dass dieses Biozeug gesünder ist.«

Linus schaute sie misstrauisch an, aber dann schüttelte er den Kopf und murmelte: »Tut mir leid. Ich dachte, ich hätte da so ein Wort gehört … egal. Wir machen das mit dem Ökoladen, gute Idee.«

Er drehte sich um und ging zurück in die Lagerküche. Verwirrt schaute ich ihm nach. »Habe ich etwas falsch gemacht?«, flüsterte ich Anna zu.

»Du hast ›effizient‹ gesagt«, raunte sie zurück.

Ich schaute sie verdutzt an. Was war denn an dem Wort »effizient« so schlimm?! Mein Vater benutzte es immer, wenn es darum ging, mit einem möglichst kleinen Aufwand ein möglichst großes Ergebnis zu erzielen. Eben zum Beispiel, wenn wir unseren Großeinkauf machten.

»Du darfst in Linus' Nähe nie so Worte wie ›effizient‹, ›optimieren‹, ›Maximum‹ oder ›zielorientiert‹ sagen«, erklärte Anna leise. »Wenn du Pech hast, flippt er total aus.«

»Aber wieso?«

Anna zog mich hinter eine Säule. »Seine Eltern waren nie zufrieden mit ihm. Seine Mutter ist so eine Supersportskanone und von Beruf Personal Trainer. Sie macht Leute fit und schlank. Sie selbst ist so eine, die vierzig Kilometer am Stück läuft, dann zwanzig Bahnen schwimmt und anschließend noch für vier Stunden aufs Fahrrad steigt. Alles ohne Pause.«
»Aber sie ist schon ein Mensch und keine Maschine, oder?«, fragte ich.
Anna zuckte mit den Schultern. »Linus ist sich nicht sicher, ob sie ein Herz hat.«
»Und sein Vater?«
»Noch schlimmer. Der ist Mental Trainer mit Spezialgebiet Willensstärkung. Der sagt so Sachen wie: ›Alles ist eine Frage des Wollens‹, oder: ›Verzicht macht stark.‹ Er hat mehrere Bücher darüber geschrieben, die alle über 100000-mal verkauft wurden.«
»Puh«, sagte ich. »Das klingt echt anstrengend.«
Anna nickte. »Besonders, wenn einem das sonst wo vorbeigeht, ob man der Beste und Härteste ist. Und wenn man nicht mal eine einzige Runde ohne Pause um den Sportplatz schafft.«
»Aber Linus kann phantastisch kochen.«
Anna verzog das Gesicht. »Seine Mutter hat versucht, ihn auf Wettbewerbe zu schicken. Aber das interessierte ihn nicht. Er wollte nur, dass es den anderen schmeckt. Da hat ihm sein Vater unterstellt, dass er nur kochen würde, um sich jedem ›Leistungsanspruch‹ zu entziehen.« Anna schaute verstohlen zu Linus, der an der Arbeitsplatte der

Lagerküche stand und zufrieden Kartoffeln schälte. »Das ist übrigens auch so ein Wort, das du in seiner Nähe besser nicht aussprechen solltest.«
Ich nickte und dachte: Ein Glück, dass es die Kanalbande gibt. Hier kann einfach jeder sein, wie er ist, und das tun, was ihm Spaß macht.

Die restliche Zeit bis zum Aufbruch verbrachte ich damit, gemeinsam mit Leo die Route unseres Ausflugs zu planen. Wir wollten vom Lager zum Baumarkt gehen und dann auf dem Rückweg den Abstecher zum Ökosupermarkt einbauen. Leo zeigte mir auf der Kanalkarte, woran man die Größe der Rohre erkennt und wie man herausfindet, welche einen Steg an der Seite haben und welche nicht. Wir überlegten, ob wir an einigen Stellen lieber einen längeren Umweg in einem größeren Tunnel gehen sollten, anstatt eine Abkürzung durch eine enge Röhre zu nehmen, in der das Vorankommen beschwerlicher war. Am Ende entschieden wir uns für eine schnelle kurze Route zum Baumarkt und eine etwas weitere, bequemere zurück. Mit Kanistern, Baumaterial und Lebensmitteln bepackt, wollten wir uns nicht durch die kleinen Röhren quetschen.
Als Leo die Strecke mit einem feinen Bleistift nachgezeichnet hatte, begann er auf einem Block komische Zahlen und Buchstaben aufzulisten.
»Was machst du da?«, fragte ich.
»Das ist unsere Marschroute«, erklärte er. »Die große Karte muss immer im Lager bleiben. Sie ist unser wertvollster Schatz und darf nie verloren gehen. Darum notieren wir un-

seren Weg in einer Art Geheimcode.« Er zeigte auf eine Abzweigung auf der Karte. »Für diese Stelle schreibe ich *3KR*.«
»Dritte Kreuzung rechts?«, fragte ich.
»Genau.« Leo nickte stolz. »Das habe ich mir ausgedacht.«
Während wir nun gemeinsam den Routenplan ein paarmal abschrieben, damit jedes Bandenmitglied ein Exemplar hatte, fragte mich Leo über Krokodile aus. Ich erzählte ihm alles, was ich wusste, und berichtete von den Reisen mit meinem Vater.
»In Australien gibt es doch auch Krokodile, oder?«, fragte Leo.
»Klar«, sagte ich. »Zum Beispiel das Crocodylus johnstoni. Das ist ein Süßwasserkrokodil. Die tun fast immer so, als würden sie schlafen, aber kaum dass sich etwas bewegt, flippen sie total aus und greifen an. Wir hatten mal eins im zoologischen Institut. Als die Putzfrau die Fensterscheibe des Terrariums wischen wollte, ist es mit solcher Wucht dagegengesprungen, dass es sich die Nase blutig gehauen hat. Das hat es sogar mehrmals getan. Also, so ganz helle im Kopf sind die nicht.«
»Mmh«, machte Leo etwas enttäuscht. »Ich fahre trotzdem irgendwann nach Australien. Ich will nämlich mal auf die andere Seite der Welt.«
Einen Moment notierten wir schweigend weiter die Geheimcodes. Weil es so merkwürdig still und ich neugierig war, fragte ich beiläufig: »Sag mal, warum bist du eigentlich von zu Hause abgehauen?«
Leo antwortete nicht, sondern schrieb weiter seine Liste. So als hätte ich gar nichts gesagt. Ich musterte ihn von der

Seite. Wollte er nicht antworten, oder hatte er meine Frage wirklich nicht mitbekommen, weil er vielleicht mit seinen Gedanken in Australien war?
»Leo?«, hakte ich noch einmal nach.
»Kannst du mir mal bitte den Anspitzer geben?«, stieß er da hervor, bevor ich auch nur Luft holen konnte, um noch einmal nachzubohren. Etwas verwirrt reichte ich ihm die kleine Plastikdose. Leo lächelte freundlich und begann sehr konzentriert seinen Bleistift zu spitzen.
Nun war ich ganz sicher, dass er mich verstanden hatte. Irritiert wandte ich mich wieder der Liste mit den Geheimcodes zu und fragte mich: Sprach Leo nie über seine Geschichte, oder wollte er nur mit *mir* nicht darüber reden?

Jahrzehntelang versuchten Fischer, Krokodile aus ihren Fanggebieten zu vertreiben und auszurotten. Grund war der Verdacht, die fischfressenden Krokodile würden die Fangquoten schmälern. Doch das radikale Vorgehen gegen die Panzerechsen erwies sich als fataler Irrtum: Denn mit den Krokodilen schrumpften auch die Fischbestände! Je mehr Fischräuber es also gibt, desto mehr Fische gibt es. Leider funktioniert das nur bei Krokodilen.

8. Einholen

Um halb elf begannen die letzten Vorbereitungen für den Ausflug. Linus brachte mir eine der Anglerhosen mit den angeschweißten Gummistiefeln, die ich im rechten Seitenflügel gesehen hatte. »Da geht kein Tropfen durch, selbst wenn dir das Wasser bis über den Bauch steht«, schwärmte er. »Probier mal, ob das deine Schuhgröße ist.«
Ich schlüpfte durch die Hosenbeine in die Stiefel und nickte. »Mit einem Paar dicken Socken passt das.«
Jakob suchte mir aus einer Anziehkiste dicke Wollstrümpfe heraus und zog dazu noch eine rote Skiunterhose hervor. »Zieh die drunter, das ist bequemer als deine Jeans. Machen wir alle so.«
Außerdem bekam ich von Vanessa eine kleine silberne

Pfeife, mit der ich im Notfall ein Signal abgeben konnte, und von Anna eine Skibrille. »Wahrscheinlich brauchst du sie noch nicht«, sagte sie. »Aber je länger du hier unten bist, desto mehr gewöhnen sich deine Augen an die Dunkelheit, und desto lichtempfindlicher werden sie. Wir können alle nicht mehr ohne Brille in Tageslicht sehen.«

Während nun auch die anderen in ihre Ausrüstungen stiegen, schoss mir plötzlich ein Gedanke durch den Kopf: Wenn wir die Sachen nicht kauften, wie bekamen wir sie dann? Suchend schaute ich mich nach Leo um. Das musste ich unbedingt vorher klären. Ich entdeckte ihn am Feuerkreis und eilte auf ihn zu. »Sag mal ... wir klauen das Material doch nicht, oder?«

Leo sah mich erstaunt an.

»Ich meine, das ist doch nicht erlaubt. Wir können doch nicht einfach so jemand anders etwas wegnehmen!«

Im Gewölbe war es nun ganz still geworden. Alle starrten mich an.

»Hast du vielleicht eine bessere Idee?«, fragte Tom.

»Oder vielleicht 5000 Euro in der Tasche?«, spottete Ole.

Ich sah etwas hilflos zu Leo.

»Du musst das so sehen«, erklärte der ruhig. »Wenn wir über der Erde leben würden, müssten wir auch Dinge verbrauchen: Essen, Kleidung, Spielzeug ... Selbst ein Platz in einer Schule kostet unheimlich viel Geld. Und all das sparen die oben schon mal, weil wir hier unten leben. Wenn wir uns also holen, was wir brauchen, dann ist das nur so eine Art ... Ausgleich.«

»Na ja«, sagte ich skeptisch, »der Besitzer des Baumarkts

spart ja kein Geld, nur weil wir die Schule schwänzen, oder?«
»Uaaah!«, stöhnte Ole, dem meine Bedenken mächtig auf den Zeiger zu gehen schienen.
Da fiel mir zum Glück noch ein anderes Argument ein. »Wir könnten doch erst einmal die Sachen benutzen, die einfach weggeworfen werden, obwohl man sie noch gut gebrauchen kann. Abgelaufene Lebensmittel zum Beispiel.«
»Was?!«, fuhr Linus empört auf.
»Die sind meistens noch völlig in Ordnung«, beruhigte ich ihn. »Ehrlich: Täglich werden Tausende Tonnen Nahrungsmittel weggeworfen. Das habe ich neulich erst gelesen. Auf dem Großmarkt hier fliegen jeden Tag kartonweise Bananen in den Müll. Und währenddessen wird in Südamerika immer mehr Wald für noch mehr Bananenplantagen gerodet, und Krokodile und andere Tierarten verlieren ihren Lebensraum. Und zwar total umsonst, weil wir nicht mal das essen, was da ist. Das ist doch bescheuert!«
»Der Paul ist ein richtig Guter«, stichelte Ole.
»Weiß ich gar nicht …« Tom baute sich provozierend vor mir auf. »Meinst du das ehrlich, Klugscheißer, oder hast du nur Schiss, irgendwo einzusteigen?«
»Ich finde es ziemlich egal, *warum* er das vorschlägt«, warf Leo ein. »Die Idee mit den abgelaufenen Lebensmitteln ist gut. Und wenn wir besser sein wollen als die oben, sowieso.«
»Also, gehen wir jetzt zum Baumarkt oder nicht?«, drängelte Jakob.
»Heute bleiben wir erst einmal bei unserem Plan, oder?«, fragte Leo in die Runde.

»Okay«, sagte Anna. »Und ab morgen können wir gucken, dass wir so viel wie möglich aus Containern holen. Das ist auch nicht so riskant, wie irgendwo einzusteigen.«
Kara schaute kurz hinter ihren Haaren hervor und murmelte: »Wenn man damit Krokodile und andere Tiere rettet …«
Leo drehte sich zufrieden zu mir. »Gut. Und wenn es dir hilft, dann nenn es doch heute nicht ›klauen‹, sondern ›einholen‹. Das hat mein Opa immer gesagt, wenn er einkaufen gegangen ist. Ich finde, das Wort trifft es in unserem Fall ganz gut.«
Ich nickte. »Einholen« klang auf jeden Fall nach weniger schlechtem Gewissen.
Da nun alles geklärt war, löschten die Zwillinge das Feuer, und Anna öffnete die Luke an der hinteren Wand, durch die ich am Tag zuvor ins Gewölbe geklettert war. Einer nach dem anderen stiegen wir in den Gang nach unten. Ich hatte mich hinter Leo und vor Jakob eingereiht, zwischen denen ich auch schlief.
Jetzt, ohne Sack über dem Kopf und im Schein meiner Grubenlampe, sah ich, dass der Gang nur ein einfach gegrabener Tunnel mit fester, platt gestampfter Erde war. Die Decke und die Wände wurden durch eine Holzkonstruktion abgestützt. Alles schien sehr alt zu sein. Die Balken waren dunkel, und auf manchen Brettern waren Worte in den alten deutschen Schriftzeichen geschrieben, wie in der dicken Bibel, die uns meine Oma vererbt hatte.
»Wer hat das eigentlich gebaut?«, fragte ich Leo.
»Wahrscheinlich haben sich damals im Krieg irgendwelche

Leute hier unten versteckt. Ganz geheim, denn das Gewölbe ist auf keiner Kanalkarte eingezeichnet!«, rief er, während wir weiter den abfallenden Gang hinunterkrochen. »Darum findet uns die Kanalinspektion auch nicht, obwohl sie ständig alles nach uns ...«

In diesem Moment stieß Anna wohl die Luke am unteren Ende des Tunnels auf, denn Leos letzte Worte gingen in einem gewaltigen Rauschen unter. Das Dröhnen nahm mit jedem Meter zu, den ich vorankrabbelte. Als ich das letzte Ende des Schachts erreicht hatte, war es ohrenbetäubend laut. Ich tauchte durch das eiserne Türchen – und dann sah ich das ganze Ausmaß des Spektakels: Nur zwei Meter von dem Ausstieg entfernt stürzte eine gewaltige Wand aus Wasser hinunter. Wir befanden uns tatsächlich hinter einem riesigen Wasserfall. Kein Wunder, dass die Kanalarbeiter das Gewölbe nicht fanden.

Ich leuchtete mit der Grubenlampe hinunter zu meinen Füßen. Mein Gefühl am Abend zuvor war richtig gewesen: Wir standen auf einer Art Brücke, die aus Metallstreben zusammengeschraubt war, wie die Gerüste, die man von Baustellen kennt. Sie spannte sich von der einen Seite des Wasserfalls zur anderen und war beunruhigend wackelig. Vorsichtig beugte ich mich über das Geländer und schaute hinunter. Unzählige feine Tropfen spritzten in meinen Nacken. Ich versuchte die Wassertiefe abzuschätzen, doch in den aufgewirbelten Massen konnte ich keinen Grund ausmachen.

»Das geht da dreißig Meter runter!«, brüllte Anna gegen den donnernden Lärm. Dann deutete sie auf die Decke.

»Die Kanalarbeiter nennen das Überlaufbecken. Da oben ist ein Stausee. Wenn zu viel Wasser in der Kanalisation ist, schwappt es über den Rand und stürzt nach ganz unten in ein riesiges Auffangbecken. Im Hochsommer, als es draußen lange Zeit trocken war, hat es hier nur ein bisschen geplätschert.«
»Das Staubecken ist direkt über unseren Köpfen?«, fragte ich alarmiert.
Anna nickte. »Hier schon. Aber das Lager liegt zum Glück genau daneben. Sonst hätten wir doch über dem Feuerkorb keinen Schacht an die frische Luft.«
Da war ich wirklich erleichtert. Irgendwie wäre es kein gutes Gefühl gewesen, ständig Tausende Liter Wasser über meinem Kopf zu wissen.
»Tschjort poberi, können wir jetzt mal los?«, fluchte Vanessa vom anderen Ende der Schlange.
Leo verteilte die Listen mit den Geheimcodes, pfiff einmal auf zwei Fingern, und dann marschierten wir los, zu meinem ersten Raubzug mit der Kanalbande.
Ich hielt mich direkt hinter Leo, der vornweg ging. Wie am Abend zuvor versuchte ich Gleichschritt zu halten, und diesmal, ohne gefesselte Hände und Sack über dem Kopf, ging es richtig gut. Ich musste mich nur auf Leos dunkelgrüne Stiefel konzentrieren.
Nach mir kam Jakob, dann die Zwillinge, Kara, Vanessa und Linus. Anna bildete das Schlusslicht. Auch wenn ich mich in der Gruppe nicht fürchtete, war ich trotzdem froh, dass ich nicht der Letzte war, hinter dem dann nur noch die tiefschwarze Dunkelheit kam.

»Hey, Paul!«, rief Leo, ohne sich umzuschauen. »Noch etwas: Wir haben einen Notfalltreffpunkt. Falls du jemals verloren gehst, musst du versuchen, an einen der unterirdischen Flussläufe zu gelangen. In den breiten Kanälen befinden sich in regelmäßigen Abständen Gittertüren in den Seitenwänden. Die Gänge dahinter führen eine Etage tiefer zu den unterirdischen Flüssen. Von da musst du einfach der Strömung folgen. Irgendwann landest du dann an der Stelle, wo der Fluss wieder an die Oberfläche tritt. Der Eingang ist durch ein riesiges Gitter versperrt. Du kennst das bestimmt. Es ist gleich neben dem Rathaus, an der verzierten Steinbrücke. Da treffen wir uns im Notfall – und zwar egal, ob du uns hier unten in der Kanalisation oder oben an der Oberfläche verlierst.«

Ich kannte das Gitter und hatte es genau vor Augen. Über der Erde wüsste ich sofort, wie ich da hinkam. Aber hier unten?

»Wenn du es nicht gleich findest, ist das kein Problem«, beruhigte mich Leo. »Wir kommen mehrmals wieder. Jede Nacht, immer um 0 Uhr, stehen wir da und warten auf dich.«

Na toll, dachte ich. Bis ich jemals an diesem dämlichen Gitter ankomme, habt ihr wahrscheinlich Familien gegründet oder seid in Rente gegangen. Ich war ja nicht mal in der Lage, einen ganz normalen Tunnel vom anderen zu unterscheiden. Wie sollte ich da jemals unterirdische Flüsse eine Etage tiefer finden?

»Verstanden?«, fragte Leo.

»Mmh«, sagte ich und hoffte, dass ich nie verloren ging.

Wir waren eine ganze Zeit lang durch verschiedene Tunnel mit Steg gelaufen, als Leo plötzlich vor einem sehr engen, ekeligen Durchbruch stehen blieb. Ich starrte angewidert in das Loch, das etwa die Ausmaße einer Röhrenrutsche auf einem Kinderspielplatz hatte. Der Boden war von einer knöcheltiefen zähflüssigen Plörre bedeckt, die wie altes Aquarienwasser stank. Sollte das etwa unsere Abkürzung sein?!

»Kopf einziehen«, sagte Leo, zog seine Kapuze über und tauchte in das Loch.

Ich holte tief Luft und murmelte: »Für Orinoko.« Dann klappte ich ebenfalls die Kapuze hoch und folgte ihm. Dabei schwor ich mir, nie wieder einer Abkürzung zuzustimmen. Kein Umweg konnte so lang sein, wie diese Röhre widerlich war! Hätte ich allerdings gewusst, wohinein ich an diesem Tag noch alles kriechen musste, dann hätte ich mich wahrscheinlich weniger angestellt.

Die Decke des eiförmigen Tunnels wurde bald so niedrig, dass selbst Jakob seinen Kopf einziehen musste. Außerdem war das Gehen im Wasser wesentlich anstrengender als auf dem Trockenen, aber das weiß ja jeder, der mal versucht hat, durchs Nichtschwimmerbecken zu laufen. Weil ich den Kopf tief gesenkt hielt, fiel der Strahl meiner Grubenlampe beständig auf die Dreckplörre. Und plötzlich sah ich da Nudeln schwimmen! Ich musste lachen. Nudelsuppe! Vielleicht fand ich noch ein Stück Rindfleisch.

Im selben Moment stieß mein Gummistiefel gegen einen Widerstand. Ich leuchtete zu meinen Füßen – und mein Herz blieb stehen.

»Ein Bein! Eine Leiche!«, schrie ich.
Sofort schossen mehrere Lichtstrahle an mir vorbei, dann schallte lautes Gelächter durch das Rohr.
»Das ist nur eine Perlonstrumpfhose«, gluckste Leo. »Offensichtlich gibt es Leute, die so was im Klo runterspülen. Wir finden die regelmäßig, und meistens sind sie prall mit Müll und Sand gefüllt, sodass sie wie riesige Beine aussehen.«
»Das kann ich ja nicht wissen«, sagte ich etwas beleidigt, denn der Schreck saß mir immer noch in den Knochen.
Leo klopfte mir auf die Schulter. »Hey, mach dir keine Gedanken. Wir haben alle beim ersten Mal gedacht, dass da ein Toter liegt. Komm!«
Wir reihten uns wieder hintereinander ein und setzten unseren Weg fort. Nach einer weiteren Viertelstunde in der ekeligen Röhre und anschließenden zehn Minuten in einem etwas breiteren Tunnel blieb Leo plötzlich unter einem Schacht stehen und deutete nach oben. »Hier muss es sein.«
»Platz da!« Ole drängelte sich an mir vorbei und zog aus seinem Rucksack ein dickes Seil, das am Ende eine Art Enterhaken hatte, so, wie ich sie aus Piratenfilmen kannte.
»Alle wegtreten!«, rief Tom, dann schleuderte sein Bruder den Haken nach oben. Es schepperte einmal heftig, und Ole konnte gerade noch beiseitespringen, als die Kralle mit voller Wucht zurückdonnerte und dicht neben ihm in das Dreckwasser platschte. So ging es auch beim nächsten Versuch, aber beim dritten Mal blieb der Haken mit einem metallischen *Klick* irgendwo im Schacht hängen. Ole ruckelte noch ein paarmal an dem Seil, und als sich nichts rührte,

schob Anna ihn beiseite und kletterte schnell wie ein Wiesel an dem Tau hinauf. Ich leuchtete nach oben und sah, wie sie von dem Seil an die Eisenstiegen in der Wand wechselte. Anscheinend befanden sich in allen Kanalschächten solche Tritte zum Hinauf- und Hinunterklettern.

Als Anna ganz oben angekommen war, pfiff sie durch ihre Trillerpfeife. Daraufhin stieg Leo bis zur Mitte hinauf, gefolgt von Vanessa, die allerdings nur bis zum untersten Eisentritt kletterte. Nun setzte Tom seinen Rucksack ab und zog vier dicke Kanthölzer heraus, die so aussahen, als seien sie so lang wie der Durchmesser des Schachts. Aber genau das waren sie eben nicht: Nachdem Vanessa sie an Leo und Leo sie weiter an Anna gegeben hatte, sah ich, dass sie ein kleines Stückchen länger waren, sodass Anna sie oben zwischen den Wänden verkeilen konnte. Eine Latte nach der anderen drückte sie zwischen die verwitterten Backsteine, bis einen halben Meter unterhalb des Kanaldeckels ein sternförmiges Gebilde entstanden war. Es erinnerte mich an die Strohsterne, die wir zum Advent immer in der Schule gebastelt hatten. Und genau wie bei diesem Weihnachtsschmuck wickelte Anna ein Tau um die Schnittstelle in der Mitte, das sie dann noch an einer der Eisenstreben in der Wand absicherte.

Ich verstand allerdings immer noch nicht, warum Anna das Ganze eigentlich tat, bis sie sich zwischen den Latten hindurchhangelte und sich auf eins der Hölzer setzte. Und tatsächlich: Es hielt! Jetzt begann sie auch noch auf den Latten hin und her zu wippen, um die Stabilität zu testen.

»Sitzt bombenfest!«, rief sie nach unten.

Ich war sprachlos.
»Hey, Paul!« Leo leuchtete mir mit seiner Taschenlampe von oben ins Gesicht. »Mach den Mund zu und komm her!«
Wie die anderen vor mir griff ich lässig das Tau. Doch kaum hatte ich mich ein Stück hochgezogen, schwang das Seil hin und her, und ich blieb wie ein altersschwacher Affe auf dem ersten Meter hängen. Mit Mühe und Not kämpfte ich mich bis zu den Eisenstreben. Mein Kopf glühte wie eine Tomate. Ich schwor mir, gleich am nächsten Tag Klimmzüge zu üben. Zum Glück kam ich über die Stiegen schneller voran. Als ich oben anlangte, tauchte ich mithilfe von Vanessa und Leo durch einen der Zwischenräume im Holzstern und setzte mich wie sie auf ein Lattenende.
Bloß nicht nach unten schauen, dachte ich. Und nicht daran denken, dass ich in fünfeinhalb Meter Höhe auf einer Holzkonstruktion sitze, die nur mit einem Tau und Seemannsknoten gesichert ist.
In den nächsten Minuten folgte einer nach dem anderen nach oben. Am meisten Mühe hatte Linus. Keuchend zwängte er sich durch eine der schmalen Lücken auf die Holzvorrichtung.
»Wenn du weiter so viel isst, passt du hier bald nicht mehr durch«, schimpfte Tom, der beinahe von seinem Sitz kippte, als Linus sich auf seinen Platz quetschte.
Nun stand nur noch Jakob unten und beleuchtete für uns den Kanaldeckel, der sich nur wenige Zentimeter über unseren Köpfen befand.
»Fertig?«, fragte Leo. Sofort streckten alle die Arme nach oben und legten die Hände unter den Deckel. Ich machte es

den anderen schnell nach. »Und hopp!«, gab Leo das Kommando.
Unter großem Schnaufen und Stöhnen stemmten wir uns gegen den Deckel und versuchten, ihn aus seinen Fugen zu heben. Die Holzlatten unter meinem Hintern ächzten und bogen sich unter dem Druck weit durch.
»Los!«, presste Anna zwischen den Zähnen hervor. »Gleich haben wir's!«
Als ich schon dachte, wir würden es nie schaffen, gab das Monstrum endlich nach. Der eiserne Rand löste sich aus seiner Fassung und rutschte ein paar Zentimeter beiseite. Durch den schmalen Schlitz drang das kalte Licht einer Straßenlaterne.
»Kleine Pause!«, rief Leo.
Schnaufend ließen wir die Arme sinken und schüttelten unsere Hände aus.
»Vielleicht reicht es schon«, sagte Anna und zog aus ihrem Gürtel ein längliches Eisenstück, das sie in die kleine Lücke zwängte. Sie ruckelte hin und her und hebelte den Spalt langsam weiter auf.
Gerade wollte ich begeistert »Yippie!« ausrufen – da hörte ich direkt über mir, ganz nah an meinem Ohr, ein furchterregendes Knurren. Heißer, feuchter Atem schlug mir in den Nacken.
»Die haben einen Hund!«, platzte Tom hervor.
»Was machen wir jetzt?«, fragte ich ängstlich und klammerte mich an die Holzlatte. Der faulige Mundgeruch des Hundes kroch durch den schmalen Spalt und brannte in meiner Nase.

»For helvede!«, fluchte Vanessa. »Lasst uns zumachen! Es gibt doch noch einen anderen Baumarkt, der einen Kanaleinstieg auf dem Hof hat.«
»Aber wer weiß, ob die nicht mittlerweile auch so einen Köter angeschafft haben«, gab Anna zu bedenken.
Leo zog grübelnd die Stirn in Falten. »Eben, und bis wir zurück ins Lager gegangen sind und die neue Route ausgearbeitet haben, ist es für heute zu spät.«
Bloß das nicht!, dachte ich. Jeder weitere Tag, den Orinoko allein durch die Kanalisation trieb, konnte seinen Tod bedeuten. Wir konnten nicht warten! Allerdings war ein Zusammenstoß mit einem zähnefletschenden Wachhund so ziemlich das Letzte, was ich wollte.
»Wir könnten den Kanaldeckel doch noch ein bisschen mehr anheben«, schlug Ole vor, »und wenn dieses Vieh dann seinen Kopf durchstreckt, lassen wir einfach los.«
»Niemals!«, fuhr ich ihn böse an. »Auf keinen Fall verletzen wir ein Tier oder bringen es um.«
»Hast du vielleicht eine bessere Idee?«, fragte Tom.
»Wir müssen ihm einen Maulkorb umlegen«, überlegte ich laut. »Wenn der Tierarzt ins Zoologische Institut kommt, werden den Krokodilen auch immer mit Ledergurten die Schnauzen verschlossen.«
»Na super. Und wie willst du das machen?«, fragte Ole und funkelte mich provozierend an.
Die anderen drehten mir erwartungsvoll die Köpfe zu.
»Wenn wir den Deckel nur so weit anheben, dass der Hund gerade mal seine Schnauze geschlossen hindurchstrecken kann, dann könnten wir ihm einen Gürtel oder

einen Strick ums Maul legen. Wir müssen nur blitzschnell sein.«

»Hat irgendjemand einen Gürtel dabei?«, fragte Anna in die Runde.

Kara meldete sich stumm, griff in ihre Gummilatzhose und zog nach etwas Gewühle einen braunen geflochtenen Ledergürtel hervor.

Tom nahm ihn ihr aus der Hand und hielt ihn mir hin. »Bitte, es geht schließlich um dein Krokodil, das wir hier retten sollen.«

Das Knurren über uns klang jetzt immer gereizter. Aber hatte ich eine Wahl? Tom hatte recht: Es ging um Orinoko. Außerdem war es meine Idee gewesen. Ich nahm den Gürtel, zog das Ende durch die Schnalle, sodass eine Schlaufe entstand, und sah mit flehendem Blick in die Runde.

»Aber bitte nur ganz langsam anheben! Nicht dass der Hund mit seiner Schnauze plötzlich durch den Spalt schießt.«

»Und dir die Nase abbeißt«, sagte Ole grinsend.

»Blödmann«, fuhr ihm Linus über den Mund und wandte sich beschwichtigend zu mir. »Wir passen gut auf. Außerdem habe ich noch nie gehört, dass irgendwer Nasen isst. Höchstens Zungen.«

»Wie beruhigend«, sagte ich. »Dann muss ich ja nur den Mund zumachen.«

Vorsichtig rutschte ich in die Mitte des Holzsterns und drehte mich so, dass ich dem Spalt zugewandt saß und dem Wachhund direkt in die funkelnden Augen blicken konnte. Im grellen Schein der Grubenlampe blitzten seine langen Reißzähne auf, und ich sah den zähflüssigen Sabber, der zwischen den fleischigen Lefzen heruntertriefte. Er wartete nur darauf, nah genug heranzukommen und zuzuschnappen. Jetzt einfach nur ganz fest an Orinoko denken!, befahl ich mir. Es geht um *sein* Leben. Darum bist du hier.

»Bereit?«, fragte ich mit zitternder Stimme. »Dann los!«

Der Mississippi-Alligator besitzt zwischen 74 und 80 kegelförmige Zähne, mit denen er seine Beute zunächst »perforiert«. Das bedeutet, dass er mit seinen Zähnen Löcher stanzt, die denen von Papierblöcken ähneln. Dadurch lässt sich die Beute später leichter zerreißen. Zusätzlich verfügen die Krokodilier über den Vorteil, dass jeder Zahn etwa alle zwei Jahre durch einen neuen ersetzt wird. So kann ein Krokodil in seinem Leben bis zu 3000 Zähne besitzen!

9. Notfallplan

Die Bandenmitglieder drückten gegen den schweren Kanaldeckel. Millimeter für Millimeter wuchs der Spalt, und das riesige zähnefletschende Maul des Wachhundes kam immer näher. Der Köter flippte nun völlig aus. Hektisch drehte er seinen Kopf hin und her und versuchte mit hochgezogenen Lefzen die Schnauze durch die enge Lücke zu pressen. Sein Brustkorb bebte vor Wut, und das tiefe Knurren hallte Furcht einflößend von den nackten Steinwänden des Kanalschachts wider.
»Noch ein Stück … ein bisschen … weiter …« Meine Stimme zitterte genauso sehr wie meine Finger, mit denen ich die Lederschlinge umklammerte und vor die schwarze Hundenase hielt. Das Gebiss mit den riesigen Zähnen war jetzt

nur noch eine Handlänge von meinem Gesicht entfernt. Ich spürte, wie mir ein salziger Schweißtropfen die Schläfe hinunterrann. »Noch ein bisschen!«

Die anderen hoben den Deckel einen weiteren Millimeter an.

»Gleich kann ich nicht mehr«, keuchte Linus.

Da gab Ole dem Kanaldeckel einen Stoß. Der Spalt sprang auf, die Hundeschnauze schoss hervor und schnappte durch die Lederschlinge nach meinem Gesicht. Ich zuckte entsetzt zurück und verlor mein Gleichgewicht. Reflexartig krallte ich mich an dem einzig Greifbaren fest, das es in unmittelbarer Nähe gab: dem Gürtel.

Mit einem Ruck zog sich die Schlaufe um die Hundeschnauze. Der Köter heulte auf. Im selben Moment hatte ich mich wieder gefangen, und dann funktionierte ich wie automatisch: Mit aller Kraft zerrte ich an dem Lederriemen. Als der Gürtel sich nicht mehr fester um die Schnauze ziehen ließ, drückte ich den eisernen Dorn der Schnalle durch das Geflecht. Der Maulkorb war zu. Ich konnte loslassen.

Der Hund riss panisch den Kopf zurück und tobte wie ein Wahnsinniger über den Hof. Durch den Spalt sah ich, wie er mit den Pfoten versuchte, den Gürtel von der Schnauze zu schieben, doch der bewegte sich kein Stück. Ich sackte in mich zusammen. »Das war knapp!« Mehr brachte ich nicht raus.

Auch die anderen Bandenmitglieder sahen ziemlich mitgenommen aus. Selbst Tom und Ole waren ganz grün im Gesicht. Da wurde ich richtig stolz. Ich hatte es geschafft. Ich hatte einen riesigen, bissigen Wachhund außer Gefecht

gesetzt. Das sollten mir die großmäuligen Zwillinge erst einmal nachmachen!
»Wir sollten den Köter zügig anleinen. Wer weiß, am Ende kann er das Ding doch noch abstreifen«, sagte ich betont gelassen und konnte mir nur schwer ein Grinsen verkneifen, als Ole und Tom brav nickten.
»Dann los, raus hier!«, rief Leo.
Diesmal schoben wir den Deckel mit einem einzigen gewaltigen Schwung beiseite. Leo kletterte als Erster hinaus, dann folgten Anna und ich. Als ich den Hund nun in seiner vollen Größe sah, begannen meine Knie doch ein wenig zu schlottern. Er war so groß wie ein Kalb, und seine Schultern waren so breit wie bei einem Schwergewichtsboxer. Wenn er mich zu packen bekommen hätte, wäre ganz sicher mehr als nur meine Nase weg gewesen.
Aber nun war der Köter so sehr mit unserem selbst gebastelten Maulkorb beschäftigt, dass er uns gar nicht beachtete. Man bekam fast Mitleid mit dem Riesenvieh, wie es da so verzweifelt mit den Pfoten an dem Ledergürtel scharrte.
Als alle aus dem Kanalschacht geklettert waren, zog Tom ein weiteres Seil aus seinem Rucksack. Leo und ich fassten je ein Ende, und dann gingen wir vorsichtig von hinten an den Wachhund heran. Sobald das Seil seinen mächtigen Nacken berührte, umrundeten wir ihn in einem weiten Bogen, bis sich das Tau wie ein zweites Halsband um seine Kehle geschlossen hatte. Wir drehten und kordelten die beiden Seilenden umeinander und banden sie dann an eine Palette, die mit schweren Ziegeln beladen war.
»Ihm passiert doch nichts, oder?«, fragte Kara leise.

»Ich glaube, er ist klug genug, stillzuhalten«, beruhigte ich sie.
In dem Moment pfiff Leo auf zwei Fingern, und alle eilten geduckt über den Hof, in den Schatten des lang gestreckten Gebäudes.
Dort setzten sich die anderen die Skibrillen auf. Offensichtlich blendete sie schon der matte Schein der Straßenlaterne.
Dann rannten wir los, in einer Schlange hintereinanderweg, vorbei an Palettentürmen mit Gartenmaterialien, Bergen von Holzzäunen und einer ganzen Galerie von Außenkaminen, bis wir schließlich auf der Rückseite des Baumarkts unter einer zusammengeschweißten Folie einen Berg Wasserkanister entdeckten. Mit einem Taschenmesser ritzte Leo die Plane auf, und wir zogen zwölf weiße 30-Liter-Exemplare hervor.
»Vorschlag«, flüsterte Leo. »Ihr geht alle zurück und steigt mit den Kanistern wieder runter. Paul und ich versuchen in das Gebäude zu kommen, um das restliche Material zu besorgen. Hat jemand etwas dagegen?«
Die anderen schüttelten den Kopf, griffen die Kanister und verschwanden in der Dunkelheit.
Leo und ich liefen weiter, um das Gebäude herum, bis wir zu einer Schiebetür aus Glas gelangten. Leo kramte einen Schraubenzieher aus seiner Tasche und versuchte die Tür aufzuhebeln. Doch sosehr er sich auch bemühte – es gelang ihm nicht, das Metallstück zwischen die beiden Flügel zu stecken. »Wir müssen die Scheibe einschlagen«, stellte er nüchtern fest, als sei das die normale logische Konsequenz.

Ich sah ihn entgeistert an. »Dann geht doch bestimmt der Alarm los.«

»Klar, aber bis die Polizei hier ist, sind wir längst wieder nach unten abgetaucht. Meistens warten die ewig draußen und rufen, dass alles umstellt ist und dass wir rauskommen sollen. Da können sie dann lange warten.«

Ich hatte kein gutes Gefühl bei dieser Aktion. Das war genau das, was man nicht tun sollte: klauen und die Sachen anderer Menschen zerstören.

»Hast du damit auch ein Problem?«, fragte Leo und sah mich wieder so komisch überrascht an.

Mechanisch schüttelte ich den Kopf. Was hätte ich sonst tun sollen? Es ging um Orinokos Leben, und da durfte ich wohl nicht zimperlich sein. Ich schwor mir aber insgeheim, in Zukunft nur in allergrößten Notfällen, wenn es um Leben und Tod ging, mutwillig fremdes Eigentum zu zerstören.

Trotzdem wurde das ungute Gefühl nicht besser. Im Gegenteil: Es wurde noch schlimmer, als Leo einen großen blau lasierten Blumenkübel nahm, ihn über den Kopf hob und schwungvoll ausholte. Ich kniff die Augen zusammen. Es krachte fürchterlich, doch als ich wieder hinschaute, steckte das Türglas immer noch in seinem Metallrahmen und war lediglich von Hunderten feiner Sprünge durchzogen, als hätte eine Spinne in Sekundenschnelle ein riesiges Netz gesponnen. Der Blumenkübel lag in Scherben zerschmettert auf dem Boden.

»Jetzt darfst du«, sagte Leo und reichte mir begeistert einen weiteren Blumenkübel, als würde er mir damit einen besonderen Gefallen bereiten.

Ich nahm den Tontopf, holte aus und donnerte ihn mit voller Wucht gegen die Scheibe. Wieder krachte es, und noch mehr feine Risse durchzogen das Glas – aber es war immer noch ganz. Da begann Leo gegen die Tür zu treten und einzelne Stücke aus der gesprungenen Scheibe herauszubrechen.
Ich sah ihm zu und trat nervös von einem Bein auf das andere. Endlich war das Loch groß genug, um hindurchzusteigen. Leo schlängelte sich an den scharfen Glaskanten vorbei. Ich machte mich schon zum Durchsteigen bereit, da schrillte mit ohrenbetäubendem Lärm die Alarmanlage los. Plötzlich war der ganze Baumarkt hell erleuchtet.
»Super!«, brüllte Leo gegen das Heulen der Sirene. »Die machen extra das Licht für uns an!«
Ich wusste nicht, ob ich das so super fand. Mein Herz klopfte bis zum Hals, und in meinem Magen wütete eine schlimme Übelkeit. Ich stellte mir vor, wie in der nächsten Polizeistation gerade ein Warnsignal einging. Wahrscheinlich rannten die Polizisten schon aus dem Gebäude. Gleich würden sie in ihre Autos springen und den Motor anlassen.
»Komm, wir haben nicht viel Zeit!«, rief Leo. Es schien, als würde ihm die Sache jetzt erst richtig Spaß machen.
Ich stieg durch das Loch, und kaum war ich auf der anderen Seite, rannte Leo los. Einen Moment stand ich wie angewurzelt. Ich kam mir vor wie in einem Film. Wir waren ganz allein in einem riesigen menschenleeren Baumarkt. Die hohen Regale mit Tapeten, Werkzeug und Kabeln sahen mit einem Mal wie Attrappen aus, völlig unecht.
»Hey!« Leo war zwanzig Meter entfernt stehen geblieben und ruderte wild mit den Armen.

Ich holte tief Luft und raste ihm nach. Vorbei an Kloschüsseln und Zierlatten, Teppichkleber und Gummischläuchen, bis zu den Holzwerkzeugen. Als ich ankam, stopfte sich Leo schon die Taschen mit Schrauben und Nägeln voll.
»Immer rein, was reingeht!«, schrie er.
Ich griff wahllos in die Regale mit den Ösen und Haken.
»Holzleim kann auch nie schaden!«, juchzte Leo, sprang hoch und riss zwei Eimerchen von einem höheren Bord.
In dem Moment jaulte draußen das Martinshorn eines Polizeiwagens auf, und blaues Licht blitzte durch die hohen Scheiben der großen Eingangsfront.
»Oje!«, sagte ich und erstarrte. Die waren noch viel schneller, als ich befürchtet hatte.
»Schnapp dir einen Fuchsschwanz, und dann nichts wie weg!«, schrie Leo.
»Was?!«, brüllte ich gegen den Lärm der Sirene an.
»Einen Fuchsschwanz – so heißt die Säge da!«
Ich griff ins Regal, zog die Säge mit dem breiten groben Sägeblatt heraus und sprintete Leo nach. Ich glaube, in meinem ganzen Leben war ich noch nie so schnell gelaufen. Als ich die Glastür erreichte, warfen wir unsere Beute durch das Loch. Dann schlüpfte erst ich und hinter mir Leo hinaus.
Über den Hof tönte schon die blecherne Ansage eines Megafons: »Das Gelände ist umstellt! Kommen Sie mit erhobenen Händen vor die Eingangstür!«
»Wir nehmen lieber den Hinterausgang!«, rief Leo lachend und stopfte sich das Diebesgut in die Taschen.
Ich packte die Säge und ein Leimeimerchen, und dann hechteten wir los, Richtung Kanalschacht. Für Leo schien dieser

Wettlauf gegen die Zeit so spaßig wie ein Völkerballturnier, während ich vor Muffensausen kaum noch klar denken konnte.

Kurz bevor wir am Einstiegsloch angekommen waren, stoppte Leo plötzlich. Er legte einen Finger auf die Lippen und bedeutete mir, still zu sein. Draußen vor dem Zaun patrouillierte ein Polizist und leuchtete mit einer Taschenlampe immer wieder durch die Drahtmaschen auf das Gelände. Wir duckten uns. Im Schatten der Paletten sah ich den Wachhund. Er lag auf dem Bauch und kämpfte immer noch vergeblich mit seinem Maulkorb. Dabei gab er ein leises klägliches Jaulen von sich.

»Hoffentlich hört er den nicht«, flüsterte ich.

Leo nickte. Konzentriert verfolgte er den Polizisten, bis der hinter einem riesigen Werbebanner am Zaun verschwunden war. Dann zischte er: »Los!«, und jagte zum Kanalschacht. In Sekundenschnelle schlüpfte er durch den schmalen Spalt des halb geöffneten Kanaldeckels und war verschwunden. Jetzt war nur noch ich oben auf dem Gelände. Panisch stolperte ich los, stoppte kurz vor dem Loch und versuchte ebenso rasant nach unten zu rutschen wie Leo, doch das ging gehörig schief: Ich stieß mir das Knie und plumpste wie ein alter Mehlsack auf die Latten. Der Leimtopf glitt mir aus der Hand, und hätte Anna mich nicht gehalten, wäre ich wahrscheinlich auch gleich bis ganz nach unten zu Jakob durchgesaust.

»Was ist denn da oben los?!«, schimpfte der nun auch aus der Tiefe des Schachts. »Wollt ihr mich erschlagen?«

»Entschuldigung!«, rief ich mit gedämpfter Stimme.

»Wo sind die Kanister?«, fragte Leo.
»Unten bei Jakob«, antwortete Anna.
»Gut, dann sofort zumachen, der Laden ist umstellt!« Leo streckte die Hände nach oben zum Gullydeckel.
Anna starrte ihn aus weit aufgerissenen Augen an. Auch die anderen auf dem Lattenstern saßen wie versteinert.
»Worauf warten wir noch?!«, zischte Leo.
»Linus fehlt!«
Leo sah Anna fassungslos an. »Was heißt: ›Er fehlt‹?«
»Er wollte noch schnell zwei Töpfe mit Küchenkräutern holen«, schimpfte Ole, und Tom ergänzte: »Du weißt doch, gestern fehlte ihm Oregano an der Soße.«
»Und jetzt?«, fragte ich ängstlich.
Leo überlegte keine Sekunde. »Wir warten.«
Doch in dem Moment, als er das ausgesprochen hatte, hörten wir schwere donnernde Schritte. Sie kamen im Eiltempo näher.
»For pokker! Das sind mindestens drei Mann«, flüsterte Vanessa.
»Wir müssen den Deckel schließen!«, zischte Anna. »Linus wird sich irgendwo verstecken, und wenn die weg sind, machen wir wieder auf.«
Leo nickte. So leise wir konnten, hoben wir den Kanaldeckel an und schoben ihn wieder in den dafür vorgesehenen Eisenring. Mit einem metallischen *Klack* rastete er ein – und das laute Stapfen der Schritte riss abrupt ab.
»Habt ihr das auch gehört?«, hallte eine tiefe Stimme über den Hof.
»Da ist wer«, bestätigte ein anderer Polizist. Dann sprach er

plötzlich in einem sehr offiziellen Tonfall weiter: »Peter 21–1 für Peter 21–3-Anton – bitte kommen.« Nach einem kurzen Knacken schepperte eine Stimme aus einem Funkgerät: »Peter 21–1 hört!«

»Wir brauchen Verstärkung. Hinten links, auf dem rückwärtigen Hof, bei den Gartensachen.«

»Dao mei!«, fluchte Vanessa mit unterdrückter Stimme.

Jetzt sahen wir durch die Löcher des Kanaldeckels den Strahl einer großen Taschenlampe auf dem Hof hin und her schweifen. Die Schritte der Polizisten wurden lauter. Ich hörte schon den Sand unter ihren Sohlen knirschen. Dreck rieselte durch die Löcher des Deckels in unsere Haare, und dann machte einer der Männer einen großen Schritt – und stand direkt über uns. Der Deckel knackte.

Im fahlen Licht, das durch die kleinen Löcher auf uns hinunterfiel, sah ich die blassen Gesichter der anderen. Vanessa hatte die Augen geschlossen, Kara und Anna blickten panisch nach oben, und Tom und Ole stierten auf einen unsichtbaren Punkt an der Wand. Nur Leo sah mich ruhig, mit erhobenem Kinn an. Ich meinte sogar ein spöttisches Lächeln auf seinem Gesicht zu entdecken, als der Mann über uns sich hin und her drehte und seine Kollegen beschwor: »Da war ein Geräusch, ganz sicher!«

»Hey, kommt mal hier rüber!«, rief ein anderer. »Da ist ein Hund. Ein gefesselter Hund!«

»Wenn sie den losmachen, rennt der sofort hierher und schlägt an«, hauchte Anna.

»Wir müssen runter«, flüsterte Ole, und Tom ergänzte ebenso leise: »Die werden das Ding hier gleich öffnen.«

»Und Linus?!«, fragte ich entsetzt.
»Wir warten unten auf ihn«, beruhigte mich Anna. Dann stieg sie ganz sacht und ohne ein Geräusch zu verursachen von der Holzlatte.
Die Männer schienen glücklicherweise so sehr mit dem Wachhund beschäftigt, dass sie nicht hörten, wie wir einer nach dem anderen hinabkletterten. Nicht einmal Vanessas Gefluche, als Tom ihr auf den Fuß sprang, ließ sie aufmerken.
Wir waren alle bis auf Kara sicher unten angekommen, da dröhnte wildes Gebelle über den Hof. Die Männer mussten den Hund befreit haben. Wir hörten, wie sich das Vieh in riesigen Sätzen näherte und dann rasend vor Wut an dem Kanaldeckel zu scharren begann. Hektisch hangelte sich Kara zu den Eisenstiegen – und verfehlte in ihrer Aufregung den Bügel. Ihr Fuß glitt ab. Nun hing sie mit nur einer Hand an einer Holzlatte in der Mitte des Schachts.
Von oben brüllte ein Polizist: »Sie müssen da drin sein! Los, holt eine Brechstange, wir hebeln den Gully auf!«
Kara strampelte verzweifelt mit den Beinen und versuchte, eine der Stiegen zu erreichen, doch in ihrer Panik trat sie immer ins Leere. Gelähmt vor Angst starrten wir nach oben. Da schubste mich Leo beiseite und kletterte in irrwitzigem Tempo das Tau hinauf.
Ich sah, wie sich oben eine Metallstange durch eine der kleinen Deckelöffnungen schob. Im selben Moment hatte Leo Kara erreicht. Er packte ihren Fuß und stemmte sich dagegen, sodass Kara sich etwas hochdrücken konnte.
Schon zitterte der Gullydeckel in seinen Fugen, da bekam

Kara mit ihrer zweiten Hand eine der Latten zu fassen. Sie schwang sich Leo entgegen. Der packte sie um die Taille und zog sie so weit heran, dass ihr Fuß die rettende Stiege erreichte. Mit einem Knirschen öffnete sich der Kanaldeckel. Hastig hangelte sich Kara nach unten. Leo wollte ihr folgen – da langte plötzlich ein Arm in den Schacht. In allerletzter Sekunde konnte Leo sich beiseiteducken, und die Hand griff ins Leere. Immer eine Stiege überspringend, stürzte er zu uns hinunter. Er befand sich schon auf halber Höhe, und Kara hatte das Ende des Taus erreicht, als oben im Schacht ein Stiefel mit voller Wucht gegen den Lattenstern trat.

»Weg da!«, schrie Leo.

Wir sprangen beiseite, und kaum einen Lidschlag später ließ er sich einfach die letzten Meter fallen. Es spritzte zu allen Seiten, als er auf die Dreckplörre klatschte. Ich griff seine Hand und zerrte ihn in den Tunnel. Gleichzeitig zerschmetterte ein zweiter Stiefeltritt unsere wunderbare Lattenkonstruktion. Holzstücke donnerten den Schacht hinunter und schlugen dicht neben uns in den Kanal. Wir rafften die Kanister und unsere andere Diebesbeute zusammen und stolperten den anderen nach, nur weg vom Einstiegsloch.

Ich hörte, wie hinter mir die Polizisten brüllten: »Schneller!«, und: »Die packen wir!« Schwere Stiefel trommelten gegen die Wände des Schachts. Sie hatten unsere Verfolgung aufgenommen.

»Schneller!«, schrie ich. »Die sind gleich unten!«

Wir hechteten durch das zähflüssige Gebräu, strauchelten, rappelten uns auf und sprinteten weiter. Endlich erreichten wir eine Abzweigung. Doch kaum waren Leo und ich, die

das Schlusslicht bildeten, um die Ecke gebogen, blitzte hinter uns ein Lichtstrahl auf. Unsere Verfolger waren unten angekommen, und sie waren uns dicht auf den Fersen.
»Los, in eine Zulaufröhre!«, brüllte Leo.
Anna, die uns anführte, blieb ruckartig stehen und verschwand dann kopfüber in der Wand. Jedenfalls sah es vom Ende der Schlange so aus. Wir drängten heran. Jeder stopfte die Beute, die er getragen hatte, hastig in das Loch und kletterte dann selbst hinterher. Einer nach dem anderen flüchtete in das Rohr. Ich hörte, wie das bedrohliche Geräusch großer, durch das Wasser pflügender Stiefel immer näher kam. Sie waren nicht mehr weit.
»Jetzt du«, sagte Leo, als nur noch wir beide draußen standen, und schob mich vor. Ich streckte die Arme aus, wie beim Köpper vom Einmeterbrett, und tauchte in die Röhre. Nie hätte ich gedacht, dass ich mich einmal in eins dieser engen Dinger zwängen müsste. Mich wunderte, dass wir überhaupt alle hineinpassten. Bäuchlings robbte ich durch den Modder, immer Ole nach, der sich vor mir in das Loch verdrückt hatte. Hoffentlich kommt hier jetzt kein Wasser durchgeschossen, betete ich und war froh, dass ich ziemlich weit hinten in der Schlange war.
Während ich mich voranrobbte, hallte merkwürdig dumpf das Geschimpfe der anderen zu mir.
»Mach mal!«
»Rück mal!«
»Andskotans!«
»Au!«
Dann sorgte Leo mit einem scharfen »Schscht!« für Ruhe.

Kurz darauf ruckelte er an meinen Stiefeln. Das war das Zeichen, anzuhalten. Wir waren weit genug in die Röhre hineingetaucht. Ich ruckelte ebenfalls an dem Stiefel meines Vordermanns, und dann wurde es still. Nur unsere schnaufenden Atemstöße hallten von den Wänden wider. Erschöpft ließ ich meinen Kopf auf die ausgestreckten Arme sinken. Zum Glück konnte ich noch nicht so gut wie die anderen in der Dunkelheit sehen. Ich wollte gar nicht wissen, was hier so alles um mich herumkroch. Es war auf jeden Fall widerlich. Der schleimige Bodensatz müffelte nach altem Laub, Erde und Regenwasser. Außerdem spürte ich, dass eine kalte Flüssigkeit von oben in meine Anglerhose sickerte. Von fern drangen merkwürdige Geräusche zu uns, die ich aber nicht zuordnen konnte.
Ich weiß nicht mehr, wie lange wir da im Dreck lagen und warteten, aber es kam mir wie eine Ewigkeit vor. Und obwohl es nicht sehr kalt war, begann ich in meinem feuchten Pulli langsam zu frösteln.
»Ich glaube, die sind wieder nach oben«, flüsterte Leo schließlich. Ich spürte, wie er hinter mir aus der Röhre herauskrabbelte. Nach einem Moment zischte er: »Ihr könnt rauskommen!«
»Ein Glück, dass Linus nicht dabei ist. Der wäre garantiert hier stecken geblieben«, sagte Ole kichernd.
»Sehr komisch«, schimpfte Anna von weiter weg.
Ich robbte rückwärts aus dem Rohr. Als ich endlich wieder in dem eiförmigen Kanaltunnel stand, kam er mir plötzlich riesig und luftig vor, obwohl ich hier auch nicht aufrecht stehen konnte.

»Ich peile mal eben die Lage«, sagte Leo.
Während er in der Dunkelheit verschwand, krochen nacheinander auch die anderen aus dem Loch. Wir klopften uns den Dreck von den Anglerhosen und klaubten uns Blätter aus den Haaren.
Als Leo nach zehn Minuten zurückkehrte, war seine Stirn in Sorgenfalten gezogen. »Wir können nicht auf Linus warten«, verkündete er. »Die kommen zwar nicht mehr runter, aber sie bewachen oben den Hof, und das die ganze Nacht.«
»För sjutton!«, fluchte Vanessa.
Alle anderen schwiegen betreten. Ole und Tom warfen mir vorwurfsvolle Blicke zu. Klar, sie gaben mir die Schuld an der Aktion.
»Und was ist, wenn die Linus jetzt schnappen?«, fragte Jakob ängstlich.
»Dann können wir sowieso nichts machen«, fiel Anna ihrem Bruder schroff ins Wort. »Aber sie werden ihn nicht schnappen. Er wird sich irgendwo verstecken, und morgen früh, kurz nach Ladenöffnung, wird er mit den ersten Kunden den Baumarkt verlassen. Dann holen wir ihn um Mitternacht am Notfalltreffpunkt ab.«
Jakob schaute zweifelnd zu seiner großen Schwester auf. »Sicher?«
Anna kniff die Lippen zusammen, dann drehte sie sich zu den anderen und sagte: »Los, gehen wir nach Hause.«
Schweigend traten wir den Rückweg ins Lager an.

Der Begriff »Krokodilstränen« geht vermutlich auf das naturwissenschaftliche Werk des Mönchs Bartholomaeus Anglicus aus dem 13. Jahrhundert zurück. Dort wird behauptet, Krokodile würden Menschen zwar umbringen, aber bitterlich weinen, bevor sie sie dann fräßen. Tatsächlich ist erwiesen, dass Krokodile Tränen produzieren. Hinter ihrem dritten Augenlid liegt eine Drüse. Sie sondert ein Sekret ab, das das Auge bei Tauchgängen vor Bakterien schützt.

10. Das schwanzamputierte Krokodil

Auf dem Rückweg von unserem Einholgang fühlte ich mich fast noch verlorener als in der Nacht zuvor, als ich einsam und allein durch die Kanäle geirrt war. Die Zwillinge hatten recht: Wir hatten Linus einzig und allein meinetwegen verloren. Schließlich waren wir nur zum Baumarkt gegangen, weil wir Material für ein Floß brauchten. Und ein Floß brauchten wir, weil wir *meinen* Alligator suchen wollten.

Während ich im Gleichschritt hinter Jakob hermarschierte, musste ich immerzu an Linus denken. Hatte er ein Versteck gefunden? Oder hatten ihn die Polizisten längst gefasst? Ich hoffte bloß, dass ihn nicht der Hund aufgespürt hatte! Ich durfte gar nicht darüber nachdenken, was passieren würde, wenn der blöde Köter seine ganze Wut, die er wegen des Maulkorbs auf mich hatte, an Linus auslassen würde …

Ich war so sehr in meine Gedanken vertieft, dass ich gar nicht bemerkte, welch lange Strecke wir schon zurückgelegt hatten, und völlig überrascht aufschaute, als ich das Dröhnen des Wasserfalls hörte.

Mit gesenktem Kopf stapfte ich Anna nach, die unseren kleinen Tross auf die Brücke hinter der Wasserwand führte. Dort blieben alle stehen. Keiner machte Anstalten, mit den Kanistern und dem Baumaterial nach oben ins Lager zu kriechen. Ich fragte lieber nicht, warum, sondern stellte mich einfach still hinten an.

Nun öffnete Kara die Eisenluke und verschwand für einen Moment in dem Gang zum Lager. Alle anderen begannen ihre Anglerhosen abzustreifen und sich bis auf die Unterwäsche auszuziehen. Kurz darauf tauchte Kara mit einem langen schwarzen Schlauch wieder auf und schleppte ihn mithilfe der Zwillinge auf die andere Seite der Brücke. Dort stieg sie auf Oles Schultern und tauchte mit dem Kopf in einen Schacht.

»Was macht sie da?«, fragte ich Jakob leise.

»Wir haben oben einen Hydranten angezapft. Das Schlauchende verstecken wir im Gullyschacht, damit es keiner findet. Darum müssen wir das letzte Stück jedes Mal neu anschließen.«

In dem Moment schoss auch schon ein harter Wasserstrahl aus dem Ende des Schlauchs. Kara kletterte von Oles Schultern hinunter und richtete den Schlauch gerade aus. Einer nach dem anderen trat nun vor und hielt seine Anglerhose unter das Wasser. Sobald der Strahl auf das Gummi traf, blähten sich die Hosenbeine dick auf und vollführten einen komischen zuckenden Tanz in der Luft. Doch niemand konnte sich auch nur ein Lächeln über das komische Schauspiel abringen.

Ich lehnte mich gegen die Brüstung und sah in den tosenden Wasserfall. Plötzlich vermisste ich Orinoko ... mein Zimmer ... das kuschelige Sofa ... und irgendwie auch meinen Vater. Da fiel mir ein, dass ich in dem ganzen Trubel vergessen hatte, ihm eine SMS zu schicken! Ich durchwühlte meine Anziehsachen, die ich achtlos auf den Boden geworfen hatte, und fand das iPhone in der Bauchtasche meines Sweatshirts. Ich drückte den Ein- und Ausschaltknopf. Kurz darauf flammte das Hintergrundbild auf. Für den Bruchteil einer Sekunde sah ich Orinoko, meinen Vater und mich. Dann begann ein kleiner Kreis sich blinkend zu drehen, und das Display wurde schwarz. Der Akku war leer. Verzweifelt starrte ich auf den dunklen Bildschirm.

»Hey, du bist dran!«, brüllte da Vanessa in mein Ohr.

Ich fuhr zu ihr herum. Sie musste in der Zwischenzeit oben im Gewölbe gewesen sein, denn sie trug einen großen Stapel Handtücher im Arm.

»Hier, halt mal«, sagte ich und drückte ihr mein iPhone in die Hand. Dann schob ich mich an den anderen vorbei zu Kara, um meine Hose abspülen zu lassen.

Nachdem alle Klamotten gereinigt waren, mussten wir selbst unter den Wasserstrahl. Das war auch dringend nötig. Nach der Versteckaktion in dem stinkenden Rohr rochen wir wahrscheinlich alle wie Schimmelfleisch mit faulen Eiern.

Leo sprang als Erster unter die kalte Dusche. Er säuberte zügig Haare und Körper, wickelte sich in ein Handtuch und verschwand danach, ohne ein Wort zu sagen, nach oben. Mit einem unguten Gefühl sah ich ihm hinterher. Auf dem ganzen Heimweg hatte Leo kein einziges Wort mit mir gesprochen. Obwohl er genau hinter mir gegangen war.
»Mach dir keine Gedanken!«, brüllte Vanessa schon wieder in mein Ohr. »Er ist jetzt einfach nur besorgt und will seine Ruhe.«
Ich nickte schwach und hoffte, dass sie recht hatte.
Nach und nach verschwand ein Bandenmitglied nach dem anderen sauber und in ein Badelaken gehüllt in der Luke, bis nur noch Vanessa, Kara und ich auf der Brücke übrig blieben. Vanessa gab mir einen Wink. In meinen gestreiften Boxershorts machte ich drei Schritte vor. Als mich der Wasserstrahl traf, blieb mir für einen Moment die Luft weg. Das Wasser war so eiskalt und der Strahl so hart, dass es wie tausend Stecknadeln auf der Haut prickelte. Wenn man sich nicht schnell genug hin und her drehte, bekam man sofort rote brennende Flecke auf dem Bauch und den Oberschenkeln. Meine Kopfhaut spannte sich wie ein zu enger Helm über meinen Schädel. Jetzt vermisste ich nicht nur mein Zimmer und das Sofa, sondern auch unsere schöne warme Dusche.
Ich wuschelte mir mit beiden Händen durch die Haare, um bloß schnell fertig zu werden, doch wie durch ein Wunder spürte ich nach zwei Minuten die Kälte nicht mehr. Der Schmerz ließ nach. Erleichtert rubbelte ich meine Hände aneinander und warf mir ordentliche Fuhren Wasser ins

Gesicht, bis Vanessa mit einem Handtuch vor mir herumwedelte und rief: »Bliksem donner, wirst du heute noch mal fertig?!«

Schnatternd sprang ich unter dem Wasserstrahl hervor und schnappte mir das Badelaken. Meine Boxershorts klebten mir am Hintern, und es war mir ein bisschen peinlich, so halb nackt und bibbernd vor den beiden Mädchen zu stehen. Trotzdem ließ ich mir extra viel Zeit beim Abtrocknen. Ich hatte keine Eile, nach oben zu kommen. Es war so schon alles schlimm genug, da brauchte ich jetzt nicht noch die vorwurfsvollen Blicke der Zwillinge. Außerdem wollte ich Kara anbieten, den Schlauch für sie zu halten. Sie hatte schließlich allen anderen geholfen und trug selbst immer noch ihre dreckige Anglerhose. Doch als Vanessa ihren Duschgang beendet hatte, schlang sie sich das Handtuch um den nassen Körper und sagte: »Gehen wir.«

»Wollen wir nicht auf Kara warten?«, fragte ich erstaunt.

»Sie duscht lieber allein«, sagte Vanessa und schob mich zur Luke.

Bevor ich in den Gang nach oben tauchte, sah ich mich noch einmal um. Kara stand reglos mit dem Schlauch in der Hand und schien tatsächlich nur darauf zu warten, dass wir endlich verschwanden.

Oben im Gewölbe prasselte schon ein wärmendes Feuer, um das sich alle Bandenmitglieder bis auf Leo versammelt hatten.

»Ich habe Hunger«, jammerte Jakob gerade, als Vanessa und ich in den Kreis um die Flammen traten.

»Hatte Linus nicht irgendwas vorbereitet?«, fragte Anna. Wir gingen in die Küche und fanden einen großen Topf mit geschälten Kartoffeln, den wir auf einen der wackeligen Gaskocher wuchteten. Anna entzündete mit einem Streichholz die Flamme, und dann starrten wir wartend auf den Topf. Es dauerte ewig, bis die Kartoffeln so weich waren, dass man problemlos mit einer Gabel hineinpiksen konnte. Als das endlich auch bei den dicken großen funktionierte, hob Anna den Deckel, schlug kräftig mit dem Holzlöffel dagegen und rief: »Essen! Heute gibt es Kartoffeln mit …« Sie stockte. »Äh … mit Butter oder Ketchup.«

»Ketchup ist aus«, stöhnte Ole.

Und so aßen wir unsere Kartoffeln in den absonderlichsten Kombinationen: mit Zucker, Salz, Mayonnaise oder Erdbeerquark. Trotzdem holten sich alle noch einmal Nachschlag. Nur Leo tauchte nicht auf. Durch die Tücher des Büros sah ich seinen Schatten. Er hockte völlig bewegungslos über die Karte gebeugt am Schreibtisch. Was tat er da? Und hatte er überhaupt keinen Hunger?

»Cholera jasna, ich kann hier nicht rumsitzen und die Zeit totschlagen!«, fluchte Vanessa, nachdem wir aufgegessen und das dreckige Geschirr abgewaschen hatten. »Wir sollten anfangen, das Floß zu bauen. Vom Däumchendrehen kommt Linus nämlich auch nicht schneller zurück.«

Ich gab ihr insgeheim recht: Für Linus konnten wir im Moment ohnehin nichts tun. Da war es besser, wir arbeiteten konzentriert an dem Floß und grübelten nicht vor Langeweile über Dinge, die wir sowieso nicht ändern konnten. Laut sagte ich das natürlich nicht. Die Zwillinge wären mir sicher gleich an den Hals gesprungen. Darum warf ich nur einen scheuen Blick in die Runde und stellte mit Erleichterung fest, dass alle froh waren, sich irgendwie von den Sorgen um Linus ablenken zu können.

Also sammelten wir uns im rechten Seitenflügel und begannen, die aussortierten Bretter auf die Querverstrebungen zu nageln. Als eine Platte entstanden war, auf der locker zwei Personen nebeneinanderstehen konnten, sägten wir die Form zurecht: Als Erstes den schmalen länglichen Krokodilkörper, dann den keilförmigen Kopf und zuletzt das Schwanzteil.

Dann befestigten wir mit Tauen jeweils zwei Kanister unter der Platte. Immer wenn ein Krokodilteil fertig war, montierte Kara die Haken und Ösen, mit denen die einzelnen Glieder im Wasser zusammengehalten werden sollten. Ganz zum Schluss schlugen wir an dem Kopfteil noch rechts und links zwei Haken ein. Daran knoteten wir ein Lenkseil. Nun konnten wir durch Ziehen nach rechts oder links dem Gefährt eine Richtung geben.

»Wow! Das sieht echt cool aus«, sagte Ole beeindruckt. Er hatte wohl vergessen, dass die Floßkonstruktion meine Idee gewesen war.

»Lasst uns gleich mit dem zweiten weitermachen«, schlug Tom vor. »Oder kann einer von euch jetzt schlafen?«

Vanessa schaute auf die Uhr. Es war 7 Uhr morgens, aber niemand konnte oder wollte ins Bett gehen.

»Jetzt, wo alle wissen, wie es geht, können sich immer zwei um ein Teil kümmern«, sagte Anna und schaute sich suchend um. »Wo sind eigentlich die restlichen Kanister?«

Ich ließ meinen Blick durch den Seitenflügel schweifen. Da lagen verstreut fünf Kanister, aber für ein zweites Floß brauchten wir sechs. Ich war ganz sicher, dass wir zwölf Stück von dem Stapel im Baumarkt genommen hatten.

»Also, ich habe meine beiden hier abgestellt«, sagte Ole.

»Ich auch!«, rief Tom.

Kara und Vanessa, die ebenfalls zwei getragen hatten, behaupteten, dass sie ihre Kanister gleich in den Seitenflügel gebracht hatten. Anna drehte sich zu Jakob, der die ganze Zeit stumm dagestanden hatte. »Wo ist eigentlich der Kanister, den *du* tragen solltest?«

Jakob nuschelte etwas Unverständliches.

»Mach den Mund auf! Ich versteh dich nicht!«, fuhr Anna ihren Bruder an.

»Ich habe ihn bei der Flucht verloren«, sagte Jakob leise und senkte den Kopf.

»Du Vollidiot!« Anna schüttelte ihn an den Schultern. »Wie sollen wir denn nun ein zweites Floß bauen?!«

»Es war keine Absicht!«, brüllte Jakob trotzig zurück.

Wütend trat Anna gegen einen der weißen Plastikkanister. Er flog in einem hohen Bogen durch den Raum und landete scheppernd in einer Kiste mit Eisenwaren. »Jetzt war alles umsonst! Linus ist für nichts verloren gegangen! Du hast wirklich zwei linke Hände – egal, was du anfasst! Da hatten Mama und Papa ausnahmsweise mal recht.«

Sie stapfte zum Feuer und ließ sich in einen der Sessel fallen. Ole und Tom zuckten mit den Schultern und folgten ihr.

Ich sah mitleidig zu Jakob. Das Gefühl, alle gegen sich zu haben, kannte ich nur zu gut.

Jakob blieb noch einen Moment stehen und kämpfte mit den Tränen. Bevor er richtig losheulte, drehte er sich um, rannte zur Luke und verschwand in den Gang nach unten. Etwas unschlüssig schaute ich zwischen der Feuerstelle und der offen stehenden Tür hin und her, dann eilte ich ihm nach.

Ich fand Jakob auf der Brücke hinter dem Wasserfall. Seine Arme lehnten auf dem Geländer, und sein kleiner dünner Körper wurde von heftigen Schluchzern geschüttelt.

»Hau ab!«, fuhr er mich an, als ich mich neben ihn stellte.

»Ich kann nichts hören!«, brüllte ich gegen den Lärm des tosenden Wasserfalls.

»Du sollst abhauen!«, schrie Jakob noch einmal.

Wieder schüttelte ich den Kopf und tat so, als hätte ich ihn nicht verstanden. »Komm in den Gang, da ist es nicht so laut!«

Ich zog Jakob, der sich nur halbherzig sträubte, am Arm und schob ihn durch die untere Luke. Dann schloss ich die Tür. Jetzt drang der Lärm des hinabstürzenden Wassers nur noch gedämpft zu uns. Jakob wendete sich stur von mir ab. Im Halbschatten sah ich seine verweinten Augen.

»Sie meint es nicht so«, versuchte ich ihn zu trösten.

»Ah, kennst du sie so gut?«, entgegnete er.

»Nein, natürlich nicht. Aber alle sind einfach nur total angespannt, weil Linus weg ist.«

»Dafür kann ich aber nichts!«, fauchte Jakob.

»Nein, wenn jemand etwas dafürkann, dann ich.«

»Aber du hast keine zwei linken Hände. Im Gegensatz zu mir«, stieß er hervor, und wieder begannen Tränen seine Wangen hinunterzukullern.

»Das ist doch Unsinn.«

»Ach ja?!« Jakob streckte mir seine Hände entgegen. »Guck doch mal!«, rief er verzweifelt. »Sie sind groß und kräftig, wie bei meinem Vater. Aber meine Fingernägel und die schmalen Handgelenke mit dem Knochen da sehen genauso aus wie bei meiner Mutter.«

»Und?«, fragte ich, weil ich das Problem absolut nicht verstand.

»Diese Dinge haben schon bei zwei verschiedenen Personen nicht zusammengepasst«, schluchzte Jakob. »Wie soll es dann bei einer einzigen Person funktionieren?! Ich habe lauter Teile in mir, die sich gegenseitig abstoßen.« Verzweifelt vergrub er sein Gesicht zwischen den Knien.

Ich strich ihm über den Kopf. »Das ist doch totaler Blödsinn.«

»›Blödsinn‹ ist kein Argument. Sagt Anna auch immer.«

Da hatte er natürlich recht. Ratlos saß ich vor dem schluchzenden Häuflein Elend.

»Aber es ist wirklich Blödsinn«, beharrte ich. »Und weißt du auch, warum?«

Ohne aufzuschauen, schüttelte Jakob den Kopf.

»Weil ...« Ich tat so, als wüsste ich genau Bescheid und würde nur eine wichtige Kunstpause machen, dabei suchte ich fieberhaft nach einer guten Begründung. »Es ist totaler Blödsinn, weil ...«

Jakob wischte eine Träne weg, hob den Kopf und sah mich gespannt an. Und da fiel es mir ein.

»Also«, sagte ich, »wenn man Rot und Blau mischt, dann kommt Lila heraus. Das ist eine ganz eigenständige, schöne

Farbe. Niemand nennt sie ›Rot und Blau‹. Sie heißt dann Lila und hat eine eigene Bedeutung und Schönheit. Lila ist zum Beispiel die Farbe für …«
»Ja?«, fragte Jakob mit großen Augen.
Verdammt, was war denn noch mal mit Lila? Die Fahne vor der Kirche auf meinem Schulweg war lila und …
»Lila ist die Farbe der Frauenbewegung!«, platzte es aus mir heraus. Jakob sah mich verwirrt an, und ich biss mir auf die Zunge. Warum fiel mir ausgerechnet jetzt etwas ein, was die große Zicke gesagt hatte, als das Monster keinen lila Schal umbinden wollte?!
»Frauenwas?«, hakte Jakob nach.
»Und von manchen Menschen ist Lila sogar die Lieblingsfarbe«, fuhr ich einfach fort. »Verstehst du?«
Jakob schien nicht überzeugt.
»So, wie Lila eine ganz eigene Farbe ist«, erklärte ich, »sind deine Hände ganz einzigartig deine und nicht die gemixten Einzelteile von deinem Vater und deiner Mutter.«
Jakob betrachtete eingehend seine Finger und sagte dann entschieden: »Lila ist scheiße!«
»Puuuuh!«, machte ich und begann schon in meinem Hirn nach einer anderen Erklärung zu suchen, da stellte Jakob zufrieden fest: »Aber es funktioniert auch mit Grün.«
»Ja«, sagte ich erleichtert. »Es funktioniert auch mit Grün.«
Er musterte seine Hände. »Grün«, murmelte er, »Grün ist schön. Und niemand nennt es ›Blau und Gelb‹.«
»Genau«, bestätigte ich. »Und da wir das nun geklärt haben, können wir wieder hochgehen und mit deinen zwei linken grünen Händen das zweite Floß bauen, oder?«

»Aber es fehlt doch ein Kanister«, sagte Jakob bitter.
»Dann wird es halt ein Krokodilfloß ohne Schwanz«, sagte ich und rappelte mich auf.
Er sah mich zweifelnd an. »Gibt es das?«
»Mein Vater sagt immer: ›Es gibt nichts, was es nicht gibt‹«, antwortete ich.
Jakob nickte zufrieden und wischte sich über die Augen. »Sieht man noch, dass ich geheult habe?«
»Fast gar nicht«, log ich, und dann krabbelten wir nach oben und bauten das zweite, schwanzamputierte Floß.

Als wir um halb zehn morgens endlich völlig erschöpft ins Bett fielen, hockte Leo immer noch im Büro. Bedrückt lag ich auf meiner Matratze und beobachtete, wie sein Schatten in regelmäßigen Abständen hinter den Tüchern hin und her tigerte.
»Du musst dir keine Vorwürfe machen«, flüsterte da plötzlich eine Stimme.
Ich drehte mich um. Auf dem Fußende meiner Matratze hockte Kara.
»Das hätte bei jedem Ausflug passieren können. Außerdem wollten wir schon immer ein Floß haben.« Damit verschwand sie so lautlos in der Dunkelheit, wie sie gekommen war.
»Danke«, murmelte ich, kuschelte mich in meine Decke und schloss die Augen.

Mit ihren breiten, flachen Körpern bewegen sich Krokodilier sehr leicht und schnell in allen Gewässern. Mit ihrem speziellen Körperbau nutzen sie nämlich optimal die Auftriebskraft des Wassers. Dadurch verbrauchen sie im Wasser weniger Energie, und das wiederum bedeutet, dass sie dort weniger Nahrung benötigen. Ausgewachsene Krokodilier können durch ihren sparsamen Energieverbrauch über lange Zeiträume ohne Fressen auskommen.

11. Floßfahrt mit Hindernissen

Als ich am nächsten Morgen erwachte, war Leos Schlafplatz noch immer leer. Ich richtete mich auf meiner Luftmatratze auf und schaute zwischen den Säulen hindurch zum Feuer, wo schon Ole, Tom und Vanessa saßen. Sie futterten Nutellabrote und diskutierten leise darüber, was zu tun wäre, falls Linus nicht am Notfalltreffpunkt stehen würde.

»Wir müssen auf jeden Fall auch in den nächsten Tagen immer um Mitternacht auf ihn warten«, sagte Vanessa gerade.

»Dann können wir die Krokodiljagd aber knicken«, warf Ole ein.

»Na und?«, knurrte Tom. »Auf ein Krokodil können wir verzichten, aber nicht auf Linus und seine Kochkünste.«

Leise stand ich auf und schlich etwas näher. Was sollte das heißen?! Natürlich durften wir Linus nicht im Stich lassen, aber wir konnten die Suche nach Orinoko unmöglich noch weiter aufschieben!

»Qua si ba!«, fluchte da Vanessa. »Wir sind doch genug, um uns aufzuteilen.«

»Nicht, wenn wir Linus oben in der Stadt suchen müssen«, entgegnete Tom.

In dem Moment traten Anna und Jakob mit ihrem Frühstück aus der Küche.

»Ihr glaubt, dass Linus sich oben verläuft und nicht zum Treffpunkt findet?«, fragte Jakob mit erschreckt aufgerissenen Augen.

»Ach, Quatsch, die reden mal wieder nur Blödsinn«, wiegelte Anna ab und warf den Zwillingen einen warnenden Blick zu. »Linus wird da sein. Bis Mitternacht ist viel Zeit. Und die sollten wir jetzt auch nutzen.«

»Genau«, stimmte Vanessa zu. »Lasst uns die Flöße ausprobieren. Dann können wir nämlich nachher, wenn Linus wieder da ist, gleich mit der Suche nach Orinoko beginnen.«

Ole sah sie mit hochgezogener Augenbraue an. »*Wenn* er dann wieder da ist …«

Verunsichert schaute Jakob zwischen den Zwillingen und seiner Schwester hin und her. »Ihr habt doch immer gesagt, es ist ganz einfach, zum Notfalltreffpunkt zu finden!«

»Fan också!«, fuhr Vanessa Ole und Tom an. Dann drehte sie sich zu Jakob und sagte: »Linus wird es schaffen.«

Jakob sah nicht wirklich überzeugt aus. Er setzte sich mit seinen Broten in einen der Sessel und behielt die ande-

ren fest im Blick, um ja kein heimliches Zeichen zu verpassen.
Ich wartete noch einen Moment, dann trat ich zwischen den Säulen hervor, wünschte allen einen guten Morgen und schlenderte ganz lässig zur Lagerküche, so als hätte ich das Gespräch gar nicht gehört. Während ich mir heißen Kakao und Honigbrote nahm, sah ich aus den Augenwinkeln, wie Anna zum Büro ging und durch die Tücher zu Leo hineinschlüpfte. Nun hoben sich zwei Schatten gegen das flackernde Licht der Kerzen ab. Es sah so aus, als ob sich Leo und Anna über die Karte beugten und er ihr etwas zeigte. Kurz darauf kam Anna mit einer kleinen Skizze und einer Liste mit Geheimcodes wieder zurück zum Feuer.
»Okay«, sagte sie und hielt den Zettel mit der Zeichnung hoch. »Das haben Leo und Paul gestern ausgearbeitet. Wir haben hier einmal die rote Route, die von Pauls altem Zuhause zum Klärwerk führt.« Sie zeigte auf die rote verästelte Linie. »Irgendwo dort wird sich Orinoko vermutlich befinden. Die blaue Linie hier ist der kürzeste Weg vom Lager zur roten Route. Wir sollten heute schon einmal versuchen, diese blaue Strecke mit den Flößen abzufahren. Dann wissen wir zumindest, wie lange wir bis dorthin brauchen.«
»Ist das Blaue da der Kanal, der vom Wasserfall aus nach Osten geht?«, fragte Tom.
Anna nickte.
»Der hat eine ordentliche Strömung«, stellte Ole fest. »Da kommen wir bestimmt zügig zu der roten Route.«
»Aber zurück, gegen den Strom, werden wir ewig brauchen«, wandte Tom schon wieder ein.

Diese Zwillinge konnten einem mit ihren Bedenken wirklich auf die Nerven gehen!

»Saperlipopette! Bevor wir hier lange reden, sollten wir erst einmal gucken, ob die Dinger überhaupt schwimmen«, beendete Vanessa glücklicherweise die Diskussion und schälte sich aus ihrem Sessel.

»Genau«, sagte Jakob und nahm seiner Schwester die Liste mit den Geheimcodes aus der Hand. »Komm, Paul, wir fangen schon mal mit dem Abschreiben an.« Er zog mich hinter sich her zu einer der Werkbänke und kramte Zettel und Stifte aus einer Kiste. Während wir nun die Codelisten kopierten, schleppten die anderen die Floßteile zur Luke und rüsteten sich für unsere Jungfernfahrt aus.

»Danke, dass wir schon heute mit der Suche beginnen«, raunte ich Anna zu, als wir bald darauf mit den sperrigen Einzelteilen den Gang hinunter zum Wasserfall krabbelten.

»Hey, wenn wir sagen, wir suchen dein Krokodil – dann suchen wir es auch«, erwiderte sie. »Und selber ›danke‹. Wegen Jakob gestern.«

Unten angekommen, verließen wir die Brücke hinter dem Wasserfall über die linke Seite und bogen mit unseren Floßteilen in den ersten breiten Kanal Richtung Osten ein. Dort bauten wir die Einzelteile auf dem schmalen Seitensteg zusammen und ließen das Gefährt vorsichtig zu Wasser. Ohne zusätzliches Gewicht schwammen die beiden Flöße stabil in der seichten Strömung. Jetzt mussten wir nur noch testen, ob sie das auch mit uns als Passagieren taten.

Anna hielt sich an Oles Arm fest und setzte zaghaft einen Fuß auf den Mittelteil des großen Floßes. Dann verlagerte sie ganz langsam ihr Gewicht und setzte auch den zweiten Fuß auf die Holzplatte. Das Krokodil sackte ein Stückchen tiefer, aber es lag immer noch weit über der Wasseroberfläche.

»Los, Paul«, forderte mich Anna auf. Ich reichte ihr eine Hand, hielt mich aber zusätzlich noch an Vanessa fest. Zweifach abgesichert stieg ich ganz behutsam auf das Floß. Und tatsächlich: Der Mittelteil trug uns beide! Genau wie ich es geplant hatte!

»Ich will bei Paul mitfahren!«, rief Jakob, kletterte geschickt auf den Kopf und ließ sich auf der keilförmigen Plattform im Schneidersitz nieder. Vanessa kniete sich auf das Schwanzteil.

Als alle einen sicheren Platz gefunden hatten und das Floß ruhig im Wasser lag, stießen wir uns vorsichtig mit alten Besenstielen, die wir in einer Ecke des Gewölbes gefunden hatten, vom Rand ab. Wir schwammen!

»Es funktioniert!«, jubelte Jakob. »Das Floß trägt uns alle vier!«

»Yeah!«, rief Anna und hielt mir eine Hand entgegen.

Ich machte einen Schritt auf sie zu und schlug begeistert ein. Das hätte ich besser nicht tun sollen.

Denn mit dem Schritt nach vorn brachte ich unser Floß aus dem Gleichgewicht. Der ganze Mittelteil kippte zu Annas Seite. Schnell sprang ich zurück, doch leider hatte Anna dieselbe Idee: Sie machte ebenfalls einen Satz in meine Richtung, sodass sich das Floß nun gefährlich weit zu meiner Seite senkte. Anna schrie auf und hopste auf das Kopfteil. Damit gerieten wir vollends ins Wanken: Mit lauten

»Aaaaaahs« und »Oooooohs« bogen wir unsere Oberkörper mal weit in die eine, dann in die andere Richtung. Wir ruderten mit den Armen und versuchten irgendwie Halt mit den Besenstielen zu finden – vergebens.

Es wurde immer schlimmer, und Anna, die schon in absoluter Schräglage über dem Wasser hing, konnte sich nicht mehr halten. »Neeeeiiiiiin!«, schrie Jakob noch, da hechtete seine Schwester mit einem todesmutigen Sprung zum Steg. Gleichzeitig hatte ich aber einen Schritt Richtung Schwanzteil gemacht – mit dem Erfolg, dass nun der Krokodilkopf in die Höhe schoss und Jakob wie eine Kanonenkugel nach oben katapultierte. Ich war sicher, dass er in hohem Bogen ins Wasser fliegen würde, doch Anna packte ihn aus der Luft und riss ihn zu sich. Nun waren Vanessa und ich endgültig verloren: Wie beim Untergang der Titanic begann sich unser Floß weit nach hinten zu neigen. Das Kopfteil ragte schon senkrecht in die Luft, und Vanessa und ich rutschten immer weiter dem Schwanzende entgegen. Da machte ich das Einzige, was uns noch vor einem Untergang bewahren konnte: einen Bauchklatscher auf den Mittelteil. Ich donnerte auf die Bretter und knallte mit meiner rechten Wange auf das Kopfteil. Das Floß krachte zurück auf das Wasser, und ich lag platt wie eine Flunder auf den Brettern. Meine Beine dümpelten rechts und links in der dreckigen Kanalplörre.

»Mon dieu, du verstehst wirklich viel von Panzerechsen und ihrer Schwimmfertigkeit«, seufzte Vanessa, während sich die Zwillinge vor Lachen bogen. Auch Anna und Jakob kriegten sich nicht mehr ein und hielten sich schnaufend den Bauch.

»Schade, dass Leo das nicht gesehen hat!«, prustete Jakob. »Dann könnten wir das Ganze heute Abend noch mal als Schattenspiel sehen.«
Ehrlich gesagt war ich nicht unglücklich darüber, dass mir diese Peinlichkeit erspart blieb.
Es dauerte eine ganze Zeit, bis sich alle wieder beruhigt hatten und wir einen zweiten Versuch starten konnten. Diesmal nickten wir uns sicherheitshalber nur leicht zu, als das Floß ruhig in der Kanalmitte schwamm. Kara und die Zwillinge verteilten sich nun auf dem kleinen, schwanzamputierten Floß, und dann schipperten wir los.
Behutsam stakten wir die Besenstiele in den modrigen Grund und stießen uns gemächlich voran. Ich war stolz auf meine Idee, Stangen statt Ruder zu benutzen. Nicht nur, weil man das Floß damit selbst in engsten Kanälen gut in Fahrt bringen konnte, sie dienten auch als Stützen, wenn es etwas wackelig wurde.
Die ersten zehn Minuten nahmen wir kaum Schwung, sondern ließen uns mehr oder weniger dahintreiben, doch je sicherer wir uns fühlten, desto kräftiger stießen wir uns mit den Stangen voran. Nach einer Weile gerieten wir auch noch in eine kleine Strömung und legten ordentlich an Tempo zu.
»Hey, das ist eine super Geschwindigkeit!«, jubelte Anna. »So sind wir viel schneller, als wenn wir zu Fuß laufen.«
»Außerdem macht es noch mehr Spaß als Skateboard fahren!«, rief Ole begeistert von hinten.
Schon nach kurzer Zeit waren wir eingespielte Teams und wussten, wie wir enge Kurven nehmen mussten, ohne an

Fahrt zu verlieren. Selbst plötzlich auftretende Strudel oder Stromschnellen brachten uns nicht mehr zum Wackeln.
Als wir zwischendurch mal ein ruhiges, ungefährliches Kanalstück passierten, warf ich vorsichtig einen Blick über Jakobs Schulter, auf die Skizze mit den roten und blauen Linien, die er auf dem Schoß liegen hatte. Wir konnten nicht mehr allzu weit von der roten Route entfernt sein. Nicht mehr lang, dann würde sich mein Weg mit Orinokos kreuzen! Mit jedem Meter, den wir voranrückten, klopfte mein Herz ein wenig schneller. Vielleicht war mein kleines Krokodil schon bis zur Kreuzung der blauen und der roten Route gekommen? Vielleicht trafen wir gleich aufeinander?
»Mir ist langweilig«, stöhnte da Jakob.
Anna schaute auf ihre Uhr. »Wir sind schon über zwei Stunden unterwegs.«
Es war klar, was das bedeutete: Wir mussten bald kehrtmachen, wenn wir Linus pünktlich um Mitternacht am Notfalltreffpunkt abholen wollten.
»Zurück, gegen die Strömung, brauchen wir wahrscheinlich doppelt so lang«, sagte Anna.
Ich seufzte. »Mindestens.«
»Also, wir können jetzt noch zehn Minuten weiterfahren«, beschloss Anna. »Aber dann müssen wir umdrehen, auch wenn wir die rote Route bis dahin nicht erreicht haben.«
Das war nicht zu ändern. Mit aller Kraft stieß ich meinen Besenstiel in den Grund und sorgte so dafür, dass das Floß noch ein bisschen mehr an Tempo zulegte. Dabei hoffte ich ganz fest, dass wir in der verbleibenden Zeit die rote Route erreichten. Der Gedanke, dass ich Orinoko verpassen

könnte, nur weil wir erst morgen an die Einmündung gelangen würden, war einfach unerträglich!
Meine Anstrengung war nicht umsonst: Nach genau neun Minuten steuerten wir durch eine lang gezogene Kurve und stießen auf den Kanal, der auf unserer Skizze rot markiert war. Es war der größte Kanal, den ich bis jetzt hier unten gesehen hatte.
»Steure an den Rand!«, rief ich Anna zu.
Sobald wir nah genug waren, sprang ich auf den Steg. »Orinoko?« Ich rannte in den hochgewölbten Tunnel hinein. »Orinoko!« Ich schnalzte, ich rief, ich leuchtete, so weit ich konnte, den Steg ab – doch nirgends waren Spuren meines Krokodils zu entdecken: weder Reste von erlegter Beute noch Krokodilkacke.
»Paul?«, rief Anna, nachdem ich fast hundert Meter in den Tunnel gelaufen war. »Komm jetzt! Wir müssen zurück!«
»Können wir nicht noch einmal auf die andere Seite fahren? Nur ganz kurz«, bettelte ich. »Ich stake auch das große Floß allein zurück. Oder ich ziehe euch – im Laufschritt, damit wir pünktlich zu Linus kommen.«
Anna und Vanessa wechselten einen Blick.
»Bitte!«, flehte ich.
»Ja, bitte!«, rief nun auch Jakob.
»Perbacco! Wo wir schon mal hier sind, können wir auch drüben gucken«, sagte Vanessa und wendete das Floß.
Wir stießen uns durch den Strom auf die gegenüberliegende Seite. Doch auch dort fand ich kein Lebenszeichen von Orinoko. Da musste ich über meine eigene Blödheit stöhnen: Warum hatte ich Idiot nicht daran gedacht, etwas Futter für

Orinoko mitzubringen? Dann hätte ich einen Köder auslegen können, der meinen kleinen Alligator vielleicht angelockt hätte. Außerdem irrte er nun schon drei Tage und zwei Nächte durch die Kanalisation. Bei dem Stress brauchte er bestimmt mehr Nahrung als unter normalen Umständen. Wie konnte ich nur so verpeilt sein?!

»Paul! Wir müssen umkehren«, drängte Anna.

Ich stieg widerwillig zurück aufs Floß. Sofort zog Jakob scharf am Lenkseil und wendete. Die Suche war für heute beendet.

Schweigend bogen wir wieder in die blaue Route ein und nahmen Kurs aufs Lager. Während sich unser Floß schwerfällig gegen den Strom bewegte, hing ich meinen Gedanken nach. Was hatte ich erwartet? Dass ich Orinoko gleich am ersten Tag der Suche finden würde? Die Strecke von meinem alten Zuhause bis zum Klärwerk war über dreißig Kilometer lang. Knapp zwei Wochen würden wir brauchen, um alle Röhren zu durchkämmen, hatte Leo gesagt. Vierzehn Tage und Nächte – das war unendlich lang.

Ich begann schon in meinem Kopf Pläne zu erstellen, wie wir uns aufteilen und gleichzeitig in beiden Richtungen suchen könnten, da gab mir Anna einen Stups. »Hey, ich brauche mal eine Pause. Mir tun schon die Arme weh. Außerdem werden wir immer langsamer. Wenn wir so weitermachen, kommen wir garantiert zu spät im Lager an.«

Ich schämte mich. Vor lauter Sorge um Orinoko hatte ich Linus vollkommen vergessen. Und ich hatte gar nicht bemerkt, wie anstrengend unser Vorankommen mittlerweile geworden war und wie sehr sich Anna quälen musste!

»Ich kann dich ablösen!«, rief Vanessa ihr vom Schwanzteil aus zu.
Wir drückten das Floß zum Kanalrand, um die Plätze zu tauschen. Einen Moment ging es nun tatsächlich wieder etwas zügiger voran, aber bald ließen auch in Vanessas dünnen Ärmchen die Kräfte nach. »Farðu til helvítis! Wenn die Rückfahrt dermaßen anstrengend ist, dann nützt es uns überhaupt nichts, dass es auf dem Hinweg so schnell geht«, schimpfte sie und machte eine kurze Pause, um die Arme auszuschütteln. Diese paar Sekunden reichten schon, um wieder einen Meter zurückgetrieben zu werden und gegen das kleine Floß zu rumsen.
Genervt sprang Tom auf den Steg und packte das Lenkseil, damit wir nicht noch weiter abtrieben. »Können wir die Dinger nicht irgendwo hier lagern und zu Fuß zurückgehen? Dann könnten wir sie morgen wieder abholen und direkt starten.«
Anna nickte und kletterte ebenfalls an den Rand. »Ja, das wäre sicher am besten. Aber wo?«
»Gibt es hier irgendwo eine alte Bunkeranlage?«, fragte Ole.
»Was ist mit den Gängen der Postbahn?«, schlug Vanessa da vor. »Ich habe hier vorhin irgendwo einen Eingang gesehen.«
»Postbahn?«, wiederholte ich, denn es war das erste Mal, dass ich dieses Wort hörte.
»Es gibt hier unten noch mehr Wege, unabhängig vom Kanalnetz«, erklärte Ole. »Die Erde unter der Stadt ist durchlöchert wie ein Schweizer Käse.«

»Früher hat man die Briefe und Pakete unterirdisch von Poststation zu Poststation gefahren«, ergänzte Anna. »Es gab ja noch kein Fax oder E-Mail oder so etwas.«
Jakob runzelte die Stirn. »Wenn es keine E-Mail gab, warum haben sie dann nicht einfach eine SMS geschickt?«
»SMS gab es auch noch nicht«, antwortete Anna.
Jakob sah seine Schwester fassungslos an. »Das muss dann ja gleich nach den Dinosauriern gewesen sein.«
»Ganz so lange ist es nicht her«, sagte ich. »Dazwischen gab es noch Feuerzeichen und berittene Kuriere.«
»Ich finde Vanessas Idee gut«, meldete sich Ole wieder zu Wort. »Warum suchen wir nicht den nächsten Postbahneingang und verstauen da die Flöße?«
»Wir können doch auch gleich in einem der Postbahntunnel zurück zum Lager gehen«, warf Tom ein.
Anna nickte nachdenklich. »Versuchen könnten wir es. Manche Gänge sind zwar durch die Bomben im Krieg zerstört und zugeschüttet worden, aber ein großer Teil ist noch intakt.«
»Haben wir für diese Postbahn einen Plan?«, fragte ich besorgt.
»Tuhan mara!«, sagte Vanessa und winkte ab. »Leo kennt die Wege auswendig.«
»Aber Leo ist nicht hier.«
Jakob nahm meine Hand. »Anna hat Leos Kompass. Das wird bestimmt kein Problem.«
Trotzdem hatte ich ein schlechtes Gefühl. »Und diese Gänge, die halten auch?«, forschte ich noch einmal nach. Schließlich wollte ich auf keinen Fall verschüttet werden und Orinoko

seinem Schicksal überlassen. Und Linus würde dann auch vergeblich Stunden und Tage warten!
»Die sind absolut stabil gebaut«, beruhigte mich Anna. »So eine Postbahn ist auch gar nichts Besonderes. Alle großen Städte hatten früher entweder eine Rohrpost oder eben so eine Postbahn. In London wurde die Postbahn sogar noch bis vor Kurzem genutzt …«
»Und warum sollte der Rückweg durch die Postbahn einfacher sein als durch die Kanalisation?«, unterbrach ich sie. »Ich kapiere nicht, warum wir freiwillig durch Gänge laufen sollen, die vielleicht vor über einem halben Jahrhundert durch irgendwelche Bomben angeknackst worden sind.«
»Weil es wahnsinnig viel schneller geht«, antwortete Anna. »Du musst dir das so vorstellen: Die Kanalröhren sind kleine gewundene Feldwege, und die Postbahn ist die Autobahn, direkt und kürzer.«
»Wir müssen die Umwege durch die Kanäle absuchen, weil wir nicht wissen, wo sich Orinoko aufhält. Und mit den Flößen mussten wir auf dem Hinweg natürlich auch durchs Wasser. Aber zurück können wir die schnelle Autobahn nehmen, verstehst du?«, ergänzte Vanessa.
Das überzeugte mich auf der Stelle. Und auch Ole und Tom waren begeistert über die Aussicht, nicht jedes Mal die ganze lange blaue Route zurücklatschen zu müssen.
Also stiegen wir nun alle auf den Steg und zogen die Flöße hinter uns her, bis wir in der Wand des Tunnels eine kleine unscheinbare Tür fanden. Kara hebelte das Schloss mit einem Draht auf, dann hoben wir das Floß aus dem Wasser, zerlegten es in seine Einzelteile und trugen es in den

schmalen Gang. Nach etwa zehn Metern, die ziemlich steil nach oben gingen, stießen wir auf einen großzügig ausgehobenen Schacht. In den Boden war ein schmales Schienensystem eingelassen, wie für eine echte Eisenbahn, nur viel kleiner.

»Das war für die Waggons der Postbahn«, erklärte Anna.

Trotz meiner Sorgen konnte ich nicht anders: Ich war begeistert. Es war einfach unglaublich! Da gab es unter der Erde ein Mini-Eisenbahnnetz, von dem kaum jemand etwas wusste! Ich wischte mit dem Fuß den Sand von den blanken Schienen und leuchtete den Boden und die Wände ab. Das Ganze sah ziemlich intakt aus und eigentlich sogar vertrauenerweckender als die meisten Kanalröhren. Außerdem war es hier im Gegensatz zur feuchten Kanalluft vollkommen trocken. Es wehte sogar ein kleines Lüftchen.

»Woher kommt der Wind?«, fragte ich.

»Von der U-Bahn. An manchen Stellen gibt es da auch Verbindungen, aber frag mich nicht, wo und warum«, antwortete Anna. Dann kramte sie in ihren Taschen und zog den Kompass hervor, den Leo ihr zur Sicherheit mitgegeben hatte. Sie drehte ihn hin und her, und nach einer Weile sagte sie entschieden: »Wir müssen rechtsrum.«

Die Postbahn erinnerte mich an die alte Bergwerksbahn, die ich mal mit meinem Vater besichtigt hatte. Auch hier sah man manchmal in den Lücken der Stützkonstruktion die verschiedenfarbigen Erdschichten, die sich gelblich, braun oder schwarz übereinanderlegten. Immer wieder waren Pfeile auf die Stahlstützen gemalt oder sogar Straßennamen. *Opernplatz,* las ich in der merkwürdig geschwungenen

altdeutschen Schrift. Und dann hörte ich sogar von weiter Ferne das vertraute Rattern einer U-Bahn!
Der Gang verlief fast schnurgerade, und wir kamen zügig voran. So konnten wir jeden Tag Stunden sparen! Aufgeregt begann ich im Kopf zu berechnen, wie viel mehr Zeit mir diese Abkürzung für die tägliche Suche nach Orinoko bringen würde und wie viel Kilometer mehr wir dadurch im Schnitt zurücklegen könnten.

Als wir um kurz nach 22 Uhr im Gewölbe ankamen, hatten wir gegenüber dem Hinweg durch die Kanäle mindestens zwei Stunden gespart, und ich war zuversichtlich, Orinoko bald zu finden.
Leo erwartete uns schon fertig ausgerüstet in der Küche und trank einen Kakao. Ich war erleichtert, ihn zu sehen, obwohl er noch blasser und schmaler aussah als sonst.
»Das Floß schwimmt super, und zurück haben wir einen Weg durch die Postbahn gefunden«, berichtete Jakob stolz.
»Das ist toll«, sagte Leo und lächelte mir zu. »Glückwunsch, Bootsbauer.«
»Danke«, sagte ich, und eigentlich wollte ich noch viel mehr sagen, doch in dem Moment stellte Leo seine Kakaotasse ab und wandte sich zum Gehen. »Hoffen wir, dass Linus am Notfalltreffpunkt steht«, sagte er. »Drückt mir die Daumen.«
»Du gehst allein?!«, fragte Anna irritiert.
Leo nickte. »So ist es sicherer. Wir müssen nach gestern Nacht vorsichtig sein. Die Kanalinspektion ist jetzt alarmiert und wartet nur darauf, dass irgendwo eine Gruppe aus einem Kanalschacht steigt. Außerdem hat die Sache bestimmt in

der Zeitung gestanden, und jeder, der irgendetwas sieht, wird die Polizei informieren.« Damit drehte er sich um und ging in Richtung des Ausgangs.

»Na, dann hätten wir auch noch länger nach Orinoko suchen können«, sagte Jakob enttäuscht.

»Das ist schon in Ordnung«, sagte ich und eilte schnell Leo nach. An der Luke hatte ich ihn eingeholt. »Was ich dir noch sagen wollte: Mir tut das alles sehr leid mit Linus.«

Leo sah mich verwundert an. »Denkst du, ich bin sauer auf dich?«

Ich zuckte mit den Schultern. »Na ja, wir waren doch nur meinetwegen im Baumarkt, und ...«

»Hey!«, unterbrach er mich. »Ich habe mich zurückgezogen, weil ich einen Plan B brauchte, falls Linus denen in die Hände fällt und die ihn zwingen zu sagen, wo wir sind.«

»Die werden doch nicht ein Kind bedrohen«, sagte ich ungläubig.

Leo schüttelte den Kopf und lächelte milde. »Du musst da oben wirklich im Paradies gelebt haben. Erwachsene können alles. Und sie tun alles.« Er boxte mich gegen den Oberarm. »Jedenfalls bin ich froh, dass du da bist, und es ist toll, dass wir Flöße haben. Wenn ich überhaupt auf irgendjemanden sauer bin, dann auf Linus, weil er sich nicht an den Plan gehalten hat, nur wegen irgendwelchen blöden Küchenkräutern.«

»Gut«, stieß ich erleichtert aus und setzte schnell hinzu: »Aber Linus wollte die Bande ganz bestimmt nicht in Gefahr bringen.« Auf keinen Fall wollte ich, dass Leo auf ihn wütend war.

»Ich weiß«, sagte Leo, und ein Lächeln huschte über sein Gesicht. »Er wollte uns nur ein köstliches Essen servieren.« Damit steckte er sich die Skibrille ins Haar und tauchte in die Luke. »Sobald ich mit Linus zurück bin, suchen und finden wir Orinoko!«, rief er und zog die Tür hinter sich zu.
Ich legte den Riegel um.
Nun begann die schreckliche Zeit des Wartens.

Der Angriff des Mississippi-Alligators auf seine Beute zeichnet sich durch drei Faktoren aus: Ruhe, Geschwindigkeit und Überraschung. Verborgen unter der Wasseroberfläche wartet der Alligator regungslos ab, bis das Opfer nah genug ist. Der Angriff erfolgt dann schnell und ohne Vorwarnung.

12. Der gespenstische Türöffner

Zum Nichtstun verdammt, sammelten wir uns um den Feuerkreis und starrten in die Flammen. Keiner mochte ein Wort sagen. In Gedanken waren wir wohl alle bei Linus. Ob er den Weg gefunden hatte? Ob er überhaupt aus dem Baumarkt herausgekommen war? Nachher hatten die Polizisten ihn gleich dort gepackt! Was würde das dann für Leo bedeuten? Ein kalter Schauer lief mir über den Rücken, und ein Blick in die bedrückten Mienen der anderen verriet mir, dass sie Ähnliches dachten.

Um kurz vor Mitternacht hielten wir die Warterei einfach nicht mehr aus und begannen schon mal mit dem Kochen des Essens. Für eine Stunde waren wir abgelenkt, aßen, wuschen das Geschirr ab – aber dann gab es wieder nichts zu tun als warten. Zum Glück wollte Jakob von mir wissen, woran man ein Krokodil von einem Alligator unterscheidet. Ich war so froh über die Ablenkung, dass ich ihm gleich die verschiedenen Schädelformen aller heute noch lebenden Krokodilier erklärte und aufzeichnete. Doch irgendwann hatten wir vom Keilkopf-Glattstirnkaiman bis zum Ganges-Gavial alle durch.

Verzweifelt räumten wir den linken Seitenflügel mit den Schlafplätzen auf und entrümpelten danach noch die komplette rechte Seite des Gewölbes. Ole und Tom reinigten sogar freiwillig den Feuerkorb, und ich sortierte gemeinsam mit Vanessa die Küchenregale neu, während sich Jakob, Anna und Kara Lappen geschnappt hatten und Staub wischten. Doch irgendwann war alles, was man in so einem Gewölbe erledigen konnte, getan, und wir hingen wieder um die Feuerstelle.

»Die Zeit zieht sich wie Kaugummi«, stöhnte Ole, und Tom fügte hinzu: »Schlimmer als früher an Weihnachten.«

»Können wir nicht ein Schattenspiel sehen?«, fragte Jakob.

»Ohne Leo?!«, entgegnete Anna.

Jakob ließ nicht locker. »Dann spielen wir eben *Großer Preis*.«

Tom schüttelte den Kopf. »Bloß nicht noch was, wofür man Geduld haben muss.«

»Einer der Trinkwasserkanister ist fast leer. Den könnten wir auffüllen«, schlug ich vor.

Vanessa sprang aus ihrem Sitz und schnappte sich den Kanister.

»Hot verdom! Selbst das ist besser, als hier zu sitzen und zu warten!«

Im tosenden Lärm des Wasserfalls schleppten wir den schwarzen Schlauch über die Brücke. Zum ersten Mal sah ich, wie das mit dem Wasseranschluss funktionierte. In dem Gullyschacht baumelte tatsächlich einer dieser weißen Feuerwehrschläuche. Am Ende war ein provisorisches Etwas angebaut, wahrscheinlich eine Art Adapter, der den dicken weißen Schlauch mit unserem dünnen schwarzen Gartenschlauch verband.

Vanessa kletterte auf meine Schultern, schloss die Schlauchenden zusammen, und schon spritzte frisches, klares Wasser aus der Düse. Es dauerte anderthalb Minuten, da war der Kanister gefüllt. Nach weiteren drei Minuten waren die Schläuche wieder voneinander getrennt, und zwei Minuten dauerte der Transport über die Brücke zur unteren Luke.

Ich hatte keine Lust, schon wieder nach oben zu kriechen und auf die Uhr zu starren. Deshalb ließ ich mich, nachdem ich den schweren Kanister in den Gang gewuchtet und die Tür verriegelt hatte, einfach auf den Boden plumpsen und fragte Vanessa: »Warum bist du eigentlich hier unten, bei der Kanalbande?«

Vanessa setzte sich neben mich und legte die Beine in den Schneidersitz. »Weil meine Eltern nie Zeit für mich hatten. Sie haben mich ständig mit meinen Au-pair-Mädchen allein gelassen. Alles andere war wichtiger: Arbeit, Termine, irgendwelche Partys …«

Sie streckte ein Bein aus und gab dem Kanister einen wütenden Tritt. »Sugar-Honey-Ice-Tea! Sie konnten nicht mal fünf Minuten aufbringen, um für ein Geschwisterchen für mich zu sorgen!«

»Das dauert nur fünf Minuten?«, fragte ich erstaunt. »Da brauchen ja Krokodile länger.«
»Was weiß ich!«, wetterte Vanessa. »Jedenfalls habe ich dafür nie einen Eintrag in ihren Kalendern gefunden, und da haben sie schließlich jeden Müll reingeschrieben, von *Fußpflege* und *Osteopathie* bis *Reifenwechsel*.« Sie seufzte, und dann sagte sie in einem ungewöhnlich sanften, traurigen Tonfall: »Weißt du, wer meine Au-pair-Mädchen ausgesucht hat? Die Sekretärin von meiner Mutter. Nicht mal dafür haben sie sich Zeit genommen. Sie haben einfach alles, was mich betrifft, an andere Leute abgeschoben. Ich hätte es aber schöner gefunden, wenn *sie* sich mal um mich gekümmert hätten. Ich wollte, dass *sie* mich zum Bus bringen, wenn ich ins Landheim fahre. Und dass *sie* mit mir zum Zahnarzt gehen oder zur Weihnachtsfeier der Schule kommen. Ich hätte meinen Mitschülern nämlich gern gezeigt, dass ich auch Eltern habe und nicht nur ständig andere Au-pair-Mädchen.«
»Verstehe«, sagte ich. »Hast du ihnen das mal gesagt?«
Vanessa lachte bitter auf. »Sacramento! Hundert Mal!« Dann senkte sie den Blick und malte niedergedrückt kleine Muster in den erdigen Boden des Tunnels. »Ich hatte eine Ballettaufführung«, sagte sie leise. »Die war mir sehr wichtig. Ich habe die Hauptrolle getanzt, die Prinzessin. In einem wunderschönen weißen Tüllrock.«
Ich musste mich wirklich zusammenreißen, um nicht laut loszulachen. Die Vorstellung einer fluchenden, polternden Vanessa in einem Tüllröckchen war einfach zu komisch! Hätte sie nicht so unglaublich traurig ausgesehen, dann hätte ich gedacht, sie wolle mich auf den Arm nehmen.

»Meine Eltern hatten mir ganz fest versprochen zu kommen«, fuhr sie nun kaum hörbar fort. »Aber dann hat mein Vater fünf Minuten vorher eine SMS geschickt, dass er in einer wichtigen Vergleichsverhandlung stecke, und meine Mutter ist zehn Minuten zu spät gekommen und hat den Saal nach einer Viertelstunde wieder verlassen, um vor der Tür ein wichtiges Telefonat mit einem Kunden zu führen. Genau während meines Solos. Sie hat nicht einmal meinen Applaus gehört. Da bin ich runter von der Bühne und abgehauen.« Sie sah auf und bemühte sich um eine lässige, gefasste Miene. »Darum bin ich hier. Hier kümmern wir uns umeinander und sind nie allein.«

»Hast du manchmal Heimweh?«, fragte ich.

Vanessa runzelte die Stirn. »Mmmh, ich würde schon gern mal wieder eine Folge meiner Lieblingsserie sehen. Ab und zu vermisse ich auch den alten Stoffaffen, der auf meinem Bett sitzt. Und … manchmal, sonntags, wenn die Au-pairs freihatten, ist mein Vater zum Bäcker gegangen und hat Brötchen geholt. Die waren immer noch warm, und wir haben alle zusammen gefrühstückt. Das war schön.«

Plötzlich hatte ich den Geruch von Rosinenbrötchen in der Nase. Warme Rosinenbrötchen, in Kakao getunkt. Das war eine der Spezialitäten meines Vaters. Er hatte das Backrezept von meiner Oma. Ich liebte es, wenn sie innen fast noch ein bisschen roh waren und der Teig am Gaumen klebte …

»Und du?«, fragte Vanessa da. »Hast du Heimweh?«

Ich zuckte mit den Schultern. »Das, was ich vermisse, gibt es ja nicht mehr. Mein altes Zuhause mit meinem fürsorglichen Krokodilvater und Orinoko ist ja weg.«

Vanessa stupste mich in die Seite. »Das ist doch auch gut. Dann musst du dich gar nicht erst mit Heimweh rumschlagen.«
»Wahrscheinlich hast du recht«, sagte ich, obwohl der Geschmack von warmen Rosinenbrötchen einfach nicht aus meinem Mund verschwinden wollte.
Vanessa streckte sich, quetschte sich an mir vorbei und packte den Kanister am Griff. »Ich ziehe, und du schiebst.«
»Warte, eine Frage habe ich noch …«
Vanessa hielt inne und drehte sich zu mir um.
»Haben dich deine Eltern mal gesucht?«
Sie überlegte einen Moment. »Keine Ahnung. Ich habe jedenfalls nie ein Suchplakat oder so etwas gesehen. Wahrscheinlich haben sie überhaupt erst bemerkt, dass ich weg war, als das Au-pair-Mädchen wieder nach Hause wollte und ein neues bestellt werden musste. Potverdikkeme! Aber jetzt lass uns nicht mehr darüber reden, sonst werden wir hier noch ganz trübsinnig. Mir reicht schon die Sorge um Linus.«
Ich nickte, und wir rumpelten den Kanister den steilen Gang hinauf.

Die nächsten Stunden hingen wir in den Sesseln und starrten abwechselnd ins Feuer und auf die Zeiger der Uhr, die sich im Schneckentempo voranschoben.
»Wieso dauert das so lang?«, stöhnte Jakob um 6.17 Uhr.
»Vielleicht hat Linus sich in der Stadt verlaufen«, versuchte Vanessa sich selbst und uns zu beruhigen.
»Vielleicht läuft die Kanalinspektion seit gestern auch

nachts Patrouille, und Leo musste einen Umweg machen«, überlegte Ole.

»Vielleicht sogar auf dem Hin- und Rückweg – das kostet richtig Zeit«, spann Tom den Faden weiter.

»Oder Linus ist nicht da, weil sie ihn gefasst haben, und Leo steht einfach nur herum und wartet.« Jakob brachte kurz und knapp auf den Punkt, was uns allen wie ein Schreckgespenst durch die Köpfe geisterte.

Niemand widersprach. Wir starrten in die lodernden Flammen und vermieden um jeden Preis, uns anzuschauen.

»Möchte noch jemand Tee?«, fragte Anna schließlich und stand auf. Ein paar hoben stumm die Hand.

Ich drückte mich seufzend aus meinem Sessel hoch. »Dann werfe ich mal den Gaskocher an.«

Während Anna und ich den schweren Wassertopf auf den Kocher hievten, fiel mir plötzlich etwas ein. »Wie öffnet Leo eigentlich allein den Kanaldeckel? Er muss doch nach oben, an die Oberfläche, weil Linus draußen vor dem Gitter wartet, oder?«

Anna nickte. »Stimmt. Aber frag mich nicht, wie Leo allein aus der Kanalisation raus- und dann wieder reinkommt. Er muss noch einen anderen Weg kennen. Jedenfalls war er schon ein paar Mal allein oben.«

»Und er verrät nicht, wie?«

Anna schüttelte den Kopf.

Das war wirklich merkwürdig. Warum tat Leo das?

Ich warf einen kurzen Blick zum Feuer, und dann fragte ich sie leise, sodass es die anderen nicht hören konnten: »Warum ist Leo überhaupt hier unten?«

Anna lächelte. »Das weiß keiner. Er war der Erste hier. Also musste er niemandem seine Geschichte erzählen, um in die Kanalbande aufgenommen zu werden. Er *ist* praktisch die Kanalbande.«

»Aber hat ihn nie jemand gefragt?«

»Doch, schon. Aber immer wenn es darum geht, antwortet er einfach nicht. Er macht dicht oder tut so, als hätte er die Frage gar nicht gehört. Zumindest habe ich nicht mitbekommen, dass er irgendjemand etwas darüber verraten hätte.«

»Wer war denn der Zweite, der hier unten war?«

»Kara. Aber ich glaube nicht, dass sie mehr weiß.« Anna zog ein paar Teebeutel aus einer Packung im Regal und gab sie mir. »Wenn Leo überhaupt mal etwas von seiner Vergangenheit erzählt, dann nur von seinem Opa. Der war der Tollste und Größte und hat eine Zeit lang in Australien gelebt. Über seine Eltern habe ich noch nie ein Wort gehört.«

Nachdenklich starrte ich in das Teewasser und wartete, bis es endlich zu blubbern begann. Selbst das schien heute ewig zu dauern.

Nachdem wir den Tee aufgebrüht und verteilt hatten, setzten wir uns wieder ans Feuer. Unerträglich langsam verging die nächste halbe Stunde. Die darauffolgende wurde noch schlimmer. Unsere Angst wurde immer größer. Selbst wenn Leo auf dem Hin- und Rückweg einen Umweg hatte laufen müssen – er hätte längst wieder da sein müssen.

»Und wenn sie ihm eine Falle gestellt haben?«, fragte Jakob plötzlich in die Stille. »Wenn sie ihm aufgelauert haben und hier gleich die Leute von der Kanalinspektion reinstürmen? Was machen wir dann?«

Anna biss sich auf die Unterlippe. »Dann müssen wir uns verteidigen. Wir kommen zwar nicht raus, aber die kommen hier auch nicht rein.«
In dem Moment hörten wir von der Luke unten am Wasserfall ein Geräusch. Etwas Scharrendes, Schleifendes. Es klang anders als sonst. Nicht wie einer von uns. Wir sahen uns an. Tom stellte ganz langsam seine Teetasse ab und hob leise den spitzen Eisenstab vom Boden, mit dem wir immer im Feuerkorb herumstocherten. Er nickte seinem Bruder auffordernd zu. Ole verstand und schnappte sich ein dickes Holzscheit. Kara schlich in die Lagerküche. Aus der Dunkelheit sah ich das lange, scharfe Brotmesser aufblitzen. Was sollte das werden?!
Doch für Diskussion und Abstimmung blieb keine Zeit. Anna drückte Vanessa und mir jeweils eine schwere Eisenkelle in die Hand und bewaffnete sich selbst mit dem dicken Fleischklopfer. Dann gab sie uns einen Wink. Auf Zehenspitzen huschten wir zur Luke. Mit kurzen, bestimmenden Zeichen teilte uns Anna in zwei Gruppen und postierte uns links und rechts neben der eisernen Tür. Jakob drängte sich dicht an mich, als könnte ich ihn irgendwie beschützen. Dabei schlug mir das Herz selbst bis zum Hals.
Wieder hallte das Scharren durch den Gang. Es gab keinen Zweifel: Da kroch jemand zu uns hinauf, schwerfällig und schlurfend. Niemals konnte das Leo sein, und selbst Linus bewegte sich leichtfüßiger über den Boden.
»Das ist was Großes«, flüsterte Jakob und fasste nach meiner Hand.
Ich hörte, wie es hinter der Luke raschelte und klirrte, und

dann geschah etwas absolut Gruseliges: Wie von Geisterhand bewegte sich plötzlich der eiserne Riegel, der den Eingang versperrte. Scheinbar von allein hob er sich aus dem Verschluss, drehte sich um die schwere Eisenniete, stand für einen Moment senkrecht und kippte dann auf die andere Seite.

Ich sah, wie Anna, Kara und den Zwillingen das letzte bisschen Farbe aus dem Gesicht wich.

»Erst auf mein Kommando!«, hauchte Anna und hob den schweren Fleischklopfer über den Kopf, zum Schlag bereit.

Mit einem Quietschen öffnete sich die Tür. Ich zitterte am ganzen Körper. Auf meinen Händen, die den Stiel der Kelle umklammerten, erschienen hektische rote Flecken. Annas Brustkorb bebte vor Anspannung. Sie bedeutete mir, noch zu warten. Ich nickte, holte noch einmal Luft – da plumpste ein Sack Kartoffeln aus der Luke.

»Kann mal einer mit anfassen?« Leo streckte seinen Kopf durch die Tür.

»Puuuuh!«, stieß Anna aus und sackte in sich zusammen. Auch mir wurden die Knie ganz weich.

Leo sah verwirrt von einem zum anderen. »Was ist das denn für ein Empfang?« Ohne eine Miene zu verziehen, stieg er aus der Luke, beugte sich in den Gang und zog auch noch einen Sack Karotten hervor.

»Wo ist Linus?«, platzte es da aus Jakob heraus. »Wieso bringst du Gemüse mit – aber nicht ihn?!«

Leo sah Jakob nur an und sagte nichts. Ich erstarrte. Kara schlug die Hände vors Gesicht, und Anna schloss die Augen.

»Muss ich hier denn alles allein machen?«, dröhnte da eine vertraute Stimme aus dem Tunnel. Im nächsten Moment kam Linus mit hochrotem Kopf hinter einer prallen Papiertüte zum Vorschein.

Über Leos Gesicht zog sich ein breites Grinsen. »Wir wollten euch nur mal einen kleinen Schreck einjagen.«

»Jolki-palki!«, fluchte Vanessa. »Seid ihr wahnsinnig?! Das nächste Mal haue ich euch die Kelle um die Ohren. Ich hätte beinahe einen Herzinfarkt gekriegt.«

Jakob stolperte auf Linus zu und zog ihn aus der Luke.

»Langsam, langsam!«, sagte Linus lachend. »So lange war ich doch gar nicht weg.«

»Aber wir wären fast verhungert!«, riefen die Zwillinge gleichzeitig.

»Warum hat das so lange gedauert?!«, wandte sich Anna vorwurfsvoll an Leo.

Der stemmte empört die Hände in die Hüften. »Schlepp du mal zwei Säcke Kartoffeln und Möhren durch die Tunnel!«

»Fast alles aus dem Container – und in einwandfreiem Zustand«, sagte Linus stolz und zeigte auf die Gemüsesäcke. »Außerdem haben wir noch Mangos, Kiwis und Ingwer im Müll gefunden.«

»Die sechs Ananas nicht zu vergessen«, fügte Leo lachend hinzu. Dann wurde er ernst. »Auf dem Hinweg bin ich beinahe mit einem Suchtrupp der Kanalinspektion zusammengestoßen. Deshalb musste ich einen Umweg machen. Die durchkämmen jetzt alle Hauptadern.«

»Ein Glück, dass sie hauptsächlich tagsüber suchen«, sagte

Anna. »Aber in nächster Zeit sollten wir doppelt vorsichtig sein.«

Nachdem wir die Vorräte in die Küche geschleppt und auf den Regalbrettern verstaut hatten, fragte ich Leo, wie sie es geschafft hatten, den Riegel der Luke von außen umzulegen.

»Mit einem Magneten.« Leo griff in seine Hosentasche und zog eine runde Metallplatte mit einer Öse hervor. »Den habe ich in der Nähe des Notfalltreffpunkts gefunden. Wahrscheinlich hat ihn einer der Kanalarbeiter verloren. Ich glaube, damit ziehen die verlorene Schlüssel aus dem Wasser.«

»Wow!«, sagte Jakob und starrte mit großen Augen auf den Magneten. »Darf ich den mal haben?«

»Klar, du kannst gleich ausprobieren, was der alles anzieht«, sagte Leo und reichte Jakob das Fundstück.

Wir anderen setzten uns mit unserem Tee, der mittlerweile nur noch lauwarm war, auf unsere Betten, und dann begann Leo uns mit einem Schattentheater zu erzählen, was Linus in den letzten vierundzwanzig Stunden widerfahren war: Gerade als er von der Gartenabteilung des Baumarkts zum Einstieg zurückkehren wollte, hatten die Polizisten den Gully geöffnet. Linus war schnell auf eines der großen Außenregale geklettert und hatte sich zwischen den Wannen für Gartenteiche versteckt. Am Anfang hatte er noch gehofft, dass die Polizisten bald wieder abziehen würden – aber es wurden immer mehr, und irgendwann war Linus dann eingeschlafen.

Er war erst am nächsten Tag wieder aufgewacht, als sich zwei Kunden direkt vor seinem Regal lautstark um einen Buchsbaum stritten. Linus hatte zwischen den Wannen gewartet, bis sich die Streithähne entfernt hatten, und war dann aus seinem Versteck geklettert. So unauffällig, wie das mit Anglerhose und Skibrille eben geht, war er inmitten einer Menschentraube aus dem Haupteingang des Baumarkts geschlendert und hatte den Rest des Tages in der U-Bahn verbracht. Die Neonlampen in den Untergrundstationen waren das Einzige, was seine Augen auch ohne Brille ertrugen.
Gegen Abend, als die Sonne untergegangen war, hatte er die U-Bahn wieder verlassen, weil ein Kind ganz allein nach 20 Uhr dort zu schnell Aufsehen erregt. Erst recht, wenn es eine Anglerhose trägt. Dann sprang Leo in seiner Geschichte zu dem Moment, als er Linus am Notfalltreffpunkt aufgelesen hatte, und beendete seine Vorführung. Wie es ihm gelungen war, ohne Hilfe an die Oberfläche zu tauchen, und wie er mit Linus wieder in die Kanalisation hinabgestiegen war, verschwieg er uns.
Leider konnte ich auch Linus nicht mehr danach fragen, denn der war während des Schattenspiels völlig erschöpft auf seiner Matratze eingeschlafen und schnarchte laut im Tretrhythmus des Dynamorads.
»Und jetzt«, beschloss Leo diesen aufregenden Tag, »wo wir wieder alle zusammen sind, werden wir uns mit vollem Einsatz auf die Suche nach Pauls Krokodil machen.«

Die Vorfahren der Alligatoren bevölkerten die Erde bereits lange bevor es die ersten Dinosaurier gab. 200 Millionen Jahre lang trotzte diese wunderbare Tierart allen irdischen Katastrophen und Klimaveränderungen. Erst der Mensch brachte den Mississippi-Alligator und verwandte Panzerechsen beinahe zum Aussterben. Die größte Bedrohung für die heute noch lebenden Krokodilier ist die Umweltverschmutzung.

13. Keine verdammte Kacke

Am nächsten Morgen, nach einem wunderbaren Frühstück mit Obstsalat und Rührei, machten wir uns zum Aufbruch bereit. Da auf den beiden Flößen nur für sieben Personen Platz war, mussten zwei Bandenmitglieder im Lager bleiben. Linus meldete sich freiwillig. Er hatte erst einmal genug von Abenteuern und wollte lieber in Ruhe kochen. Als Zweiten schlug Anna Jakob vor. »Schließlich ist es seine Schuld, dass nur sieben und nicht acht Leute auf die Flöße passen, oder?«

Jakob sah mich flehend an. Natürlich hätte ich ihn lieber mitgenommen als einen der Zwillinge, aber persönliche Vorlieben waren in diesem Fall kein Argument. Da sprang mir Linus zu Hilfe und schlug Jakob vor, gemeinsam Pfannkuchen zu backen.

Jakob zierte sich zwar noch einen Moment, aber dann gab er großzügig nach. »Besser bei Pfannkuchen hierbleiben als an einem Tag, wo Kartoffeln geschält werden müssen«, raunte er mir zu. »Aber wenn ihr Orinoko heute schon findet, dann bin ich echt sauer.«
»Hey, so etwas sagt man nicht«, rüffelte ihn Linus und reichte mir ein kleines Päckchen. »Ich habe ein paar Streifen von den Tiefkühlsteaks abgeschnitten, die Leo und ich eingeholt haben. Das ist feinstes Rindfleisch. Ist das als Köder für Orinoko in Ordnung?«
»Perfekt. Vielen Dank!«, sagte ich und stopfte die Tüte in die Brusttasche meiner Anglerhose. »Ich wollte dich noch etwas fra…«
»Aufbruch!«, riefen da die Zwillinge im Chor, und die ersten Bandenmitglieder verschwanden schon durch die Luke in den Gang. Doch ich konnte einfach nicht losziehen, bevor ich eine Antwort hatte. »Hast du oben irgendwo ein Suchplakat von mir gesehen?«, fragte ich Linus schnell.
Er sah mich traurig an und schüttelte den Kopf. »Aber die meiste Zeit konnte ich auch gar nicht richtig gucken, weil mich das Licht so geblendet hat. Und in der U-Bahn … nein … da war nichts.«
Jakob stupste mich mitfühlend in die Seite. »Von mir gab es auch nie ein Suchplakat.«
»Kommst du, Paul?«, rief Leo, der als Letzter noch auf mich wartete.
»Ja«, antwortete ich mit fester Stimme und eilte zur Luke. Wenn ich ehrlich war, überraschte mich Linus' Antwort nicht. Trotzdem schmerzte es.

Unser Weg durch die Postbahn zur Lagerstelle der Flöße kam mir beim zweiten Mal noch kürzer vor. Fast schon routiniert bauten wir die Teile zusammen, ließen sie zu Wasser und schipperten über die blaue zur roten Route. Kaum hatten wir den Knotenpunkt der beiden Kanäle erreicht, sprang ich vom Floß und legte ein paar Köder aus. Orinoko liebte Rindfleisch, und normalerweise konnte er den Geruch über mehrere Hundert Meter wittern. Ich war mir allerdings nicht sicher, ob seiner feinen Nase das auch hier, in der stinkenden Kanalisation, gelingen würde.
Ole verfolgte das Köderauslegen mit spöttischem Lächeln. »Das holen sich doch sowieso gleich die Ratten.«
Sein Bruder nickte. »Schade um das gute Fleisch.«
»Selbst wenn ... einen Versuch ist es wert«, entgegnete ich kühl und stieg zurück auf den Mittelteil des großen Floßes, zu Leo.
Nun begann die eigentliche Suche nach Orinoko.
»Wir fahren etwa vier Kilometer nördlich den Kanal hinauf!«, rief Leo. »Dann geht rechts ein kleinerer Abzweig zu Pauls altem Zuhause ab.«
Wir steuerten die Flöße in die Mitte des breiten Kanals und kämpften uns gegen den Strom des Wassers voran. Diesmal war es noch anstrengender als am Tag zuvor auf der blauen Route. Sobald wir nur eine Sekunde pausierten, wurden wir gleich ein paar Meter zurückgetrieben. Aber absteigen und ziehen hätte auch nichts gebracht: Die Zuläufe, die rechts und links in den Kanal flossen, waren so breit und tief, dass man sie nicht ohne Weiteres zu Fuß durchwaten konnte.
Ich stöhnte ungeduldig. »Wenn wir uns weiter in diesem

Schneckentempo bewegen, brauchen wir ewig, bis wir unter die Krumme Straße kommen.«

»Hat irgendjemand gesagt, dass es leicht und schnell geht?«, fragte Leo und stupste mich aufmunternd an. »Wir werden heute auf jeden Fall die Kanäle bis zu deinem alten Zuhause absuchen – egal, wie lang es dauert.«

In immer kürzeren Abständen tauschten wir nun die Positionen, weil uns die Arme lahm wurden. Dadurch verloren wir zwar auch Zeit, aber die konnte ich wenigstens nutzen, um die Seitenränder nach Spuren abzusuchen. Ich kontrollierte mit meiner Grubenlampe jeden Meter. Doch ich fand nichts, was auf die Anwesenheit meines kleinen Alligators hindeutete.

Währenddessen zählte Leo aufmerksam die Abzweigungen. Nachdem wir uns 55 Minuten lang mühsam vorangearbeitet hatten, rief er endlich: »Die nächste rechts ab!«

Von nun an wurden die Kanäle schmaler, die Decken der Röhren niedriger, und das Wasser floss gemächlicher. Wir kamen jetzt wieder leichter voran, doch nach anderthalb Stunden Fahrt und mehreren Kreuzungen wurden die Wasserläufe so eng, dass unser Floß nicht mehr hindurchpasste.

»Ich schlage vor, dass Paul und ich absteigen und das letzte Stück zu Fuß gehen«, sagte Leo. »Möchte noch jemand mitkommen, oder hat jemand einen anderen Vorschlag?«

»Nein, wir warten hier und bewachen die Flöße«, sagte Anna. »Quetscht euch mal schön allein bis zu dem Hausanschluss durch.«

»In etwa zwei Stunden sind wir wieder da«, sagte Leo.

Dann tauchten wir in eine beklemmende eiförmige Röhre, in der knietief Wasser stand.
»Möchtest du lieber vorn gehen oder hinten?«, fragte er mich.
»Wenn es dir nichts ausmacht, dann gehe ich lieber vor«, bat ich.
»Kein Problem.« Leo drückte sich an die Röhrenwand und ließ mich vorbei.
Gebückt stapften wir durch den Kanal. Dabei mussten wir immer auf der Hut sein, um nicht von einem der Wasserstrahlen getroffen zu werden, die ohne Vorwarnung aus den kleinen Rohren aus der Seitenwand herausschossen.
»Blöde Zeit!«, rief Leo. Seine Stimme hallte merkwürdig hohl von den Betonwänden wider. »Jetzt putzen sie sich oben gerade alle die Zähne und waschen sich das Gesicht, bevor sie ins Bett gehen.«
»Nicht zu ändern«, seufzte ich und versuchte möglichst flach zu atmen, denn je weiter wir uns voranarbeiteten, desto schlimmer wurde der Gestank. Ich überlegte, ob ich wohl gerade meinen alten Schulweg entlangging. Nur unter der Erde natürlich. Vielleicht lag die dickere Röhre, in der die anderen warteten, unter der breiten Hauptstraße? Von dort aus war ich auch jeden Tag abgebogen, in die kleineren, ruhigeren Straßen, die zu unserer Wohnung führten.
»Nur noch zwei Abzweigungen«, sagte Leo nach einem Blick auf seinen Routenplan.
»Gibt es hier vielleicht mal einen Mauervorsprung oder irgendetwas, wo Orinoko draufklettern könnte?«, fragte ich besorgt.

Leo schüttelte den Kopf.
Ich musste heftig schlucken. Das bedeutete, dass wir Orinoko hier ganz sicher nicht finden würden – es sei denn, er lebte nicht mehr. »Drei Tage und Nächte in dieser Brühe mit Seife und Putzmitteln würden ihn garantiert vergiften«, sagte ich niedergeschlagen.
»Manchmal verfängt sich ein größeres Teil in den Rohren. An dem bleiben dann andere Sachen hängen, und es entstehen kleine Inseln«, versuchte Leo mir Mut zu machen.
Ich nickte und rang mir ein Lächeln ab. Immerhin, es war nicht ganz hoffnungslos. Vielleicht hatte sich Orinoko ja wirklich auf so eine Dreckinsel gerettet und wartete dort auf mich? Aber in der nächsten halben Stunde, die wir schweigend und mit gesenktem Kopf weiter durch die ekelige Röhre stapften, trafen wir nicht auf einen einzigen Geröllhaufen oder Müllberg. Einfach nichts, worauf Orinoko hätte rasten können.
»Stopp!«, sagte Leo da und blieb vor einem Loch in der Seitenwand stehen. »Hier muss es sein. Krumme Straße 17, oder?«
Ich nickte. Leo leuchtete mit seiner Taschenlampe in das Loch in der Wand. Es war schmutzig, schwarz ... und leer. Mit einem letzten Funken Hoffnung richtete ich die Grubenlampe in die andere Richtung der Kanalröhre, doch auch da war nichts. Kein Orinoko, keine Dreckinsel. Nur raue graue Betonwände und schmutziges, stinkendes Wasser.
Leo legte mir tröstend seine Hand auf die Schulter. »Orinoko ist bestimmt weitergeschwommen. Du hast doch selbst gesagt, dass er ein kluges Krokodil ist.«

Ich zuckte mit den Schultern.
»Paul«, versuchte Leo mich aufzubauen, »wir sind doch nur bis zu deinem Haus gelaufen, um ganz sicherzugehen, dass er hier nicht auf irgendeinem Müllhaufen auf dich wartet. Eigentlich war doch klar, dass er schon viel weiter ist.«
»Natürlich«, sagte ich, doch meine Stimme klang so niedergeschmettert, wie ich mich fühlte. »Lass uns zu den anderen zurückgehen.«
Genau in diesem Moment schoss ein türkisfarbener Wasserstrahl mit voller Wucht aus dem Loch. Wir konnten gerade noch rechtzeitig zur Seite springen.
»Das war knapp!«, prustete Leo. Er hielt seine blasse Nase in die Luft und schnupperte. »Mmmmh, das riecht aber gut!«
»Fleurs de Provence«, sagte ich verächtlich. »Der Lieblingsbadeschaum der Ziege!« Augenblicklich verwandelte sich meine ganze Verzweiflung in Wut. »Während wir uns hier unten durch den Dreck wühlen, um Orinoko zu suchen, nimmt die da oben gemütlich ein heißes Vollbad und wäscht ihre Lockenmähne!«, brüllte ich und trat mit meinen Gummistiefeln gegen die Betonwand.
Leo sah mich mitfühlend an. »Ich hab dir doch gesagt: Wir sind denen völlig egal. Sie vermissen dich nicht. Sie verplempern ihre Zeit in der Badewanne, anstatt nach dir zu suchen. Könntest du dich entspannen, solange du Orinoko nicht wiedergefunden hast?«
Ich trat noch einmal gegen die Wand. »Arschgeigen!«, fluchte ich.
»Du solltest einfach nicht mehr an sie denken«, sagte Leo sanft. »Wir sind jetzt deine neue Familie.«

Ich nickte. »Ja, wahrscheinlich hast du recht: Jeder Gedanke an die ist einer zu viel. Bestimmt trällert sie in der Wanne auch noch fröhlich eine ihrer Arien. Das ging mir sowieso tierisch auf den Wecker.«
Ich rückte die Grubenlampe, die während meines Wutanfalls verrutscht war, wieder auf meiner Stirn zurecht und warf einen letzten Blick in das schwarze Rohr. Und plötzlich, trotz meines riesigen Zorns und meiner furchtbaren Enttäuschung, fühlte ich so etwas wie Wehmut. Am anderen Ende dieser Röhre lag mein altes Zuhause. Ich war direkt mit der Spüle in der Küche und dem Waschbecken, dem Klo und der Wanne im Bad verbunden. Wenn ich sechs Meter höher stehen würde, dachte ich, dann könnte ich das Fenster zu meinem Zimmer sehen. Mit den Gardinen mit dem Dschungelmuster. Es war alles irgendwie merkwürdig: Ich war gleichzeitig ganz nah und doch unendlich weit weg.
»Kommst du?«, riss mich Leo aus meinen Gedanken und schob mich sacht ein Stückchen vorwärts. »Die anderen warten bestimmt schon.«

Als wir aus der engen Röhre in den größeren Tunnel kletterten, blickten uns die Bandenmitglieder mit gespannten Mienen entgegen.
»Und?«, fragte Anna. »Habt ihr irgendwas gefunden?«
»Orinoko ist schon weitergeschwommen«, erklärte Leo. »Wir fahren wieder zurück zur roten Route, und dann geht es durch den Hauptkanal Richtung Süden, dem Klärwerk entgegen.«

Ich war froh, dass er mir jede weitere Erklärung ersparte.
»Wir sollten sicherheitshalber die Stege auf beiden Seiten im Blick behalten«, sagte ich leise.
»Das hintere Floß guckt links, wir übernehmen die rechte Seite!«, rief Leo. Dann steuerten wir in die Kanalmitte und schipperten bis zur roten Hauptader stromabwärts.
Dort angekommen, auf dem breiten Fluss, mussten wir nun sogar bremsen, statt vorwärtszustoßen. In regelmäßigen Abständen hielten wir an, damit ich absteigen und die Abzweigungen kontrollieren konnte, die rechts und links abgingen. Jedes Mal stiefelte ich ein paar Meter in die Tunnel hinein, rief, lockte, wartete – und jedes Mal kletterte ich noch ein Stückchen entmutigter auf das Floß zurück.
So ging das über acht Stunden, und ich spürte, wie die anderen langsam unruhig wurden.
»Wir müssen umkehren«, sagte Leo schließlich leise zu mir. »Alle haben Hunger, und sie sollten nicht gleich am Anfang schon die Lust verlieren.«
»Nur noch eine Kreuzung«, bat ich.
»Okay, eine noch«, versprach Leo.
Der nächste Seitenzufluss lag hinter einer lang gestreckten Biegung. Leo stieß den Stab tief in den Boden und drückte uns nach rechts an den Rand. »Viel Glück«, sagte er, bevor ich auf den Steg kletterte und in die Abzweigung bog.
Ich rannte weiter als sonst in den Tunnel hinein. Verzweifelt leuchtete ich den Steg und das Wasser ab und rief immer wieder Orinokos Namen. Vergeblich. Niedergeschlagen ließ ich mich gegen die verwitterte Mauer des Tunnels fallen. Jetzt musste sich Orinoko noch eine ganze Nacht und einen

weiteren Tag allein in der Kanalisation herumtreiben, bevor ich überhaupt wieder eine Chance hatte, ihn zu retten. Wenn ich ihn überhaupt je finden würde …

Ich wischte mir übers Gesicht und schnäuzte mich. In dem Zustand konnte ich unmöglich zu den anderen zurückkehren. Ich musste Zuversicht ausstrahlen, die absolute Gewissheit, dass wir Orinoko finden würden! Wie sonst sollte ich die Kanalbande davon überzeugen, auch noch die nächsten Tage, vielleicht sogar Wochen, Kilometer für Kilometer die stinkigen Kanäle abzusuchen?

Plötzlich drang aus der Finsternis, vom großen Kanal her, Lachen und Kichern zu mir. Über irgendetwas amüsierte sich die Bande. Das war gut. Besser, sie waren abgelenkt und mit anderen Dingen beschäftigt. Dann würden sie mir wenigstens keine mitleidigen Blicke zuwerfen oder mir tröstend auf die Schultern klopfen. Das würde ich einfach nicht ertragen.

Ich atmete noch einmal tief durch, richtete die Grubenlampe an meiner Stirn zurecht und stapfte wieder zurück. Als ich um die Ecke bog, drehten mir tatsächlich alle bis auf Leo den Rücken zu und schauten zu Ole, der sich auf dem Boden des Stegs kugelte. Tom stand direkt neben ihm und kriegte sich vor Lachen kaum wieder ein.

»Was ist denn los?«, fragte ich Leo.

In dem Moment fluchte Vanessa: »Sha gua! Ole, du bist ein Dreckschwein! In dem ganzen Kanalsystem gibt es vielleicht einen einzigen Haufen Hundekacke – und ausgerechnet auf dem musst du ausrutschen und mit dem Hintern reinfallen.«

»Finde du erst mal Hundekacke in der Kanalisation«, verteidigte Tom glucksend seinen Bruder.
»Los, es geht zurück!«, rief Leo. »Wir haben noch einen langen Weg vor uns!«
Tom reichte Ole die Hand und zog ihn hoch.
»Iiiii!«, hörte ich Vanessa schreien. »Wisch das sofort ab!«
»Wie sollte ein Hund hier runter in die Kanalisation kommen?«, fragte mich da Kara mit leiser Stimme.
»Keine Ahnung«, antwortete ich, und dann dauerte es ungefähr noch eine halbe Sekunde, bis es auch in meinem Hirn Klick machte. »Halt! Nicht abwischen!«, schrie ich, schubste die anderen beiseite und drängte mich zu Ole. Auf seiner Anglerhose, in Höhe des Hinterns, zog sich eine braunschwarze, von weißen Bröckchen durchsetzte Spur. Es war eindeutig Kacke. Aber nicht von einem Hund – sondern von einem Krokodil!
»Jaaaaaaa!«, schrie ich und fiel Ole glücklich um den Hals. »Orinoko lebt!«
»Cor blimey! Jetzt dreht er völlig durch«, krächzte Vanessa.
Nur Kara verstand mich. »Ich schätze, das ist Krokodilkacke«, sagte sie leise. Da begannen alle zu jubeln und zu hüpfen. Unsere Mühe, unsere ganzen Anstrengungen waren nicht umsonst gewesen!
»Ole, du bist der Größte!«, schrie ich und boxte ihm übermütig gegen die Schulter.
»Ja, das muss man erst einmal schaffen«, sagte Vanessa. »Mit dem Arsch genau in den Krokodilkackhaufen zu fallen, den wir seit Stunden vergeblich suchen.«

Ole sah mich etwas verlegen an. »Tja, und dass das ausgerechnet mir passiert … Aber ich freu mich, wirklich.«
»*Wir* freuen uns«, bekräftigte Tom.
Leo umarmte mich und flüsterte: »Hey, wir sind auf dem richtigen Weg. Ich habe es dir doch gesagt: Du wirst dein Krokodil zurückbekommen.«
Ich war so froh und so erleichtert, dass es mir sogar egal gewesen wäre, wenn ich vor Freude hätte weinen müssen. Ich platzte vor Kraft und Energie! Freiwillig übernahm ich das Lenkseil und zog das große Floß ganz allein stromaufwärts. Nichts würde mich heute mehr bremsen können. Orinoko lebte! Und wenn er es bis zu dieser Abzweigung geschafft hatte, dann würde er es auch noch weiter schaffen. Hier war das Wasser sauberer und klarer, und er war schließlich ein kluges Krokodil. Seine Artgenossen hatten Eiszeiten, Dürren und Überschwemmungen überlebt – da würde er doch locker mit diesem popeligen Kanalsystem fertigwerden!

Als wir drei Stunden später die Luke zum Lager öffneten, duftete es wunderbar nach Pfannkuchen und süßer Marmelade. Jakob und Linus hatten ein richtiges Festmahl vorbereitet. Wir setzten uns ums Feuer und stopften uns den Bauch voll, bis wir nicht mehr konnten. Was für ein wunderbarer Tag, dachte ich. Und was für ein phantastisches, aufregendes Leben! Orinoko lebte, und ich hatte eine neue Familie. Eine, in der man sich umeinander kümmerte und füreinander sorgte. Ich ließ den Kopf gegen die schäbige Lehne des Sessels fallen und blinzelte glücklich in die lodernden Flammen. In dem Moment ver-

schwand das letzte bisschen Heimweh aus meinem Herzen.
Hätte ich allerdings nur im Geringsten geahnt, wie sich in Kürze die Ereignisse überschlagen würden – dann hätte ich mich ganz sicher nicht so entspannt und gemütlich zurückgelehnt.

Mississippi-Alligatoren sind perfekte Tarnungskünstler. Durch ihren dunklen, fast schwarzen Rückenpanzer sind sie in Sumpf- und Waldgebieten, aber auch im trüben Wasser kaum zu erkennen. Jungtiere weisen zum besseren Schutz im Ufergebiet zusätzlich zehn bis elf gelbe Querbänder über dem Schwanz und vier bis fünf über dem Körper aus.

14. Eine böse Überraschung

In den nächsten Tagen durchkämmten wir mit unserem Floß Kanal für Kanal und drangen immer weiter zu dem großen Klärwerk vor. Noch zweimal fanden wir ein Häufchen Krokodilkacke, und eines davon war sogar ziemlich frisch. Abends, wenn wir von unseren Expeditionen heimkehrten, zeichnete ich die zurückgelegte Strecke und die Fundstellen der Spuren in eine große, extra von mir angefertigte Karte ein. Zusätzlich führte ich ein stichwortartiges Tagebuch. So behielt ich den Überblick und konnte auch Tage später noch nachvollziehen, wie weit ich in welchen Tunnel gegangen war. Außerdem war ja nicht ausgeschlossen, dass ich die Aufzeichnungen eines Tages für meine Forschungsarbeit brauchen konnte. Meines Wissens hatte nämlich bisher noch niemand die Spur eines Krokodils in der Kanalisation verfolgt und wissenschaftlich dokumentiert.

Meistens begleitete mich jetzt nur noch ein Teil der Bande bei der Suche. Schließlich gab es auch noch den Alltag im Gewölbe: Es musste gekocht, geputzt und gewaschen werden. Außerdem wollte Kara weiter an einer Verbindung zu einem Stromnetz arbeiten und brauchte dafür ebenfalls Unterstützung. So zogen wir üblicherweise nach dem Frühstück mit nur einem Floß und drei oder vier Mann Besatzung los. Den Weg durch die Postbahn fand ich mittlerweile blind, und auf dem ersten Stück der roten Route musste ich die Kreuzungen nicht mal mehr zählen. Ich kannte jede Abzweigung.
Seit fast zwei Wochen lebte ich nun unter der Erde. Mein Körper hatte sich in dieser Zeit an den umgekehrten Tag-Nacht-Rhythmus gewöhnt, und meine Augen sahen immer besser in der Dunkelheit. Wenn ich morgens aufwachte, musste ich nicht mehr überlegen, wo ich war. Im Gegenteil: Ich konnte mir kaum noch vorstellen, dass ich vor gar nicht langer Zeit jeden Morgen zur Schule gegangen war. Und wenn wir abends alle zusammen auf den Luftmatratzen im Schlafflügel lagen und Leos Schattenspiel verfolgten, dann war das für mich genauso gemütlich wie ein Fernsehabend auf dem Sofa. Merkwürdigerweise störte mich das Chaos, das hier unten herrschte, überhaupt nicht. Es gab ja nie pünktlich zu essen, sondern dann, wenn die meisten Hunger hatten oder wir von einem Ausflug zurückkamen. Die Anziehsachen wechselten wild durcheinander, und eine feste Frühstückstasse hatte auch keiner. Trotzdem war ich glücklich. Wir waren eine richtige Familie. Jeder half mir auf seine Art, meinen kleinen Alligator wiederzufinden, und

mit jedem Tag kamen wir diesem Ziel ein Stückchen näher. Ich glaubte ganz fest daran, Orinoko bald wiederzusehen. So beunruhigte es mich auch nicht, als wir unsere neunte Erkundungstour frühzeitig abbrechen mussten. Durch einen Strudel war unser Floß gegen den Steg des großen Kanals geschmettert worden. Leo war bei diesem Schleudermanöver der Besenstiel aus der Hand gerutscht, und ehe wir nach ihm greifen konnten, hatte ihn die Strömung davongerissen. Nur mit Mühe hatte ich uns an eine ruhige Stelle bugsiert, von der wir auf den gemauerten Absatz klettern konnten.
»Mit nur einem Stab weiterzufahren ist zu gefährlich, findet ihr nicht?«, fragte Leo.
»Absolut!«, rief Jakob und konnte nur schlecht seine Freude über das frühe Ende unseres Ausflugs unterdrücken. Heute sollte es nämlich zum Abendessen Königsberger Klopse geben, seine Leibspeise, und schon auf dem Weg durch die Postbahn hatte er uns damit genervt, dass wir auf keinen Fall zu spät kommen dürften. »Sonst holen sich die Zwillinge wieder die größten Klöße aus der Soße!«
»Na gut, kehren wir um«, sagte ich und warf das Lenkseil über den Kopfteil des Floßes.
Leo schaute nachdenklich auf das unruhige, schnell fließende Wasser. »Wir sollten uns Rettungswesten besorgen. In dieser starken Strömung werden wir uns bei einem Unfall nicht über Wasser halten können.«
Ich nickte. »Vor allem, wenn uns auch noch die Brühe in die Hose und die Stiefel läuft. Dann gehen wir unter wie ein Stein.«
»Super!«, rief Jakob. »Dann essen wir jetzt Klopse, und da-

nach machen wir einen Ausflug nach oben und besorgen Rettungswesten. Ich war ewig nicht mehr an der frischen Luft.«
Er hatte recht. Bis auf Leo und Linus waren alle das letzte Mal beim Baumarktcoup an der Oberfläche gewesen. Ganz davon abgesehen, dass die Vorräte zur Neige gingen, waren auch alle etwas gereizt. Wahrscheinlich war es klug, eine kleine Abwechslung einzubauen, bevor die Bande den Spaß an der Suche nach Orinoko verlor. Ich legte noch ein paar Fleischstückchen als Köder aus, dann zogen wir das Floß zurück zum Eingang der Postbahn und machten uns auf den Heimweg.
Als wir etwa die Hälfte des Wegs zurückgelegt hatten, hörten wir plötzlich Stimmen. Leo blieb stehen und gab uns ein Zeichen. Eilig löschten wir unsere Lampen und drückten uns gegen die erdige Wand. Kurz darauf blitzten Lichtstrahlen in der Dunkelheit auf. Dann hörten wir, wie jemand unsere Namen rief: »Leo?! Paul?! Jakob?!«
»Das ist Anna«, flüsterte Jakob und schrie gleich darauf in voller Lautstärke: »Hiiiier! Wir sind hier!«
»Das war Jakob«, hörten wir jetzt Annas Stimme, und dann sahen wir auch schon zwei Schatten über die Wände des Postbahngangs huschen.
Leo schaltete seine Lampe wieder an und eilte ihnen entgegen. »Ist etwas passiert?«
»Ja und nein«, antwortete Anna, als sie mit Kara atemlos vor uns zum Stehen kam. »Wir haben eine Neue.«
»Was?!«, fragte ich. »Woher?«
»Wir haben sie nicht weit des Wasserfalls aufgesammelt.

Sie war total ausgetrocknet. Die Arme hat wirklich den schlimmsten Horror erlebt. Drei Tage lang ist sie allein durch die Kanalisation geirrt und hatte nur eine kleine Trinkflasche dabei.«

»Bist du sicher, dass sie keine Spionin ist?«, fragte Leo misstrauisch.

Anna nickte. »Wir haben ihr zwanzigtausend Fangfragen gestellt. Außerdem ist sie echt am Ende. Sie ist zweimal zusammengebrochen – das kann man nicht spielen.«

»Sie ist nett, ehrlich«, beteuerte nun auch Kara leise. »Und sie kann auf keinen Fall zurück nach Hause, sonst bringt sie sich um, hat sie gesagt.«

Jakob riss die Augen auf und sah uns erschrocken an. »Dann *müssen* wir sie aufnehmen!«

Anna druckste verlegen herum. »Ja, also … bis jetzt … also, wir sind alle dafür.«

Leo zog eine Braue hoch. »Ihr habt schon abgestimmt?«

»Wir mussten sie ja irgendwo hinlegen, als sie ohnmächtig wurde, und da … na ja … ich musste ja abstimmen lassen, ob das okay ist …«

Leo nickte. »Gut. Dann ist es beschlossene Sache. Selbst wenn wir drei dagegenstimmen würden – ihr hättet die Mehrheit.«

Anna prustete erleichtert aus, und auch Kara schien froh, dass die Sache damit geklärt war.

»Dann lasst uns die Neue mal angucken«, sagte Leo und marschierte los.

So schnell hatten wir unseren Rückweg noch nie zurückgelegt. Jakob hatte es ja ohnehin eilig gehabt, wegen der Klopse, und wir anderen platzten vor Neugier auf die Neue. Gerade mal eine Stunde war vergangen, als wir die Brücke hinter dem Wasserfall erreichten. In Rekordtempo spülten wir unsere Anglerhosen ab. Leider war ich an der Reihe, den Schlauch zusammenzupacken und die Luke zu schließen, und so kroch ich einige Minuten nach den anderen den Tunnel hinauf zum Gewölbe.

Auf den ersten Blick schien alles wie immer: Der Raum war in ein warmes gelbes Licht getaucht, und es roch wunderbar nach Essen. Die Bandenmitglieder saßen im Kreis um das Feuer, und die züngelnden Flämmchen, die aus dem Eisenkorb loderten, ließen Schatten über die dicken Säulen tanzen. Nur eins war anders als sonst: Alle schauten mit gespannten Gesichtern auf den großen Armsessel, der mit dem Rücken zum Eingang stand und in dem sonst immer Vanessa saß. Doch die hockte heute auf einer der Kisten schräg gegenüber. Über die Lehne des Sessels ragte der dunkelgrüne Bommel einer Wollmütze.

Als ich mich dem Feuerkreis langsam näherte, hörte ich eine heisere, geschwächte Stimme, die mir seltsam bekannt vorkam.

»Ich habe es einfach nicht mehr ausgehalten«, röchelte sie. »An allem war *ich* schuld: dass das mit der neuen Familie nicht funktionierte, dass meine Mutter ihre tolle Planung in die Tonne treten konnte und so weiter. Dabei habe ich immer allen Mist mitgemacht. Die dauernden Umzüge! Die blöden Kerle! Ich bin sogar in diese hässliche Wohnung eingezogen! Und dann durfte ich nicht mal mein Zimmer so einrichten, wie ich wollte, weil ich damit angeblich die Gefühle der anderen verletzt hätte. Dabei wurden meine Gefühle ständig verletzt. Schon vor dem Frühstück hab ich den ersten dummen Spruch reingedrückt bekommen, weil ich meine Bürste auf die Ablage ins Badezimmer gelegt hatte. Ich meine, wo sollte ich sie denn sonst hinpacken?! Das ist doch nicht in Ordnung, oder?«

»Krauzdunnawedda no amoi!«, rief Vanessa. »Wenn deine Mutter und ihr Lover nicht in der Lage sind, ihr neues Leben anständig zu sortieren, dann kannst du doch nichts dafür!«

Mein Herz begann wie wild zu pochen. Nein, nein, nein!, dachte ich nur. Das bilde ich mir nur ein! Das kann nicht wahr sein!

Ich wollte am liebsten weglaufen, mir die Ohren zuhalten – doch wie an einem unsichtbaren Faden zog es mich näher. Meine Füße umrundeten ganz von allein im weiten Bogen die Feuerstelle, bis ich, verborgen vom Schatten der Säulen, einen Blick auf das zusammengekauerte Mädchen im Sessel werfen konnte. Sie war unter einem Berg von Decken vergraben. Nur ihre Nasenspitze lugte daraus hervor.

Ich schaute zu Leo, der sich hinter Linus gestellt hatte. Mit seiner undurchdringlichen, nicht zu deutenden Miene lauschte er den Worten des Mädchens.

»Am schlimmsten war dieses Miststück, das plötzlich mein Stiefbruder sein sollte. Ein total verwöhntes Arschloch! Der hat alles getan, um mir das Leben zur Hölle zu machen. Dabei habe ich mir echt Mühe gegeben, nett zu sein«, krächzte sie. »Und dann meine Mutter, die denen alles recht machen wollte! Selbst mein einziger Wunsch bei diesem Kackumzug hat sie nicht interessiert. Dabei weiß sie ganz genau, dass es ein Möbelstück gibt, das mir wichtiger als alles andere ist. Es ist meine einzige Erinnerung an die Zeit, als meine Eltern noch zusammenwohnten und wir eine heile, glückliche Familie waren. Unser Marmortisch!«

Mein Magen zog sich mit einem heftigen Ruck zusammen, und eine giftige Übelkeit stieg meinen Hals hinauf. Mein Mund war so trocken, als hätte ich kellenweise Staub geschluckt. Das musste ein Albtraum sein. Das konnte, das durfte nur ein mieser, gemeiner Albtraum sein!

»Aber nicht mal den haben sie mir gelassen!«, schluchzte das Mädchen und hustete. »Es gab ein Riesentheater, und am Ende war es wie immer: Mein toller neuer Stiefbruder hat gewonnen. Diese schreckliche Holztafel blieb in der Küche, und mein schöner Marmortisch musste in den Keller.« Sie schlug die Hände vors Gesicht. »Und dann ist mir dieser heiße Topf aus den Händen gefallen, direkt auf die Tischplatte. Meine Mutter ist total ausgeflippt, dabei war das ein Versehen, ehrlich ...«

In dem Moment konnte ich mich nicht mehr zurückhalten. Ich stürzte zwischen den Säulen hervor und schrie: »Lüge! Das ist alles gelogen! Sie ist eine widerliche, ekelige Lügnerin!«

Das Mädchen nahm die Hände vom Gesicht und starrte mich an, als würde sie einen Geist sehen.

»Das ist das Monster!«, brüllte ich und schaute panisch in die Runde. »Sie ist nur gekommen, um mir auch hier das Leben zur Hölle zu machen!«

Vanessa schüttelte den Kopf: »Nein, Paul, du irrst dich. Das ist Elektra. Sie hat nach der Baumarktsache in der Zeitung von uns gelesen und hat sich zu uns in die Kanalisation geflüchtet, weil sie es zu Hause nicht mehr ausgehalten hat.«
»Nein! *Sie* hat mein Leben zerstört! Glaubt ihr kein Wort!« Meine Stimme überschlug sich vor Aufregung. Ich sprang auf Elektra zu und beugte mich so weit über sie, dass sich fast unsere Nasenspitzen berührten. »Hau ab! Reicht es dir nicht, dass du schon einmal meine Familie kaputt gemacht hast?!«
Im Gewölbe war es totenstill. Elektra starrte mich mit weit aufgerissenen Augen an.
»*Sie* ist das Monster?« Jakobs Frage schepperte in meinen Ohren. »*Sie* ist deine schreckliche Stiefschwester?!«
»Ja«, antwortete ich und blitzte Elektra eisig an. »Los, sag's ihnen! Sag, dass du Orinoko das Klo runtergespült hast!«
Elektra hob ihren Kopf und antwortete nicht weniger frostig: »Das warst du selbst. Wer ist denn gegen den Spülknopf gekommen – du oder ich?«
»Weil du mich daraufgeschubst hast!«, brüllte ich außer mir vor Wut. »Du hast mich dafür benutzt! Du widerliches Monster! Du …«
Leo trat in den Feuerkreis und legte mir besänftigend die Hand auf den Arm. Ich verbiss mir den Rest der Beschimpfung, den ich Elektra liebend gern an den Kopf geschleudert hätte. Stattdessen übernahm nun Leo das Kommando. Er musterte meine angebliche Stiefschwester prüfend. Ich meinte tatsächlich zum ersten Mal so etwas wie Angst in ihren Augen zu sehen.

»Warum bist du hier?«, fragte Leo schließlich.
»Das hat Vanessa doch schon gesagt. Ich habe in der Zeitung von euch gelesen«, antwortete Elektra verunsichert. »Da stand, dass es eine Bande gibt, die aus der Kanalisation auftaucht und Raubzüge macht, und dass man vermutet, dass es Kinder seien. Was aber irgendwie keiner glauben konnte. Sie nehmen an, dass irgendwelche erwachsenen Drahtzieher dahinterstecken. Die euch losschicken und in deren Auftrag ihr handelt.«
»Das war nicht meine Frage«, sagte Leo ruhig.
»Ich dachte, wenn hier unten Kinder sind, dann … also, ich dachte, das Krokodil ist ins Klo gefallen und … ich bin hier, weil ich fragen wollte, ob ihr es gesehen habt.«
Ich tippte mir aufgebracht gegen die Stirn und schrie: »Sie lügt! Sie hasst Krokodile! Niemals würde sie nach Orinoko suchen!«
»Du Vollidiot!«, schrie nun auch Elektra und musste gleich wieder husten. »Ich habe nichts gegen Krokodile! *Du* hast was gegen *mich* – und das lass ich mir nicht länger gefallen! Glaubst du, ich fand es toll, in eure Scheißbude zu ziehen?! Meinst du, ich war scharf darauf, in diesem Terrarienzimmer zu wohnen, in das in den letzten fünf Jahren kiloweise Kakerlaken geschüttet worden sind und Echsen gekackt haben?!«
»Du wolltest also fragen, ob wir Orinoko gesehen haben? Das war alles?«, fuhr Leo ruhig mit der Befragung fort.
»Ja!«, rief Elektra verzweifelt.
»Gut«, sagte ich mit schneidend scharfer Stimme. »Das hast du getan, und nun kannst du wieder gehen.«

»Warum wolltest du das Krokodil finden?«, fragte Leo unbeirrt.
»Herrgott noch mal! Weil es mir leidtat!«
»Ha!«, triumphierte ich. »Eben hat sie noch gesagt, sie ist hier, weil sie es zu Hause nicht mehr aushielt! Seht ihr! Sie lügt, wenn sie den Mund aufmacht.«
Elektra fuhr hoch. »Blödmann! Ich habe die Vorwürfe nicht mehr ertragen, *und* es tat mir leid. Darum will ich dein Scheißkrokodil finden *und* weg von zu Hause!«
Ich schüttelte verächtlich den Kopf. »Hör endlich auf! Deine Mutter und du, ihr seid doch froh, dass Orinoko und ich nicht mehr da sind.«
»Das stimmt überhaupt …«
»Ihr habt nicht einmal nach uns gesucht«, fiel ich ihr ins Wort. »Nicht ein bisschen.«
»Wir haben …«
»Halt den Mund!«, fuhr ich sie an und drehte mich zu den anderen. »Also: Entweder sie geht, oder …«
»Paul«, unterbrach mich da Leo, »können wir beide mal kurz allein reden?«
Er nahm mich am Arm und schob mich zwischen den Tüchern hindurch in das dunkle Büro.
»Paul«, flüsterte er, denn draußen war es totenstill. »Wenn wir sie wegschicken, verrät sie uns.«
»Oder sie verhungert in der Kanalisation.«
»Willst du das wirklich?«
Natürlich wollte ich das nicht. Ich war ja kein Mörder. Aber genauso wenig wollte ich sie hierbehalten. Es war zum Verrücktwerden.

»Glaubst du ihr etwa?«, fragte ich.
»Ich glaube dir«, sagte Leo. »Aber das bedeutet nicht unbedingt, dass sie lügt.«
»Wie meinst du das?« Ich fühlte mich wie nach einer Fahrt in einem Kettenkarussell, wenn man zwar wieder festen Boden unter den Füßen hat, sich im Kopf aber trotzdem alles weiterdreht.
Leo legte mir beide Hände auf die Schultern und sah mich an. »Mein Opa hat immer gesagt: Jede Geschichte hat mindestens zwei Wahrheiten.«
Ich schüttelte vehement den Kopf. »Nein, nein, nein! Ich habe vielleicht lange in einem Paradies gelebt, wie du immer sagst, und vielleicht bin ich auch ein bisschen weltfremd – aber eins weiß ich nach Hunderten wissenschaftlichen Versuchen ganz genau: Die Dinge sind, wie sie sind. Man kann sie prüfen, testen und zu einem Ergebnis kommen. Manchmal fällt es nicht so aus, wie man es sich erhofft hat. Aber es gibt dieses eine Ergebnis, und das ist dann die Wahrheit.«
Im matten Licht, das durch die Tücher fiel, sah ich, dass Leo lächelte. »Jeder setzt die Mosaiksteinchen seiner Erinnerung anders in seinem Kopf zusammen«, sagte er. »Und jedes Mal kommt ein neues Bild heraus. Obwohl wir alle dieselben Steinchen benutzen.«
»Es gibt nur eine Wahrheit«, beharrte ich stur. »Und sie ist eine Zerstörerin. Eine gemeine, rücksichtslose Zerstörerin.«
Leo sah mir tief in die Augen. »Selbst wenn, hier wird sie dir nichts zerstören. Dafür sorge ich, und das verspreche ich dir.«

Ich schnaufte erschöpft. Es fiel mir schwer, das zu glauben. Mein Vater hatte auch versprochen, dass alles ganz toll werden würde, und ihm hatte ich bis dahin auch immer vertraut.
Leo nahm die Hände von meinen Schultern. »Du musst respektieren, dass die anderen für sie gestimmt haben. Jede Stimme zählt gleich viel. Das hast du geschworen, und wir dürfen unseren Eid nicht brechen. Sonst sind wir nicht besser als die Erwachsenen. Verstehst du?«
Ich nickte. »Aber sie schläft am anderen Ende vom Gewölbe, ganz vorn an der Luke.«
Leo lächelte. »Das lässt sich sicher einrichten.« Dann schlüpfte er aus dem Büro hinaus und ließ mich allein.

Aus der Lagerküche hörte ich das Geklapper von Geschirr. Kurz darauf wurden Stühle gerückt. Die anderen setzten sich zum Mittagessen.
Mir war der Appetit vergangen. Ich schob mich leise zwischen den Tüchern hindurch und tappte zu meinem Bett. Wenn ich jetzt wenigstens meinen iPod mit einem Bild von Orinoko hätte, dachte ich verbittert und warf mich auf die Luftmatratze.
Nach einiger Zeit setzte sich Jakob mit seinem Teller neben mich.
»Na?«, fragte er vorsichtig.
»Na«, antwortete ich tonlos.
»Hier. Für dich.« Er pikste mit der Gabel in einen riesigen Klops und hielt ihn mir hin. »Der größte von allen.«
»Das ist lieb«, sagte ich gerührt. »Aber iss du ihn ruhig.«

Jakob zögerte einen Moment, dann biss er in den Klops.
»Aber du willst doch nicht abhauen, oder?«, fragte er, und trotz der vollen Backen schwang Angst in seiner Stimme.
»Quatsch! Die vertreibt mich nicht ein zweites Mal.«
Jakob nickte erleichtert und kaute weiter.
»Hat sie schon den Eid geleistet?«, fragte ich bemüht gleichgültig.
»Mmmh. Ohne Zögern.«
Ich lachte bitter auf. »Klar, weil es ihr nichts bedeutet. Sie lügt ja ohnehin ständig und macht einfach alles, wie es ihr gerade passt.«
Jakob sah mich nachdenklich an, bevor er sich wieder seinen Klopsen zuwandte.
»Du«, sagte er nach einer Weile. »Vielleicht war das mit dem Topf auf der Tischplatte wirklich ein Versehen?«
Ich schüttelte den Kopf. »Du kennst sie nicht. Sie wollte mich weghaben, damit sie sich ganz allein in unserer Wohnung breitmachen kann und alles nach ihrer Pfeife tanzt.«
Einen Moment saßen wir still nebeneinander.
»Aber«, durchbrach Jakob nach längerem Überlegen wieder das Schweigen, »wenn sie in deinem alten Zuhause ohne dich und Orinoko so glücklich war und wenn es genau das war, was sie wollte – dann verstehe ich nicht, warum sie abgehauen ist.«
Ich sah zum Feuer, wo Elektra zusammengekauert in ihrem Sessel saß und aß. »Keine Ahnung. Vielleicht ist das so eine Art Hobby von ihr. Wahrscheinlich hatte sie Langeweile und will mir nun hier das Leben zur Hölle machen.«
»Aber woher hätte sie wissen sollen, dass du hier bist?«,

fragte Jakob und stopfte sich das letzte Stück Kloß in den Mund.
Darauf hatte ich keine Antwort.
Jakob erhob sich und murmelte mit vollen Backen: »Ich hole mal Nachschub, bevor die Zwillinge alles wegfuttern. Willst du wirklich nichts?«
»Danke. Wenn ich jetzt was esse, dann kommt es mir gleich wieder hoch.«
Während Jakob zurück in die Küche trottete, schlang ich die Arme um meine Beine und legte mein Kinn auf die Knie. Wenn es nur eine Lösung gäbe!, dachte ich. Doch mir fiel einfach keine ein.

Krokodilier schwimmen sowohl an der Oberfläche als auch unter Wasser durch seitliche Wellenbewegungen des Schwanzes. Die Beine werden dabei dicht am Körper gehalten. Dadurch ist das Profil schmal und stromlinienförmig und der Wasserwiderstand gering.

15. Endstation

Am nächsten Morgen setzte ich mich zum Frühstück wieder ans Feuer und versuchte, mich ganz normal zu verhalten. Aber was war schon normal, wenn Elektra mit im Kreis saß?

Sie sah immer noch ziemlich erschöpft aus. Ihre roten Locken hingen schlapp und fettig auf ihre Schultern herunter. Fast hätte sie einem leidtun können, wenn sie sich nicht schon wieder total in den Mittelpunkt gespielt hätte: Von Vanessa ließ sie sich Kakao bringen und von Kara Nutellabrote servieren. Sie schaffte es sogar, dass Anna sich besorgt nach ihrem Befinden erkundigte. Wie machte sie das nur?

Die Zwillinge waren die Einzigen, die einen großen Bogen um sie schlugen. Dabei hatten die beiden Blödmänner doch auch für sie gestimmt. Und das, obwohl sie sonst so misstrauisch waren!

Ich setzte eine besonders fröhliche Miene auf und holte mir

ein Honigbrot. Es sollte keiner denken, dass ich jetzt missmutig klein beigab. Als ich mich wieder auf eine Kiste ans Feuer setzte, machte Leo den Vorschlag, nach dem Frühstück an die Oberfläche zu tauchen und aus einem nahen Ruderklub Rettungswesten zu holen. »In der Dämmerung ist da nichts mehr los. Das ist eine schnelle Sache, ohne Risiko«, erklärte er.

Tom setzte sich neben mich und flüsterte: »Für Rettungswesten wird ja auch kein Regenwald abgeholzt, oder?«

Ich sah ihn verständnislos an.

Ole stupste mich von der anderen Seite. »Hey, das war ein Scherz. Tom wollte damit sagen, dass es die nicht mit abgelaufenem Verfallsdatum in irgendeinem Container gibt. Die müssen wir … einholen.«

Ich war mir nicht sicher, ob das plötzlich ehrliche Zuneigung war oder ob sie sich über mich lustig machen wollten. Deshalb nickte ich nur stumm und beschloss, diesen Einbruch und Diebstahl als eine Art Notfall abzuhaken. Schließlich ging es ja wirklich um eine lebensrettende Maßnahme.

»Was denkt ihr?«, fragte da Leo und schaute in die Runde. »Zum Ruderklub und zurück brauchen wir höchstens zwei Stunden. Dann könnte Paul direkt im Anschluss mit einer Gruppe weiter nach Orinoko suchen, und der Rest geht mit mir Lebensmittel und alles andere einholen.«

»Accipicchia!«, sagte Vanessa. »Ich muss dringend mal wieder nach oben.«

Auch alle anderen waren begeistert von der Idee, und so warfen sich Leo, die Zwillinge, Anna, Vanessa und ich gleich nach dem Frühstück in die Anglerhosen und marschierten los.

Das Einholen der Rettungswesten wurde ein unspektakulärer Ausflug. Wir stiegen aus einem Kanalschacht nahe dem Ruderverein, brachen in das Lagerhäuschen ein und holten sieben orangefarbene aufblasbare Westen heraus. Als wir den Kanaldeckel wieder öffnen und hinabsteigen wollten, mussten wir uns für einen Moment in einem nahen Gebüsch verstecken, weil eine Gruppe schwatzender Rentner mit Walkingstöcken nahte.

Ich verbarg mich hinter den Zweigen eines Haselnussstrauchs und atmete die kühle, frische Abendluft ein. Auf dem glänzenden Asphalt spiegelten sich die Lichter der Straßenlaternen, und hier und da zirpte ein Vogel. Ein leichter Wind ließ die Blätter in den Bäumen rascheln. Was für ein schönes Geräusch, dachte ich. Mir war, als wäre ich auf einem fernen, fremden Planeten gelandet.

Nach einer Weile bog ich die dicht belaubten Äste auseinander, um zu sehen, ob die Rentner weg waren, da entdeckte ich an einem dickeren Baumstamm ein Suchplakat mit dem Bild einer Katze. *Miezi vermisst!*, las ich. *Seit Donnerstag, den 1. September, ist Miezi verschwunden. Sie ist grau getigert und sehr zutraulich. Wir vermissen sie sehr. Hinweise werden großzügig belohnt.* Dann stand da noch eine Telefonnummer.

Ich schluckte bitter. Früher hätte mein Vater auch alles getan, um mich wiederzufinden. Jeden einzelnen Baum der Stadt hätte er mit Suchplakaten beklebt, und er hätte bestimmt seine ganzen Ersparnisse als Belohnung für einen Hinweis ausgesetzt. Aber jetzt gab die blöde Katharina sein Geld lieber in schicken Restaurants aus. Was hatte sie nur

mit meinem Vater angestellt? Und was würde Elektra hier unten mit der Kanalbande anstellen?
In dem Moment hörte ich einen scharfen, kurzen Pfiff. Das war Leos Signal: Die Luft war rein. Ich zwängte mich zwischen den Ästen hindurch und eilte zum Kanaleinstieg.

Als wir zurück ins Lager kamen, hatte Linus eine Kleinigkeit als Mittagessen vorbereitet. Mehr als Kartoffeln und Möhren mit brauner Butter gaben unsere Vorräte zu seinem Bedauern nicht mehr her. Die Regale waren bis auf ein einsames Glas Aprikosenmarmelade vollkommen leer gefegt. Während wir aßen, teilte Anna die Gruppen für den zweiten Einholgang und Orinokos Suche ein.
»Ich muss dringend in den Münzwaschsalon, um Handtücher und Klamotten zu waschen«, meldete Vanessa an, die für saubere Wäsche zuständig war. Die Zwillinge wollten ihr helfen. Kara wollte sich im Supermarkt nach Ersatzglühbirnen und Batterien für die Taschenlampen umschauen.
»Es müssen aber mindestens zwei mit Paul aufs Floß«, mahnte Leo und warf einen Blick in die Runde.
Jakob beugte sich zu mir herüber und flüsterte in mein Ohr: »Bist du sauer, wenn ich heute mit hochgehe?«
»Quatsch, mach ruhig«, flüsterte ich zurück.
»Also, wer sucht mit nach Orinoko?«, fragte Leo erneut.
»Ich begleite Paul.« Linus stellte sich neben mich und legte mir den Arm um die Schultern. »Wir brauchen hauptsächlich Grundnahrungsmittel, die könnt ihr auch ohne mich besorgen. Und bevor ihr nicht zurück seid, kann ich sowieso kein Essen kochen.«

»Prima«, sagte Leo. »Wer noch?«
Alle schauten verlegen irgendwo im Gewölbe herum. Klar, sie wollten lieber nach oben, als zum x-ten Mal den großen Kanal abzufahren und an jeder Ecke anzuhalten, damit ich nach Orinoko rufen konnte. Leo ließ seinen Blick auffordernd über die Gesichter schweifen.
Da hob Elektra ihren Arm. »Ich gehe mit Paul.«
Dieses Aas!, dachte ich. Sie will, dass ich Nein sage, damit alle glauben, ich wäre der Bösewicht und sie die Gute. Aber den Gefallen werde ich ihr nicht tun! »Okay«, sagte ich und tat so, als wäre das eine super Idee. Dabei schäumte ich innerlich vor Wut.
Leo schien die Situation nicht zu behagen. »Die Strecke, die ihr heute abfahren müsst, ist nicht ungefährlich, und Linus und Elektra sind beide noch nie mit dem Floß gefahren. Unter diesen Umständen sollte noch ein Vierter mitgehen, finde ich.«
»In Ordnung«, seufzte Anna. »Ich war ja heute schon einmal draußen.«

Die verbleibende Zeit bis zum Aufbruch verbrachte ich damit, Elektra aus dem Weg zu gehen – was in dem Gewölbe, das nur aus einem einzigen großen Raum bestand, gar nicht so ganz einfach war. Am Ende zog ich mich zu Leo in das Büro zurück und half ihm beim Ausarbeiten der Route. Leo wählte bei jedem Einholgang einen anderen Supermarkt aus, weil die Sicherheitsvorkehrungen nach den Besuchen der Kanalbande meist verschärft wurden.
»Außerdem kontrollieren diese Hirnis von der Kanalin-

spektion danach immer alle Röhren im nahen Umkreis. Als ob wir ihnen jemals den Gefallen getan hätten, dort wieder aufzutauchen.« Leo konnte über so viel Blödheit nur den Kopf schütteln. »Was soll's … Wenn wir erst einmal wissen, welche Supermärkte die besten und vollsten Container haben, dann müssen wir vielleicht bald gar nicht mehr einsteigen. Macht die Sache nur leichter.«

Ich nickte und versuchte mich auf die Listen mit den Codekürzeln zu konzentrieren. Aber auch wenn ich Elektra von hier aus nicht sah, hörte ich doch ständig ihre Stimme. Und je angestrengter ich versuchte, sie nicht zu beachten, desto deutlicher drang sie in meine Ohren.

»Was denkst du? Sollten wir hier den Hauptfluss weiterverfolgen oder diese Nebenroute nehmen?«, fragte ich Leo unnötig laut, um Elektras fröhliches Lachen zu übertönen.

»Ich denke, du solltest dich entspannen«, sagte Leo. »Niemand kann dir hier was wegnehmen.«

Ich fühlte mich ertappt. »Das sagst du so«, murmelte ich.

»Hey, nur Erwachsene lassen sich blenden. Also: Entweder sie spielt uns etwas vor – dann fliegt es früher oder später auf. Oder sie meint es ehrlich. Und dann ist es auch okay.«

Ich war nicht sicher, ob es nach all dem, was geschehen war, jemals okay für mich sein konnte, in Elektras Nähe zu sein.

Als ich etwas später mit den fertigen Routenplänen aus dem Büro trat, sprang Ole von seinem Sessel hoch. »Kannst du uns mal eben beim Wasserholen helfen?«, fragte er und zwinkerte mir verschwörerisch zu.

»Klar«, antwortete ich verwundert.

Tom wartete schon mit den Kanistern an der Luke. Gemeinsam stiegen wir den Gang zum Wasserfall hinunter. Sobald der Schlauch angeschlossen war und die Kanister vollliefen, platzte Ole gegen den Lärm der Wassermassen heraus: »Glaubst du wirklich, die ist nur gekommen, um hier alles zu zerstören?«

»Eins ist klar«, brüllte ich zurück, »sie ist nicht hier, um Orinoko zu finden!«

»Wir wussten nicht, wer sie ist, als wir für sie gestimmt haben!«, rief Tom. Das klang wie eine Entschuldigung.

»Wenn sie auch nur ein Mal Mist baut, dann setzen wir sie in der Kanalisation aus!«, polterte Ole. »Darauf kannst du dich verlassen!«

»Danke!«, brüllte ich.

»Na, hör mal!«, schrie Tom. »Glaubst du, wir lassen uns von der die Bande zerstören?! Wer das versucht, der lernt uns kennen!«

Als wir kurz darauf die vollen Kanister in den Gang wuchteten und hinter uns die Luke zum Wasserfall schlossen, knuffte mir Ole freundschaftlich in den Oberarm. »Uns geht es doch genauso wie dir. Wir wollen uns unsere Familie auch nicht ein zweites Mal zerstören lassen.«

»Warum seid ihr eigentlich von zu Hause abgehauen?«, fragte ich.

»Unsere Eltern wollten sich trennen«, antwortete Tom knapp.

»Ah, wie bei Jakob und Anna«, stellte ich fest.

Ole lachte bitter. »Nein, überhaupt nicht.«

»Bei unseren Eltern gab es nie Streit«, erklärte Tom, während er den schweren Kanister die Steigung hochzerrte. »Die waren total friedlich und haben alles absolut fair und gerecht geregelt.«

Ich schaute ihn verdutzt an. »Und wo war dann das Problem?«

»Nur weil du etwas fair und gerecht regelst, muss das Ergebnis ja nicht fair und gerecht sein«, erwiderte er.

Das verstand ich nicht.

»Also«, begann Ole und stoppte mitten im Gang, »unsere Eltern machten das so: Von den sechs Stühlen bekam jeder drei, von den beiden Sofas jeder eins, und die Schrankwand wurde in der Mitte durchgesägt.«

Tom schnaubte verächtlich. »Sie haben alles ganz gerecht geteilt: Fotoalben, Balkonpflanzen, Winterreifen ... immer schön in der Mitte.«

Ich schaute die Zwillinge mit großen Augen an und fragte alarmiert: »Hattet ihr auch ein Haustier?!«

Ole schüttelte den Kopf. »Nee, unsere Katze ist zum Glück vor anderthalb Jahren gestorben. Sonst hätten sie die wahrscheinlich auch mittig durchgehackt.«

»Und wenn es etwas gab, das beide unbedingt haben wollten und das man absolut nicht teilen konnte, wie ein Bild oder den Rasenmäher, dann haben sie es verkauft und das Geld geteilt. Ihre Praxis verkauften sie auch. Danach wollten beide in einer Klinik in einer anderen Stadt neu anfangen.«

»Das klingt doch eigentlich ganz gut«, sagte ich vorsichtig.

»Auf den ersten Blick schon. Aber als alle Sachen verteilt waren«, ereiferte sich Tom, »da wollten sie uns teilen. Jeder sollte ein Kind bekommen. Geht bei Zwillingen ja eins a.«

»Stell dir vor«, schimpfte Ole, »weil *sie* so total fair sein wollten, sollten *wir* beide uns einigen, wer zu wem sollte.«
»Und als wir uns geweigert haben, uns zu entscheiden, da haben sie allen Ernstes vorgeschlagen, wir könnten doch losen. Da sind wir gegangen.«
Ole seufzte. »Uns wäre lieber gewesen, sie hätten sich mal richtig gestritten, anstatt diese beschissene Trennung so fröhlich durchzuziehen.«
Tom nickte. »Man kommt sich ganz schön blöd vor, wenn alle sagen, wie toll deine Eltern ihre Scheidung regeln.«
»Bei eurer Scheidung gibt es gar keine Probleme«, äffte Ole die Freunde der Familie nach. »Ihr macht das alles in Freundschaft. Toll, toll, toll!«
»Und wir waren die Spielverderber bei dieser tollen Trennung«, platzte Tom heraus. »Nur weil wir gesagt haben, wie es wirklich war. Scheiße nämlich. Alles ganz große Scheiße!«
Ole legte beschwichtigend den Arm um seinen Bruder. »Aber jetzt sind wir ja hier. Zusammen. Und niemals wieder wird irgendjemand versuchen, uns im Namen der Gerechtigkeit auseinanderzureißen.«
»Verstehe«, sagte ich nachdenklich und überlegte, was ich wohl schlimmer gefunden hätte: den ständigen Streit der Eltern von Anna und Jakob oder die friedliche Trennung, von der die Zwillinge erzählten. Ich kam zu dem Schluss, dass eins so traurig war wie das andere.

Um 1 Uhr nachts zog die Orinoko-Suchgruppe die neuen Rettungswesten über die Ausrüstung, und der Einholtrupp packte die Seile und Holzlatten zusammen. Dann verließen wir alle gemeinsam das Gewölbe. Unter dem Wasserfall teilten sich unsere Wege: Während Leo und seine Gruppe nach links marschierten, schlugen Linus, Anna, Elektra und ich den Weg nach rechts ein, Richtung Postbahn. Ich stapfte schweigend vorneweg und hörte, wie Elektra hinter mir Anna Löcher in den Bauch fragte. Dreimal erklärte Anna ihr geduldig den Unterschied zwischen einem Gully und einem Kanalschacht. Dabei müsste doch der Doofste beim ersten Mal verstehen, dass Gullys die kleinen viereckigen Gitter am Straßenrand sind und Kanalschächte die mit dem runden großen Deckel zum Reinsteigen! Obwohl Anna zu mir immer genauso nett war, fühlte ich mich irgendwie verraten.

Als wir nach knapp zwei Stunden Fußmarsch die Flöße erreichten und das größere zu Wasser ließen, gab ich kurz und kühl das Kommando: »Anna kommt zu mir in die Mitte, Linus auf das Kopfteil und Elektra auf den Schwanz.« So musste ich sie wenigstens nicht sehen.

»Gut«, sagte Elektra freundlich und wartete, bis wir alle unsere Plätze eingenommen hatten.

Ich sagte ihr nicht, dass sie beim Aufsteigen aufpassen musste und dass es leichter war, wenn sie sich gleich hinkniete. So machte sie einen großen Schritt auf die Bretter, und das Floß geriet ordentlich ins Wanken. Es fehlte nicht viel, und Anna, Linus und ich wären ins Wasser gefallen.

»Nicht so stürmisch!«, rief Anna lachend.

Jakob hätte sie für dieselbe Aktion gehörig angepampt, dachte ich enttäuscht.

Nachdem das Floß wieder ins Gleichgewicht gekommen war, lenkten Anna und ich es in die Kanalmitte und bug-

sierten es routiniert durch die Strömung. Bald hatten wir die blaue Route hinter uns gelassen und fuhren auf der roten in Richtung Klärwerk.
Dieses Stück war ich nun schon mehrere Male abgefahren, deshalb wusste ich genau, wo Strudel lauerten. Trotzdem ließ ich das Floß immer mal wieder absichtlich in eine heftige Strömung laufen und ordentlich schaukeln. Sollte Elektra doch mal sehen, was wir hier seit fast zwei Wochen durchmachten, um Orinoko zu finden!
Nach vier Stunden Fahrt kamen wir endlich in neues Gebiet. Der Kanal verbreiterte sich noch einmal, und das Wasser wurde immer reißender. Nun hatte ich so viel mit Staken und Lenken zu tun, dass ich Elektra auf dem Schwanzteil ganz vergaß.
Nur mit Mühe gelang es mir kurz vor der ersten Kreuzung, an den Rand zu steuern und abzusteigen. Ich lief ein paar Meter in den abzweigenden Tunnel hinein und rief laut nach Orinoko.
Langsam wurde ich nervös. So breit, wie der Kanal nun war, konnte es nicht mehr weit bis zum Klärwerk sein. Demnächst musste Orinoko also auftauchen. Außerdem hatte ich seit zwei Tagen kein Lebenszeichen von ihm gesehen.
Ich eilte zu den anderen zurück, sprang auf das Floß und schickte uns mit einem heftigen Stoß wieder in die Fluten.
»Urrgh«, machte Linus da plötzlich.
Erst jetzt sah ich, dass er ganz grün im Gesicht war – im Gegensatz zu Elektra, die offensichtlich Spaß an dem wilden Geschaukel hatte. Mist, dachte ich und bemühte mich fortan, die schlimmsten Stromschnellen zu umfahren.

»Ich werde bestimmt nie Schiffskoch«, stöhnte Linus. »Dieses Schwanken ist der Albtraum!«
»Er ist seekrank«, raunte mir Anna zu und versuchte dann Linus zu beruhigen: »Schau in die Ferne, an den weitesten Punkt, den du sehen kannst. Wir kommen bestimmt bald am Klärwerk an.«
»Nicht sprechen«, ächzte Linus.
Ich suchte die Ränder nun noch konzentrierter nach Spuren von Orinoko ab, denn sosehr sich Linus und die anderen darauf freuten, bald das Klärwerk zu erreichen, so sehr graute mir davor. Was, wenn wir Orinoko bis dahin nicht gefunden hatten? Wo sollte ich dann nach ihm suchen? Ein ganzes Leben reichte nicht aus, um 8000 Kilometer Kanalnetz zu durchkämmen. Selbst wenn ich so alt werden würde wie Ida, die hundertjährige Schildkröte. Zum ersten Mal seit Langem hatte ich wieder dieses schreckliche Gefühl, als würde mir jemand den Hals zuschnüren. Diese bohrende Angst.
»Stooooopp!«, schrie Linus da plötzlich und riss seine Taschenlampe hoch. »Anhalten!«
Nun sah ich es auch: Im hellen Strahl der Lampe blitzte ein riesiges Gittertor auf. Es zog sich einmal quer durch den Kanal und versperrte uns den Weg.
Anna und ich stemmten uns gegen die Fahrtrichtung und versuchten das Tempo zu drosseln. »Kurve!«, schrie ich. Gleichzeitig stießen wir unsere Stiele so fest wir konnten in den modrigen Grund – was bei der Wassertiefe gar nicht so einfach war. Das Floß schnellte herum, und wir donnerten mit Karacho gegen die Seitenwand des Kanals.

Linus würgte und krabbelte auf den Steg. »Keine zehn Pferde kriegen mich wieder auf das Ding!«
Ich stieg ebenfalls vom Floß hinunter und starrte auf das Tor. Es sah aus wie eine dieser Falltüren von Ritterburgen, die den Feinden den Zutritt versperrten. Die massiven Gitterstäbe schienen bis auf den Grund des Wassers zu reichen.
Müde wischte ich mir übers Gesicht. Warum musste uns so kurz vor dem Ziel der Weg versperrt werden? Langsam glaubte ich wirklich, dass irgendwo jemand auf einer Wolke saß und nichts anderes tat, als sich Schwierigkeiten für mein Leben auszudenken.
Hinter mir kletterten nun auch Anna und Elektra auf den Steg.
»Meinst du, Orinoko passt durch die Gitterstäbe?«, fragte Anna leise.
Ich nickte. Die einzelnen Streben standen zwar so eng, dass selbst Vanessa, die Dünnste von uns, nicht hindurchpasste – aber Orinoko hätte sich mühelos durch die Zwischenräume schlängeln können. Falls er bis hierher gekommen war.
»Guckt mal«, sagte da Elektra, »in dem Tor ist noch mal eine Tür.«
Tatsächlich, jetzt entdeckte auch ich die Scharniere und das Schloss einer Pforte, die kaum sichtbar auf Höhe des Stegs in die Gitterstäbe eingelassen war.
Linus wankte bis an die Streben heran und beugte sich hinunter. »Das ist ein Sicherheitsschloss«, stöhnte er. »Das kriegt selbst Kara nicht auf.«
»Können wir es vielleicht mit einer Eisensäge aussägen?«, fragte ich.

Anna schüttelte den Kopf. »Guck dir mal die Stäbe an. Die sind aus massivem Stahl.«
»Dann brauchen wir einen Schlüssel«, stellte Elektra fest.
»Sehr pfiffig«, sagte ich bissig. »Haben wir nur leider nicht.«
»Aber irgendwer muss einen Schlüssel haben.«
Konnte sie nicht ein Mal den Mund halten?
»Den haben nur die Leute von der Kanalinspektion«, erklärte Anna geduldig. »Und die sind nicht sonderlich gut auf uns zu sprechen.«
»Ja und?« Elektra zuckte mit den Schultern und setzte mal wieder diese freche Miene auf, die ich von Anfang an verabscheut hatte. »Wer sagt denn, dass wir sie fragen wollen? Wir klauen uns den Schlüssel einfach.«
»Deine Klugscheißerei nervt!«, fuhr ich sie an.
Elektra verdrehte die Augen. »Willst du dein Krokodil finden oder nicht?!«
Ich schnaubte vor Wut. »Wenn du nicht wärst, dann müsste ich Orinoko gar nicht suchen! Außerdem ist er ein Alligator.«
»*Ich* habe die Klospülung nicht gedrückt!«, fauchte sie mich an. »Und Alligatoren gehören zur Familie der Krokodile – hat jedenfalls dein Vater gesagt.«
»Du hast mich geschubst!«, schrie ich. »Und tu hier nicht so, als würde dir Orinoko irgendetwas bedeuten! Und vor allen Dingen: Lass meinen Vater aus dem Spiel!«
»Du bist und bleibst ein dämlicher Idiot!«, schnaubte Elektra. »Was glaubst du, warum ich hier bin? Warum, glaubst du, habe ich mich für diese Suche gemeldet?!« Ihre Oberlippe zitterte vor Wut. »Damit du endlich deine Scheißechse

wiederhast! Damit ich mir nicht weiter anhören muss, dass alles furchtbar ist, seit meinetwegen dieses verdammte Vieh ins Klo gerutscht ist! Damit ich nicht ständig in das vorwurfsvolle Gesicht meiner Mutter gucken muss! Damit ich endlich meine Ruhe habe und alle wieder zufrieden sind! Ich will mein altes Leben zurück! Darum bin ich hier und suche dein blödes Krokodil!«

Anna und Linus schauten betreten auf das dahinrauschende Wasser.

»Und damit du es weißt«, zeterte Elektra weiter, »wenn ich geahnt hätte, dass du hier unten bist, wäre ich ganz sicher nicht in die Kanalisation gestiegen!«

»Es war doch klar, dass ich hier bin!«, entgegnete ich aufgebracht.

»Es war klar, dass du dein Krokodil suchst!«, zischte Elektra. »Aber nicht, dass du den Mumm hast, in die Kanalisation zu steigen.«

So – da war sie wieder. Ihre ekelige überhebliche Art. Wie gut, dass Linus und Anna es jetzt mal gehört und Elektras wahres Gesicht gesehen hatten! Ich funkelte sie aus zornigen Augen an, doch sie hielt meinem Blick spielend stand.

»Ähm«, räusperte sich Linus. »Also, wenn ich mal etwas sagen darf: So kommen wir nicht weiter.«

»Eben«, sagte Elektra spitz. »Und erst recht nicht zum Klärwerk.«

Ich nahm Anna das Lenkseil des Floßes aus der Hand und bestimmte kühl: »Wir gehen zurück. Ich muss auf der Karte gucken, ob wir über einen Umweg in das letzte Stück der Route kommen. Oder sonst vielleicht von oben.«

»Und wenn das nicht geht«, sagte Elektra, »dann klauen wir uns einen Schlüssel.« Dabei zog sie triumphierend eine Augenbraue hoch.
Genau wie ihre Mutter, dachte ich. Was fand mein Vater nur daran?
»Dann los«, sagte Linus, »bevor wir hier anpappen wie ein Soufflé in der Auflaufschüssel.«

Als wir im Lager ankamen, ging ich schnurstracks ins Büro und vertiefte mich in die Karte des Kanalnetzes. Doch ganz gleich, wie groß ich die Bögen um das Klärwerk schlug und welche unglaublichen Umwege ich in Kauf nahm – am Ende landete ich immer wieder vor dem Gittertor. Auch wenn ich mir lieber die Zunge abgebissen hätte, als es laut zuzugeben: Elektra hatte recht. Wir brauchten einen Schlüssel.

Beobachtungen haben ergeben, dass Krokodilier häufig in Gruppen jagen. Während der jährlichen Wanderung bestimmter Fischpopulationen bildet zum Beispiel das Nilkrokodil mit seinen Artgenossen eine Kette. So blockieren sie den gesamten Wasserlauf eines Flusses. Kein Tier verlässt seinen Platz in der Linie. Jedes schnappt nur den Fisch, den es erreichen kann.

16. Ein fast perfekter Plan

Nachdem die anderen vom Einholen und Wäschewaschen zurückgekommen waren, versammelten wir uns alle um die Feuerstelle und überlegten, wie wir am besten an einen Schlüssel kommen konnten.

»Die Kanalarbeiter tragen ihren Bund immer an einer Kette, die am Gürtel befestigt ist«, wusste Ole.

»Dann wird es mit dem Klauen nicht so einfach«, seufzte Vanessa.

»Wo ziehen sich die Kanalarbeiter denn um, bevor sie runtersteigen?«, fragte Elektra. »Wann genau ist der Moment, in dem sie die Kette mit dem Schlüssel am Gürtel befestigen?«

Eins musste ich zugeben: Sie war gerissen. Genauso heimtückisch, wie sie sich in unser Leben und unsere Wohnung gepflanzt hatte, wollte sie jetzt den Kanalarbeitern

den Schlüssel mopsen. Immerhin: Dieses eine Mal konnte ihre Verschlagenheit von Nutzen sein.
»Die ziehen sich bei der Stadtentwässerung um«, antwortete Tom.
»Hä?«, fragte Jakob. »Wie zieht man sich denn bei der Entwässerung um?«
»Das Wort steht jedenfalls an dem Tor, hinter dem das Gebäude mit den Büros ist«, erklärte Ole. »Da treffen sich die Kanalarbeiter zum Dienstbeginn und legen ihre Arbeitskleidung an, und nach Dienstschluss duschen sie und ziehen sich wieder um.«
»Woher wisst ihr das?«, fragte ich erstaunt.
»Wir haben da mal eine Besichtigung mit der Schule gemacht«, antwortete Tom.
»Ist auch egal«, sagte Elektra. »Jedenfalls müssen wir da rein.«
»Die arbeiten hauptsächlich tagsüber«, gab Anna zu bedenken.
»Und?«, fragte Elektra dämlich.
»Wir können nicht mehr in Tageslicht gucken. Und mit Skibrillen können wir uns da schlecht unauffällig reinschleichen.«
»Dann gehen Paul und ich. Wir können noch in Licht gucken«, stellte Elektra entschlossen fest.
Mir blieb die Spucke weg. Wieso sprach sie einfach für uns beide?
Jetzt nickte Leo auch noch und fragte interessiert: »Wie genau würdest du das anstellen?«
»Ich gehe zum Pförtner und behaupte, mein Vater hätte sein

Handy vergessen oder den Haustürschlüssel oder so. Dann gehe ich in die Kabine und rufe laut ›Papa!‹. Da guckt immer irgendwer. Während ich alle ablenke, klaut Paul den Schlüssel, und weg sind wir.« Sie sagte das, als wäre es das Normalste der Welt.

Leo grinste. »Klingt lustig. Schade, dass ich nicht dabei sein kann.«

Sollte das heißen, dass das unser Plan war? Ich schaute Leo fassungslos an. Taten wir jetzt etwa, was Elektra sagte?!

Offensichtlich, denn nun schaute er in die Runde und fragte: »Wer ist dafür?«

Eine Hand nach der anderen schnellte nach oben.

»Du nicht?«, fragte Jakob.

Da erst bemerkte ich, dass mich alle anstarrten.

»Doch, doch«, sagte ich schnell, obwohl ich es für die allergrößte Schnapsidee hielt. Aber am Ende würde die blöde Kuh noch behaupten, ich wäre dagegen, weil der Vorschlag von ihr kam. Oder dass ich Schiss hätte. Diesen Triumph wollte ich ihr auf keinen Fall schenken. Außerdem hatte ich auch keine bessere Idee, und es ging um Orinokos Leben.

Wir beschlossen, dass Elektra und ich um 6 Uhr morgens an die Oberfläche tauchen sollten, damit wir pünktlich zum Arbeitsbeginn der Frühschicht beim Gebäude der Stadtentwässerung ankamen. Ein Team würde uns bis zum Ausstieg begleiten – danach würden wir auf uns allein gestellt sein.

Leo und Anna wollten die beste Route und Ausstiegsmöglichkeit auf der Karte erarbeiten. Vanessa übernahm die Aufgabe, normale, saubere Kleidung zusammenzustellen,

und Elektra und ich sollten uns hinlegen und versuchen, ein wenig zu schlafen. Schließlich widersprach ein Auftauchen am Tag völlig unserem Schlaf-Wach-Rhythmus.
Ich wälzte mich unruhig auf meiner Matratze hin und her und versuchte wenigstens ein bisschen zu dösen. Doch als ich gerade am Einnicken war, begann Elektra am anderen Ende des Bettenlagers zu schnarchen. Sie tat eben alles, um mir das Leben zur Hölle zu machen.
Irgendwann muss ich dann doch eingeschlafen sein, jedenfalls erwachte ich plötzlich, inmitten totaler Dunkelheit, von einem Geräusch. Es war das Quietschen des Riegels an der Luke. Ich fuhr von meiner Matratze hoch und starrte in die Finsternis. Rechts neben mir hatte sich Jakob eingerollt und schlief tief und fest, aber das Bett links von mir war leer. Wahrscheinlich musste Leo mal aufs Klo, dachte ich und wollte mich gerade wieder zurücklegen, da sah ich ihn zwischen den Säulen auf die andere Seite des Gewölbes huschen. Im schwachen Schein seiner Taschenlampe erkannte ich, dass er in voller Montur war, mit Anglerhose und Mütze.
Das zog er doch nicht alles an, wenn er nur mal kurz pinkeln musste?! Wo war er gewesen? Und warum hatte er niemandem Bescheid gesagt? Verwirrt kuschelte ich mich wieder in meine Decke und schloss die Augen. Bei nächster Gelegenheit musste ich ihn das unbedingt fragen …

Als mich bald darauf der Wecker mit einem schrillen Klingeln aus dem Schlaf riss, hatte ich das Gefühl, dass ich nur eine Minute die Augen geschlossen hätte. Doch es war

4.40 Uhr: Zeit, in die Ausrüstung zu steigen und aufzubrechen.
Im Stehen tranken wir noch schnell einen Schluck Tee und verdrückten ein paar Butterbrote. Dann verließen Leo, die Zwillinge, Anna, Elektra und ich das Gewölbe.
Wir liefen etwa eine Stunde, bis wir im Zentrum der Stadt unter einem Kanalschacht zum Stehen kamen. Anna und Leo hatten zum Aussteigen einen kleinen Park gewählt, wo um diese Uhrzeit hoffentlich nur ein paar betrunkene Penner herumlungerten.
Als ich aus dem dunklen Loch auftauchte, ging gerade die Sonne auf. Zarte Nebelschwaden zogen über die Rasenflächen, und auf den feinen Spinnweben zwischen den Grashalmen glitzerten Wassertropfen wie feine aufgezogene Perlen. Der Herbst legte sich langsam über die Stadt.
Elektra und ich streiften schnell unsere Anglerhosen ab und reichten sie Anna zurück in den Schacht. Dafür gab sie uns die Skizze mit der Wegbeschreibung.
Leo, der selbst mit Skibrille nicht mehr gut ins Licht sehen konnte, streckte nur seinen Arm aus dem Loch und drückte meine Hand. »Viel Glück! Wir machen jetzt zu. Wenn du meinen Namen rufst, öffnen wir sofort. Und sollte irgendetwas schiefgehen, treffen wir uns um Mitternacht am Notfalltreffpunkt.«
»Wir kriegen das schon hin«, sagte ich tapfer und war froh, dass er mein gequältes Lächeln nicht sehen konnte.
Mir war ziemlich mulmig zumute. Was, wenn uns irgendjemand auf der Straße erkannte? An jeder Straßenecke konnte jemand stehen, der uns festhielt oder die Polizei informierte.

Es war doch verrückt: Vor gar nicht langer Zeit hatte mich genau dieses unwohle Gefühl unten in der Kanalisation beschlichen – und nun spürte ich es über der Erde. Aber nun gab es kein Zurück mehr. Mit einem scharrenden Geräusch schloss sich der schwere Deckel, und dann standen Elektra und ich auch schon allein auf dem gepflasterten Weg.
»Wir müssen da rüber«, sagte ich knapp und deutete zu einer viel befahrenen Straße, die an den Park grenzte. Dann zog ich meine Mütze ins Gesicht und marschierte los.
Elektra hatte Mühe, meinen schnellen Schritten zu folgen. Wir überquerten vier große Kreuzungen, liefen einige Zeit den mehrspurigen Stadtring entlang und wechselten bei einer Unterführung die Straßenseite. Nach etwa einem Kilometer entdeckte ich in einer abzweigenden Allee ein großes, mehrstöckiges Verwaltungsgebäude. *Stadtentwässerung* stand in leuchtenden Lettern auf dem Dach. Ich gab Elektra einen Wink und bog in die Straße ein.
Das Gelände war von einem zwei Meter hohen Eisenzaun umgeben. Eine breite Auffahrt, die durch zwei Schranken versperrt war, führte zum Haupteingang. Zwischen den rot-weiß geringelten Balken stand ein kleines Pförtnerhäuschen. Darin saß ein uniformierter Mann vor einer langen Reihe Monitore. Mit einem freundlichen Winken grüßte er die Arbeiter, die auf dem Gehweg an ihm vorbei zum Dienst eilten. Kam ein Auto, hob er kurz die Hand und ließ ohne weitere Fragen die Schranke hochfahren.
»Mist«, sagte Elektra, »die scheinen sich hier alle zu kennen.«
»Und jetzt?«, fragte ich.

»Das lass mal meine Sorge sein.« Sie schob sich energisch an mir vorbei und näherte sich mit einem zuckersüßen Lächeln dem Häuschen.

Der Pförtner schaute von seinen Bildschirmen auf, öffnete die kleine Glasklappe und fragte: »Na, junge Dame, wo soll es denn hingehen?«

Und dann geschah das Unglaubliche: Wie auf Knopfdruck traten dicke runde Tränen in Elektras Augen. »Mein Vater hat seinen Haustürschlüssel vergessen«, schniefte sie. »Das ist meine Schuld, ich habe ihn aus der Tasche genommen. Jetzt muss ich ihm den ganz schnell bringen, sonst kriege ich furchtbaren Ärger.«

»Wo arbeitet dein Vater denn?«, fragte der Pförtner sanft.

»Er ist Kanalarbeiter«, jammerte Elektra und wischte sich die Tränen ab.

»Und wie heißt er?«, erkundigte sich der Pförtner mit besorgtem Gesichtsausdruck, als ginge es hier um Leben und Tod. Ich meine, das ging es natürlich auch, aber das konnte er ja nicht wissen!

»Wir heißen Schmidt«, behauptete Elektra und klang dabei so überzeugend, dass ich es in dem Moment fast selbst glaubte.

»Ach, dann bist du die Lütte vom Wilfried!«, rief der Pförtner begeistert.

»Genau«, log Elektra, ohne rot zu werden.

»Der ist schon in der Umkleide. Weißt du, wo das ist?«

»Wenn ich reinkomme, rechts?«, fragte Elektra.

»Fast«, sagte der Pförtner. »Links am Haus vorbei, die kleine Treppe runter und dann durch die gelbe Stahltür.«

»Meine ich ja. Danke schön. Sie sind sehr nett«, säuselte Elektra. Dann schenkte sie dem Mann ihr schönstes Lächeln und marschierte durch die Schranke. Gerührt schaute der Pförtner ihr nach.
Langsam wurde mir klar, wie Elektra und ihre Mutter das mit meinem Vater gemacht hatten.

»Woher wusstest du, dass da einer arbeitet, der Schmidt heißt?«, fragte ich, während wir links an dem Gebäude entlangeilten.
»Schmidt ist der häufigste Name in Deutschland, wenn man alle Schreibweisen zusammennimmt, also mit dt oder tt oder nur d. Überall arbeitet jemand, der so heißt. Hat mir mal ein Portier in einem Hotel erzählt.«
Wir bogen um die nächste Ecke, und da tauchte auch schon eine schmale Treppe auf, die einige Meter nach unten ins Kellergeschoss zu einer knallgelben Tür führte. Elektra sprang die Stufen hinunter und griff, ohne zu zögern, nach der Klinke. Sie fühlte sich wohl überall gleich wie zu Hause.
Ich folgte ihr langsam und betete, dass die Kanalarbeiter keinen Verdacht schöpfen würden. Angespannt bis in den kleinen Finger trat ich durch die gelbe Tür und fand mich in einem kahlen, neonbeleuchteten Gang wieder. Der Boden war mit altmodischen orangefarbenen Fliesen ausgelegt. An den Wänden hingen große Rahmen mit Bildern aus der Kanalisation und irgendwelcher Rohrtechnik. Hinter einer Tür mit der Aufschrift *Herrenumkleide* hörten wir Stimmen.
»So, und jetzt nicht lange fackeln, klar? Versau es nicht«,

mahnte Elektra. Dann klopfte sie an die Tür und trat unaufgefordert ein.
Der Umkleideraum der Kanalarbeiter erinnerte mich an die Kabinen unserer Sporthalle. Durch die Mitte zogen sich zwei Bankreihen mit Kleiderhaken, und an den Wänden standen durchnummerierte Metallspinde, die in demselben Kanariengelb leuchteten wie die Eingangstür. Aus einem angrenzenden Raum schlug uns warme, feuchte Luft entgegen.
»Perfekt! Die haben gerade Schichtwechsel und duschen«, flüsterte Elektra. »Das ist unsere Chance. Ich lenke sie ab – du greifst dir den ersten Schlüssel, den du findest.«
Zielstrebig durchquerte sie die Umkleide und blieb in der Tür zum Vorraum der Duschen stehen. »Papa?«, rief sie scheinheilig. Ich konnte nicht fassen, wie jemand so abgebrüht sein konnte!
Ein Mann in Unterwäsche und Badelatschen kam heran. Hastig sprang ich hinter die Garderobenständer.
»Hallo«, sagte Elektra, »ich suche meinen Vater.« Und bevor der Mann auch nur fragen konnte, wer ihr Vater denn sei, ratterte sie, ohne Luft zu holen, die ganze erlogene Geschichte mit dem Haustürschlüssel runter.
Derweil schlich ich mich mit klopfendem Herzen zu einem aufgesperrten Spind auf der linken Seite des Raums. Ganz langsam schob ich die Tür auf. Und wirklich, da hing er: Der Bund mit allen wichtigen Schlüsseln der Kanalisation. Er war an einer langen Kette befestigt, die an einem Ledergürtel angebracht war. Den Gürtel wiederum hatte der Besitzer durch die Schlaufen seiner Arbeitshose gezogen.

Ich warf einen kurzen Blick zu Elektra. Sie stand noch immer in der Mitte des Türrahmens zum Duschraum und stützte sich rechts und links mit den Händen ab. Da kam vorerst keiner vorbei.
Mit zitternden Fingern zog ich den Bund aus dem Schrank und versuchte, den Sicherheitsring am Ende der Kette aufzubiegen. Ich kam zwar mit den Fingernägeln in den engen Spalt, aber es gelang mir nicht, die abgeflachten Enden aufzuhebeln. Meine Nägel waren einfach zu weich.
Vom Nebenraum hörte ich Gelächter. Elektra schien die Kanalarbeiter glänzend zu unterhalten. Doch selbst sie mit ihren Lügengeschichten würde das nicht ewig schaffen …
Ich zwängte den kleinsten Schlüssel zwischen die Ringe der Metallspirale. Endlich öffnete sich ein Spalt am Ringende. Ich atmete erleichtert aus. Stück für Stück konnte ich nun den Bund von dem Ring schieben. Ich hatte es schon fast geschafft, als sich plötzlich jemand hinter mir räusperte.
Ganz langsam drehte ich mich um und erstarrte. Vor mir stand ein riesiger bulliger Mann mit weißblondem Vollbart. Um seine mächtigen Hüften hatte er ein feuerrotes Micky-Maus-Handtuch gewickelt.
»Suchst du was?«, dröhnte der Riese.
Ich hielt den Schlüsselbund fest umklammert hinter meinem Rücken. Es konnten nur noch ein paar Millimeter sein, bis ich ihn komplett vom Ring gelöst hätte.
Der Riese beugte sich zu mir herunter und starrte mir ins Gesicht. »Bist du stumm?!«
»Ich wollte nur mal gucken«, stammelte ich und dachte: Unvorstellbar, dass so ein Fettklops durch die engen Kanalröh-

ren passt! Und mein zweiter Gedanke war: Haben die keine anständigen Handtücher zu Hause?
»Paul, was machst du denn da?«, rief in dem Moment Elektra. Sie schaute mit entschuldigendem Blick an dem Micky-Maus-Handtuch vorbei.
Das riss mich aus meiner Schockstarre. »Wir suchen meinen Vater«, sagte ich schnell zu dem Hünen. »Er hat seinen Haustürschlüssel vergessen. Ich glaube, meine Schwester hat ihn schon gefunden.« Ich zeigte mit dem Kinn zu Elektra.
Zum Glück tat der Riese genau das, worauf ich gehofft hatte: Er wandte sich Elektra zu. Ich nutzte diesen Bruchteil einer Sekunde, um den Schlüsselbund von dem letzten Stückchen Metallring zu lösen, und ließ die Kette vorsichtig auf die Bank vor dem Spind gleiten. Dabei klimperten die Schlüssel leise.
Der Mann fuhr herum und sah mich misstrauisch an. »Was hast du hinter deinem Rücken?«
Da wurde selbst Elektra blass um die Nase. Nun kamen auch die anderen Männer aus dem angrenzenden Raum heran. Manche trugen schon Arbeitskleidung. Anders als der Riese im Micky-Maus-Handtuch würden sie sicher sofort die Verfolgung aufnehmen, wenn wir jetzt losrannten.
»Komm, wir müssen wieder nach Hause, Paul. Papa ist hier gar nicht«, sagte Elektra. Ihre Stimme zitterte.
Ich nickte und wollte mich an dem Riesen vorbeischieben, doch der verstellte mir mit einem energischen Schritt zur Seite den Weg. »Ich will sehen, was du da hinter dem Rücken versteckst.«

»Paul, hast du etwa wieder in anderer Leute Schränke geguckt?!«, quietschte Elektra hysterisch und wedelte tadelnd mit dem Finger. »Dich kann man echt nicht eine Minute aus den Augen lassen! Oh Mann, Mann, Mann! Das ist so peinlich!«
Sie veranstaltete einen solchen Alarm, dass ich den Schlüsselbund unbemerkt aus den Händen gleiten lassen konnte. Mit dem linken Fuß fing ich den Sturz auf die Fliesen ab, und dann beförderte ich den Bund mit einem Tritt weit unter den Spind. Zum Glück heulte im Nebenraum gerade ein Föhn auf, sodass niemand das metallische Klirren hörte.
Eilig streckte ich dem Riesen nun meine Hände entgegen. »Ich habe gar nichts hinter meinem Rücken.«
Der Kerl runzelte misstrauisch die Stirn, doch dann ruckelte er sein Micky-Maus-Handtuch zurecht und nuschelte: »'tschuldigung. Man kann nie wissen. Hier hat schon mal einer meinen Geldbeutel geklaut.«
Elektra nickte ernsthaft. »Ja, man kann heutzutage nicht vorsichtig genug sein.« Damit packte sie mich am Ärmel, rief fröhlich in den Raum: »Einen schönen Tag noch! Tschüüüss!«, und zog mich auf den Gang hinaus.
»Und?«, fragte sie, sobald die Tür hinter uns in Schloss gefallen war.
»Er liegt unter dem Spind.«
Sie holte Luft, und es sah so aus, als wolle sie loswettern. Doch dann überlegte sie es sich anders, schloss den Mund und seufzte. »Tja, dumm gelaufen. Tut mir leid, aber der Typ ließ sich nicht länger aufhalten.«
Ich öffnete die gelbe Eisentür und schlüpfte ins Freie. »Im-

merhin wissen wir jetzt, wo der Schlüssel liegt, und können ihn holen.«

»Aber wie sollen wir ein zweites Mal hier reinkommen?«, fragte Elektra. »In spätestens zehn Minuten fliegt der ganze Schwindel auf.«

»Dann müssen wir eben nachts einbrechen«, sagte ich, während wir die Treppe hocheilten.

An der obersten Stufe blieb Elektra stehen und deutete auf die schmalen Kellerfenster der Umkleide, die mit dicken Gitterstäben gesichert waren.

»*Da* passt nicht mal die dünne Vanessa durch«, stellte sie nüchtern fest.

Im selben Moment hörten wir einen wütenden Schrei aus einem der geöffneten Fenster.

»Der Riese hat gemerkt, dass sein Schlüssel weg ist!«, rief ich und sprintete los.

Wir rasten, so schnell wir konnten, um das Gebäude herum. Erst als wir um die Ecke beim Haupteingang bogen, drosselten wir unser Tempo und schlenderten möglichst unauffällig dem Pförtnerhäuschen entgegen. Zum Glück war der Pförtner gerade mit dem Fahrer eines großen dunkelblauen Mercedes beschäftigt. Wir waren fast an der Schranke vorbei, als er die Hand aus dem Glastürchen streckte und rief: »Einen schönen Tag noch, Herr Dr. Richter!«

Ich blieb wie angewurzelt stehen und starrte den Fahrer im Mercedes an. Das war also unser größter Feind. Der Mann, der unsere Familie zerstören wollte und der uns ganze Scharen von Kanalarbeitern auf den Hals hetzte: Dr. Richter. Er hatte braune Locken und einen ordentlich gestutzten Vollbart. Eigentlich sah er gar nicht so fies aus, wie ich ihn mir vorgestellt hatte. Aber das hatte nichts zu sagen. Bevor Leo mich aufgeklärt hatte, war mir auch nicht bewusst gewesen, was manche Erwachsene mit Kindern taten.

»Los jetzt, nicht trödeln!«, zischte Elektra und zog mich am Arm.

»Das war der Chef der Kanalbetriebe!«, stieß ich hervor und sah dem wegrauschenden Mercedes nach. »Der unser Lager ausheben will!«

»Ein Grund mehr, sich vom Acker zu machen«, antwortete Elektra und zerrte mich die Auffahrt hinunter.

Als wir die Straße erreicht hatten, rannten wir sofort wieder los. Erst an der zweiten Kreuzung trauten wir uns, in ein normales Tempo zu wechseln. Außer Atem mischten wir uns unter eine Traube Kinder, die mit Rucksäcken und Turnbeuteln auf dem Weg zur Schule war. Es kam mir vor, als wäre es Lichtjahre her, dass ich das letzte Mal an einem Morgen so zu Hause aufgebrochen war. Das alles war nicht mehr meine Welt. Irgendwie war das auch traurig. Ich war zwar nicht wahnsinnig gern zur Schule gegangen, aber den Biologieunterricht und Erdkunde hatte ich geliebt. Und die Pausen auch.

An der nächsten Ecke lösten wir uns aus der Schülergruppe und bogen links in den Park ab. Hinter einem Gebüsch versteckt, warteten wir, bis zwei Spaziergänger mit Hunden vorübergegangen waren. Dann stellte ich mich auf den runden Kanaldeckel und rief Leos Namen. Kurz darauf hörten wir unter uns ein Rumoren.

Krokodilier verlassen sich auf die Erdanziehungskraft. Um ihre Nahrung ganz bequem von den Zähnen in den Bauch zu befördern, jonglieren sie so lange mit den Futterteilen, bis sie in einer günstigen Position im Maul liegen. Dann stoßen sie den Kopf zurück und lassen die Brocken einfach den Schlund hinunterrutschen.

17. Magischer Magnetismus

Als wir im Gewölbe ankamen, wartete schon das Frühstück auf uns. Wir setzten uns schweigend ans Feuer und aßen unsere Stullen.
»Und jetzt?«, fragte Vanessa in die Stille.
»Wir könnten versuchen, einen Kanalarbeiter hier unten zu überfallen und den Schlüssel zu rauben«, schlug Ole vor.
»Wie denn? Willst du den vielleicht niederschlagen?!«, fragte Vanessa.
»Außerdem treten die immer im Rudel auf«, sagte Anna müde.
»Und die, die wir heute gesehen haben, waren echte Brocken«, gab ich zu bedenken.
Linus, der in der Küche herumwurschtelte, rief: »Und wenn wir irgendeinen Schaden in der Kanalisation anrichten, eine kleine Verstopfung oder so etwas? Damit könnten wir ein

Team zu einem Einsatz locken, in eine enge Röhre, wo wir im Vorteil wären und den Überfall richtig gut vorbereiten könnten.«

»Das ist aber ganz schön gefährlich«, sagte Jakob. Er saß auf dem Boden und schob gelangweilt Leos Magneten hin und her, um Nägel aus verschiedenen Entfernungen anzuziehen. Dabei erzeugte er ein unangenehmes Knirschen, das bis in die Zähne schmerzte.

»Hör mal auf damit. Das nervt«, murrte Tom.

»Wir müssen irgendwie wieder in die Umkleide kommen«, sagte ich. »Denn Überfall hin oder her – der Schlüsselbund ist nicht so leicht von der Kette zu lösen. Und da liegt jetzt schon mal einer griffbereit unter dem Spind und wartet nur auf uns.«

»Die Umkleidekabinen sind ab heute aber bestimmt abgeschlossen«, seufzte Elektra. »Oder was denkst du, Paul?«

Dass sie plötzlich so vertraut tat, passte mir irgendwie gar nicht. Sie sollte bloß nicht glauben, dass wir dicke Freunde wären, nur weil wir zusammen in die Herrenumkleide der Stadtentwässerung eingedrungen waren.

Ich zuckte abweisend mit den Schultern. »Wir könnten höchstens die Putzfrau bestechen.«

»Mensch, Jakob!«, motzte Anna im selben Moment. »Das Geknirsche ist nicht zum Aushalten. Pack endlich das blöde Ding weg!«

Ich schaute zu Jakob, der beleidigt den Magneten in eine Kiste donnerte und die Nägel hinterherwarf. Mit einem *Klack-klack-klack* schossen die Eisenstifte an die runde Platte.

»Das ist es!«, rief ich. »Wir müssen gar nicht in die Kabine rein! Wir angeln den Schlüssel einfach durchs Fenster hoch!«
»Hä?!« Vanessa sah mich an, als hätte ich mir an der frischen Luft einen Sonnenstich geholt. »Ich denke, der liegt unter dem Spind?! Wie willst du den dann mit einem Haken um die ...«
Ich winkte aufgeregt ab. »Nicht mit einem Haken – mit dem Magneten!«
Leo verstand mich. »Unser Magnet hat eine so starke Anziehungskraft ... Wenn wir den an einem Seil durchs Fenster lassen und irgendwie unter diesen Spind schleudern, dann zieht er den Schlüssel an – selbst wenn der zwanzig oder dreißig Zentimeter entfernt liegt. Wir müssen ihn dann nur noch hochziehen. Genau dafür benutzen die Kanalarbeiter doch die Magneten: um verlorene Gegenstände aus Gullys oder Kanalschächten zu fischen.«
»Super Idee!«, sagte Anna anerkennend.
Jakob baute sich mit stolz geschwellter Brust vor ihr auf. »Siehst du! Von wegen blödes Ding! Ohne mich wärt ihr da nie draufgekommen.«
Jetzt konnten wir unseren Coup planen. Wir beschlossen einstimmig, nur so viele Leute wie unbedingt nötig auf diese Mission mitzunehmen. Schließlich war unser Vorhaben nicht ganz ungefährlich. Nachdem wir alle Eventualitäten und möglichen Schwierigkeiten gedanklich durchgespielt hatten, kamen wir auf genau acht Personen, die wir brauchten. Das bedeutete: Zwei mussten im Lager bleiben.
»Wollen wir losen?«, fragte Anna in die Runde.
Linus schüttelte den Kopf. »Das ist nicht nötig. Ihr müsst

wahrscheinlich über hohe Zäune klettern und vielleicht auch schnell weglaufen. Da bleibe ich gern hier.«
Leo sah zu Jakob, dann wechselte er mit Anna einen Blick.
»*Das* musst *du* dann klären«, sagte sie und wandte sich demonstrativ ab.
Leo nickte, legte einen Arm um Jakob und zog ihn mit sich ins Büro.
Ich weiß nicht, wie er Jakob überzeugte oder was er ihm versprach, aber jedenfalls erklärte der sich nach dem Gespräch freiwillig bereit, mit Linus das Lager zu hüten.
Ungeduldig warteten wir nun, bis es über der Erde dunkel wurde. Dann machten wir uns zum zweiten Mal an diesem Tag auf den Weg zur Stadtentwässerung.

Als wir aus dem Kanalschacht im Park kletterten, goss es in Strömen. Auf der großen Straße schossen die Autos mit hektisch hin und her schlagenden Scheibenwischern an uns vorüber und wirbelten riesige Wasserfontänen aus dem Rinnstein auf. Bei dem Mistwetter wollten alle so schnell wie möglich nach Hause. Das war gut, denn so beachtete niemand unseren merkwürdigen Trupp in Anglerhosen und Skibrillen.
Wir erreichten das eingezäunte Gelände der Stadtentwässerung um kurz nach 22 Uhr. Aus sicherer Entfernung beobachteten wir die Auffahrt, die von zwei grellen Flutlichtlampen beleuchtet wurde. Im Pförtnerhäuschen saß nun ein anderer Mann als am Morgen. Er war ganz in die Lektüre einer Sportzeitung vertieft und schenkte den Monitoren, die ihn in ein gespenstisches blaues Licht tauchten, keine

Aufmerksamkeit. Erst jetzt fielen mir die Kameras an den hohen Masten auf. Sie überwachten nicht nur die Auffahrt, sondern auch den Weg zum Gebäude und den Parkplatz.
Ich zupfte Leo am Ärmel und deutete nach oben. Er nickte und flüsterte: »Wir müssen von hinten auf das Gelände. Am besten klettern nur wir beide rüber.«
Mit einem Wink lotste er uns die Straße hinunter, immer weiter an der hohen Umzäunung entlang, bis wir auf der Rückseite des Gebäudes eine Stelle fanden, wo der Zaun durch Bäume und Büsche verdeckt war. Ratlos leuchtete ich an den glatten, zwei Meter hohen Metallstreben hinauf. Sie waren nur unten und oben durch einen dicken Querbalken verbunden. Wie sollte man da irgendwo Halt zum Rüberklettern finden? Außerdem war der obere Balken auch noch von einer fiesen scharfen Zackenkante gesäumt.
»Okay«, sagte Anna nach einem kritischen Blick auf die gemeinen Spitzen. »Kara und ich machen eine Räuberleiter. Von da aus steigt ihr auf Oles und Toms Schultern, und dann müsst ihr irgendwie springen.«
»Was anderes bleibt uns wohl nicht übrig«, murmelte ich und stieg mit meinem rechten Fuß in Annas und Karas verschränkte Hände. Vanessa und Elektra stützten mich mit ausgestreckten Armen, während ich nun vorsichtig den linken Fuß auf Toms Schulter setzte. Ich griff einen langen Ast, der glücklicherweise weit über den Zaun hing, und fand so genügend Halt, um den anderen Fuß auf Oles Schulter zu platzieren. Da stand ich nun, kämpfte um mein Gleichgewicht – und hatte keine Ahnung, wie ich auf die andere Seite kommen sollte. Die scharfen Metallspitzen überragten

meine Knie noch immer ein ganzes Stück. Schon auf dem Boden hätte ich Schwierigkeiten gehabt, diese Höhe aus dem Stand zu überspringen.

»Mach hin, du bist echt schwer!«, stöhnte Tom und wankte. Bei einem kräftigen Absprung würde er sicher wegknicken. Nicht auszudenken, wo ich dann landen würde …

»Ich kann gleich nicht mehr!«, begann jetzt auch Ole zu schimpfen.

Da krallte ich mich mit beiden Händen an dem Ast fest und setzte einen Fuß auf die widerlich scharfen Zacken. Ich spürte, wie sich die Spitzen durch die Sohle meines Gummistiefels bohrten, atmete tief durch und machte mit dem anderen Fuß einen großen Schritt, hinüber auf das Gelände der Stadtentwässerung. Zu meiner eigenen Verwunderung landete ich wohlbehalten im nassen Gras auf der anderen Seite.

Nun kletterte Leo flink wie ein Wiesel auf die Schultern der Zwillinge, packte ebenfalls den Ast und sprang ohne langes Zögern hinterher.

»Viel Glück!«, rief Anna leise, bevor wir über die Wiese zum Gebäude davonhuschten.

Schnell fanden wir die kleine Treppe, die zum Untergeschoss führte. Ich musste nicht lange überlegen und deutete auf die Reihe der schmalen vergitterten Fenster. »Es müsste das zweite von links sein.«

Leo kniete sich in das Kiesbett, das sich rings um das ganze Haus zog, und holte einen Schraubenzieher aus der Tasche. Das Metallende stieß er zwischen Rahmen und Fensterflügel. Mit schnellen Bewegungen ruckelte er den Griff hin und her. Als das nichts half, stützte er sich mit aller Kraft auf den Stiel, bis das Holz splitternd nachgab. Mit Leichtigkeit konnte ich nun das Fenster aufdrücken. Ich presste mich fest an das Gitter, streckte meinen Arm so weit wie möglich hinein und ließ den Magneten an einer festen Paketschnur hinunter. Als das Eisenstück klirrend auf dem gefliesten Boden aufschlug, zog ich die Schnur wieder einen Millimeter an und begann sie gleichmäßig hin und her zu schwenken. Das hatte ich am Nachmittag ein paarmal im Gewölbe geübt. Jetzt musste ich nur im rechten Moment, wenn der Magnet in Richtung Spind schwang, ein Stück Seil nachgeben.

»Los!«, gab ich mir selbst das Kommando und ließ Leine. Der Magnet rutschte über die Fliesen – und krachte mit einem metallischen Geräusch gegen einen Widerstand. Wahrscheinlich hatte ich ein Spindbein getroffen. Ich zog den Magneten zurück und versuchte es erneut. Immer und immer wieder ließ ich die runde Eisenplatte hin und her pendeln und unter den Schrank rutschen, doch das ersehnte *Klack*, wenn Magnet und Schlüsselbund zusammentrafen, blieb aus.

»Vielleicht sitzen wir an der falschen Stelle«, versuchte ich mich zu beruhigen und rutschte an die äußere rechte Ecke des Gitters. Doch dort wiederholte sich das gleiche Spiel. Langsam wurde ich unruhig. Was, wenn der Kanalarbeiter seinen Schlüssel gefunden hatte? Oder die Putzfrau ihn mit ihrem Besen in eine ganz andere Ecke geschoben hatte?

»Probier es mal links«, flüsterte Leo und rückte beiseite. »Zur Not breche ich noch ein Fenster auf.«

Ich kroch hinüber und warf den Magneten erneut aus. Doch wieder geschah nichts. Verzweifelt quetschte ich mich so weit ich konnte durch das Gitter, bis ganz an die Kante des Fensterrahmens. Ich atmete einmal tief durch und schwenkte das Seil schwungvoll hin und her. Dann ließ ich los. Das Eisen glitt weit unter den Schrank und schlug ungebremst gegen die Wand. Gerade wollte ich entmutigt einen dicken Seufzer ausstoßen, da machte es *Klack*.

Leo und ich sahen uns mit weit aufgerissenen Augen an. Ich war so aufgeregt, dass ich beinahe die Schnur losließ. Leo hob die Hände und bedeutete mir, ganz vorsichtig zu sein. Im Zeitlupentempo zog ich die Schnur heran. Bald spürte ich ein Gewicht. Und dann hörten wir das Klimpern der Schlüssel.

Leo streckte seinen Arm durch das Gitter. »Ich habe ihn!« Triumphierend zog er die Hand mit dem Schlüsselbund zwischen den Stäben hervor.

»Jetzt steht uns nichts mehr im Weg«, flüsterte ich.

Leo nickte. »Morgen schon können wir Orinoko finden.« Er steckte den Schlüsselbund in die Brusttasche seiner Anglerhose, und dann rannten wir auf direktem Weg zurück zum Zaun, wo die anderen ungeduldig warteten.

Anna stellte sich dicht an das Eisengitter, sodass ich meinen Fuß durch die Streben in ihre Räuberleiter stecken konnte. Genauso musste ich versuchen, auf Oles und Toms Schultern zu kommen. Das war eine noch wackeligere Angelegenheit als auf dem Hinweg, denn ich konnte nur mit den Zehenspitzen Halt finden. Aber diesmal war ich so aufgekratzt, dass ich ohne nachzudenken einfach nach dem he-

runterhängenden Ast griff, einen Fuß auf die Zackenkante setzte und sprang.
Nun war Leo an der Reihe. Auch er machte einen Schritt in die Räuberleiter, kletterte auf Oles Schulter, griff in die Zweige und setzte einen Stiefel auf die Kante. Er war schon fast auf unserer Seite – da gab der Ast mit einem lauten Krachen nach. Leo verlor das Gleichgewicht, fiel zurück und stürzte mit dem Rücken ungebremst auf die spitze Eisenkante. Sein schmerzerfüllter Schrei hallte über das Gelände. Als er an den Metallstreben hinabrutschte, schnitten die Zacken seine Anglerhose auf, als wäre sie aus Papier. Bevor irgendjemand reagieren konnte, schlug er neben uns im Gras auf.
Einen Moment waren wir alle wie gelähmt, dann schrie ich: »Hast du dich verletzt?«, und kniete mich zu ihm auf den Boden.
Leo stöhnte. »Mein Rücken!«
Ich beugte mich über ihn. Im fahlen Schein der Straßenlampe wirkte sein Gesicht leichenblass, und ich hatte das Gefühl, dass er durch mich hindurchsah.
»Ich glaube, die haben was gemerkt«, sagte Elektra und deutete in Richtung Haupteingang, von wo aus zwei Wachmänner mit einem Schäferhund in unsere Richtung eilten.
»Wir müssen weg. Los!« Ich zog Leo in Sitzposition, legte seinen Arm um meine Schultern und schob mich unter seine Achseln. Er ächzte gequält. Tom sprang hinzu und übernahm die andere Seite.
»Schneller, sie kommen!«, rief Anna.
Wir zerrten Leo auf die Beine und schleppten ihn über

die Straße, nur weg vom Gelände der Stadtentwässerung. Er konnte kaum einen Fuß vor den anderen setzen. Die Schmerzen mussten furchtbar sein.
Sicherheitshalber wählte Anna einen Umweg durch kleinere, menschenleere Straßen. Als wir endlich an die große Kreuzung nahe dem Park gelangten, rief ich ihr zu, dass sie mit Kara, Vanessa, Elektra und Ole schon vorlaufen und den Kanalschacht öffnen solle. Leo hing wie ein nasser Sack zwischen Tom und mir und brabbelte unverständliches Zeug.
»Es ist nicht mehr weit, gleich hast du es geschafft«, flüsterte ich. Doch ich war nicht sicher, ob er mich überhaupt verstand.
Am Einstiegsloch warteten Anna, Elektra und Ole auf dem Lattenstern. Kara und Vanessa waren schon hinuntergestiegen, um Leo dort in Empfang zu nehmen. Vorsichtig und ohne dass wir seinen Rücken berührten, sicherten wir Leo an zwei Stricken und begannen ihn langsam in den Schacht hinunterzulassen. Im Licht der Grubenlampe sah ich sein blutverschmiertes T-Shirt durch die zerrissene Anglerhose lugen. Er zitterte heftig, sodass ich Angst hatte, er könnte ohnmächtig werden und in die Tiefe stürzen.
»Komm ihm entgegen!«, rief ich Kara zu. Sofort kletterte sie an dem Tau empor und griff nach Leos Füßen. Jetzt konnte sie ihn von unten stützen. Stück für Stück rutschten sie gemeinsam hinab und erreichten den Grund. Tom und ich kletterten ihnen hastig nach.
Wir warteten nicht, bis die anderen den Holzstern abgebaut hatten, sondern traten sofort den beschwerlichen Rückweg zum Lager an. Abwechselnd schleppten wir Leo über die

schmalen Stege. Wir kamen nur langsam voran, sodass die anderen uns bald wieder eingeholt hatten. Nun liefen Anna und Elektra vor, um im Bandenquartier alles vorzubreiten.
Mit letzter Kraft erreichten wir den Wasserfall. Dort legten wir Leo bäuchlings auf eine dicke Plastikfolie und zogen ihn so den Gang zum Gewölbe hinauf. Oben hatten Jakob und Linus schon seine Luftmatratze freigeräumt und den Arztkoffer bereitgestellt. Vorsichtig betteten wir Leo auf das Lager.
Tom schnitt mit einer Schere die zerrissene Anglerhose und das T-Shirt auf. Beim Anblick der Verletzung musste Jakob würgen und drehte sich schnell um. Ich konnte ihn gut verstehen. Rechts neben Leos Wirbelsäule zog sich vom Becken bis zum Nacken ein langer, tiefer Riss, so als hätte jemand mit einem Messer seinen Rücken aufgeschlitzt.
»Macht mal Platz!« Ole zog ein Paar Gummihandschuhe an und sprühte sie mit Desinfektionsflüssigkeit ein. Dann nahm er ein Wundspray und verteilte es auf Leos ganzem Rücken.
»Die Wunde darf sich auf keinen Fall entzünden«, erklärte Tom und wühlte in der Kiste. »Irgendwo hatten wir doch Spannpflaster … Hier!« Er zog die Packung hervor und reichte sie seinem Bruder. Während Tom nun die Wundränder zusammenschob, klebte Ole die Pflaster dicht hintereinander, bis der ganze Riss verschlossen war. »Das ist fast so gut wie Nähen«, behauptete er.
»Was ist mit Tetanus?«, fragte ich. Ich hatte nicht wirklich eine Ahnung, was es damit auf sich hatte, aber das fragten

die Ärzte immer als Erstes, wenn man mit einer offenen Wunde kam.
Tom zuckte mit den Schultern. »Impfstoff haben wir nicht. Aber wenn du einmal geimpft bist, hält das für ein paar Jahre.«
»Ich bin geimpft«, flüsterte Leo da matt.
»Gut«, sagte Ole. »Wir geben dir dann noch ein Schmerzmittel und etwas Entzündungshemmendes.« Er wühlte wieder in der Kiste und reichte Linus zwei Packungen. »Das muss man in Wasser gelöst einnehmen. Kannst du dich darum kümmern?«
Linus nickte. »Und wie viel?«
»Die Menge steht auf dem Beipackzettel«, sagte Tom, während er die Folie einer sterilen Kompresse aufriss und das Tuch über die Wunde legte.
Ole zog die Stiefel von Leos Füßen, Kara deckte ihn vorsichtig zu, und Anna und Elektra sammelten die Reste der Anglerhose zusammen. Mehr konnten wir im Moment nicht tun.
»Er braucht jetzt Ruhe«, bestimmte Ole.
Leise standen wir alle auf und schlichen mit betroffenen Mienen zur Feuerstelle. Ich war schon zwischen den Säulen angekommen, da hörte ich, wie Leo meinen Namen flüsterte.
Ich eilte zurück und hockte mich dicht neben ihn.
Er sah mich aus glasigen Augen an. »In meiner Brusttasche … Anglerhose …«
Ich wühlte in den Resten der zerfetzten Hose, fand den Reißverschluss und zog den Schlüsselbund aus der noch unversehrten Tasche. »Meinst du das?«

Er nickte schwach. »Fahrt los, findet Orinoko. Versprochen?«
»Versprochen«, sagte ich und drückte seine Hand. »Ruh du dich aus. Schlaf einfach.«
Leo schloss erschöpft die Augen. Ich verharrte noch an seinem Bett, bis sein Atem ruhig und gleichmäßig war, dann ging ich zu den anderen ans Feuer.

In den ersten Lebensmonaten und Jahren sind Krokodile am stärksten vom Tod gefährdet. Manche Experten schätzen die Sterberate bis zum ersten Lebensjahr sogar auf 90 Prozent. Sobald diese kritische Phase überwunden ist, erhöhen sich die Überlebenschancen schlagartig. Ein erwachsenes Krokodil hat außer seinesgleichen und dem Menschen wenig zu fürchten.

18. Kein Lebenszeichen

Am nächsten Morgen lag Leo immer noch in exakt derselben Position, in der ich ihn am Abend verlassen hatte, auf seiner Matratze. Wir sahen alle fünf Minuten nach ihm und waren zunehmend beunruhigt. Als er sich auch zwei Stunden nach dem Frühstück immer noch nicht gerührt hatte, versammelten wir uns alle um sein Bett und beratschlagten, was zu tun sei.

»Atmet er überhaupt noch?«, fragte Jakob ängstlich.

Ole kniete sich hinunter und hielt sein Ohr an Leos Mund. »Ja, nur ein bisschen schwach.«

»Vielleicht hat er eine Blutvergiftung?«, mutmaßte Vanessa.

»Guckt mal nach«, forderte Anna die Zwillinge auf.

Tom schlug die Decke zurück und hob die sterile Kompresse ab. »Ich sehe keinen Streifen«, sagte er nach einem Moment,

und Ole ergänzte: »Sieht auch nicht so aus, als hätte sich das entzündet.«
»Aber er bewegt sich nicht! Er scheint überhaupt nichts zu merken«, sagte Elektra besorgt.
Vanessa drehte sich zu Linus. »Benar-benar menjengkelkan, was hast du ihm gestern gegeben?«
Linus wühlte in der Verbandskiste und hielt die beiden Packungen hoch. »Genau das, was Ole und Tom gesagt haben: ein Schmerzmittel und etwas Entzündungshemmendes.«
»Und wie viel davon?!«, schrie Kara. Noch nie hatte ich sie so laut gehört.
Linus zuckte erschreckt zurück. »Von … von beidem etwas mehr, als auf dem Beipackzettel stand«, stotterte er. »Ich dachte … ich dachte, es ist ja auch eine heftige Verletzung … und er hatte richtig Schmerzen … nicht bloß ein bisschen Kopfweh.«
Nun geriet Kara völlig außer sich. Sie sprang auf Leos Bett und schüttelte ihn. »Leo!«, kreischte sie. »Leo! Hörst du mich?«
»Was macht sie denn da?«, rief Jakob völlig aufgelöst. Ich fürchtete, dass er gleich in Tränen ausbrechen würde.
»Sie hat Angst, dass er eine Überdosis hat«, stammelte Ole.
»Was ist das?« Jakob stand die nackte Panik im Blick.
»Wenn man von einem Medikament zu viel genommen hat«, sagte Tom mit belegter Stimme und drehte sich dann zu seinem Bruder. »Ich habe keine Ahnung, was man da macht. Du?« Ole schüttelte den Kopf.
In dem Moment stöhnte Leo auf und murmelte: »Was ist denn?«

»Du musst wach bleiben, hörst du? Bleib jetzt wach!«, schrie Kara.

Leo hob ein winziges Stückchen den Kopf. »Ich *bin* wach. Mir tut nur alles furchtbar weh, und ich möchte mich nicht bewegen.«

»Vielleicht sollte er etwas essen?«, fragte Linus unsicher.

»Dotekabocha! Ist in deinem Kopf auch noch für irgendetwas anderes Platz als Fressen?!«, schimpfte Vanessa.

Linus presste beleidigt die Lippen aufeinander.

Kara nahm Leos Kopf in beide Hände. »Willst du dich übergeben?«

»Bitte nicht«, antwortete Leo. »Ich möchte einfach nur still liegen und schlafen, bis es nicht mehr so wehtut.«

»Er muss warmes Wasser trinken«, befahl Kara.

»Ich hole welches«, sagte Elektra und verschwand zur Lagerküche.

Leo schloss wieder die Augen und murmelte: »Habt ihr Orinoko schon?«

»Noch nicht«, antwortete ich schnell.

»Du hast doch gesagt, er hält es nicht mehr lange aus.«

»Wir brechen bald auf«, versuchte Anna Leo zu beruhigen.

Elektra kam mit dem Glas warmem Wasser. Eilig begann Kara, Leo die Flüssigkeit einzuflößen. Als das Glas leer war, setzte sie sich auf meine Matratze und beobachtete ihn wachsam. Wir anderen standen still um sie herum und warteten.

»Er muss nicht brechen«, sagte Kara schließlich nach einiger Zeit. »Aber wir müssen ihn im Auge behalten.«

»Okay, du bleibst bei Leo, und der Rest verschwindet hier.« Anna sah uns auffordernd an. »Er braucht Ruhe.«

Jakob schlurfte widerwillig davon, Linus ging wieder an seine Töpfe, und Vanessa fragte, ob Elektra und die Zwillinge ihr beim Abwaschen helfen könnten. Ich wartete, bis alle weg waren, dann hockte ich mich zu Kara und fragte: »Woher weißt du so gut über Medikamente Bescheid?«
»Meine Mutter hat regelmäßig versucht, sich das Leben zu nehmen«, antwortete sie in einem Tonfall, wie andere Kinder sagen: Meine Mutter strickt in ihrer Freizeit Pullover.
Ich traute mich nicht, zu fragen, ob ihre Mutter bei einem ihrer Versuche irgendwann Erfolg gehabt hatte. Vermutlich hätte mir Kara sowieso nicht geantwortet, ganz egal wie es ausgegangen war. Sie kniete angespannt auf meiner Matratze und ließ Leo nicht aus den Augen. Wie eine Krokodilmutter, die ihr Eigelege bewacht, dachte ich und schlich auf Zehenspitzen davon.
Nachdem alle Alltagsarbeiten im Gewölbe erledigt waren, fragte Tom: »Wollen wir nicht langsam mal los, die Schlüssel ausprobieren?«
Ich sah unsicher in die Runde. »Denkt ihr, das ist okay …?«
Ole nickte. »Leo will das doch auch.«
»Ja, geht ruhig«, entschied Anna. »Jakob, Linus und ich bleiben …«
»Nein!«, schimpfte Jakob. »*Ich* bleibe nicht hier. Ich habe gestern schon Wache geschoben, und außerdem will ich bei Paul sein, wenn er Orinoko findet.«
»Dann halte ich mit Anna, Linus und Kara die Stellung«, schlug Elektra vor. »Ich habe ohnehin am wenigsten Erfahrung mit dem Floßfahren. Auf mich könnt ihr gut verzichten.«

»Danke«, prustete Jakob erleichtert aus.
Ich musterte Elektra misstrauisch. Wollte sie Jakob wirklich einen Gefallen tun – oder war das nur Taktik, um sich beliebt zu machen? Man konnte bei ihr nie sicher sein, ob sie es ehrlich meinte oder allen nur etwas vorspielte, so wie dem Pförtner bei der Stadtentwässerung.
»Dann machen wir das so, oder, Paul?«, riss mich Anna aus meinen Gedanken.
»Mmmh?«, fragte ich abwesend.
»Also, Jakob darf mit, und falls es Leo schlechter gehen sollte und er tatsächlich in ein Krankenhaus muss, dann bringen Kara und ich ihn nach oben, und Elektra und Linus geben euch Bescheid.«
Ich nickte und hoffte, dass es nicht so weit kommen würde. Dann stiegen Vanessa, Jakob, die Zwillinge und ich in die Anglerhosen und brachen auf, um das letzte Stückchen der roten Route nach Orinoko abzusuchen.

Auf dem Weg durch den Schacht der Postbahn wurde mir abwechselnd heiß und kalt. Tagelang hatten wir versucht, Orinokos möglichen Aufenthaltsort einzukreisen. Wir hatten zwei Flöße gebaut und einen Schlüssel gestohlen. Wir hatten alles riskiert, und nun war es so weit: Wenn Orinoko lebte, dann musste ihn die Strömung genau dorthin gespült haben, wo wir jetzt nachsehen wollten.
Ich war hin- und hergerissen zwischen der glücklichen Erwartung, gleich mein kleines Krokodil zu sehen, und der furchtbaren Angst vor einer Enttäuschung. Was, wenn ich zu spät kam? Was, wenn es Orinoko nicht mehr län-

ger ausgehalten hatte? Wenn er sich vergiftet hatte? Was, wenn ...? Nein, so durfte ich nicht denken! Ich musste ganz fest daran glauben, dass ich ihn heute wiederfinden würde.

Der Glaube versetzt Berge, hatte unsere Nachbarin, Frau Rüdiger, immer behauptet und mir mal beim Treppewischen geschworen, dass ihre Schwester allein mit »Daran-Glauben« ihren Mann zurückbekommen hatte. Mit Suggestion und Gedankenkraft, hatte sie ganz genau gesagt.

Bislang hatte ich das für Unsinn gehalten. Klar, ein Forscher glaubt nur das, was er mit seinen Versuchsreihen belegen kann. Aber in dieser schrecklich ungewissen Situation klammerte ich mich an alles. Wenn Frau Rüdiger beteuert hätte, durch Walzer-rückwärts-Tanzen in roten hochhackigen Schuhen könnte man sich seine Wünsche erfüllen, dann hätte ich das jetzt wahrscheinlich auch getan.

Ohne Verzögerungen erreichten wir das Versteck der Flöße. Wir schipperten über die blaue Route zur roten und fuhren den Kanal gen Süden, Richtung Klärwerk, hinunter. Das Wasser stand hoch, fast bis zum Steg, und hatte eine reißende Strömung. Wir schossen mit ungeheurem Tempo durch die Fluten, so schnell wie noch nie. Trotzdem schien mir die Fahrt heute unendlich lange zu dauern. Als wir nach vier langen Stunden endlich das große Gitter erreichten, sprang ich schon vom Floß, bevor wir richtig angelegt hatten, und stürmte zu der eingelassenen Tür. Ich probierte den ersten Schlüssel. Er passte nicht. Der zweite ebenso. Der dritte ging ins Schloss, wollte sich aber keinen Millimeter

bewegen. Der vierte ließ sich leicht wie Butter einführen – und drehte sich ohne Mühe.
Die Tür sprang auf.
Für einen Moment schloss ich die Augen und konzentrierte mich ganz stark auf mein kleines Krokodil. Genau so, wie Frau Rüdiger gesagt hatte. Ich stellte mir vor, wie Orinoko wieder bei mir war, ich ihn unter der Schnauze kraulte und er behaglich grunzte.
Da stieß mich Ole ungeduldig in die Rippen. »Wir sollten ab jetzt sicherheitshalber zu Fuß weitergehen. Die werden nicht ohne Grund eine Sperre in den Kanal gesetzt haben.«
»Ja, wer weiß, ob der Fluss nicht gleich in einem riesigen Wasserfall mündet?«, sagte Tom.
»Oder in einer Häckselmaschine, die alles in Stücke reißt«, setzte Ole noch eins drauf.
Ich starrte sie entsetzt an.
»Proklijatie!«, schimpfte Vanessa. »Könnt ihr beiden nicht ein Mal euer blödes Maul halten?«
»Genau«, stimmte Jakob zu und zeigte den Zwillingen ärgerlich einen Vogel.
»Sie haben ja recht«, sagte ich. »Ab jetzt müssen wir mit allem rechnen.« Dann schritt ich durch die Gittertür.
Der Kanal neben uns war nun fast vier Meter breit. Die Wassermassen schwappten über den Rand, und das Rauschen und Sprudeln hallte laut von der hohen gewölbten Decke wider. Ich schwenkte meine Lampe hin und her und leuchtete jeden Zentimeter ab: den ungewöhnlich breiten Steg vor meinen Füßen, die gegenüberliegende Seite und das ganze breite, reißende Flussbett.

Ohne es zu merken, muss ich dabei immer langsamer geworden sein, denn plötzlich stupste mich Vanessa an. »Zehrimar! Wenn wir so schleichen, kommen wir nie an.«
Ich nickte und legte wieder einen Schritt zu. Mir graute davor, am Klärwerk anzukommen. Das war wie bei einer Tombola: Solange man das Los nicht geöffnet hatte, konnte man sich einbilden, den Hauptgewinn in den Händen zu halten. Man konnte sich vorstellen, was man damit alles machen würde, und die Welt rosarot malen. Aber wenn man den Zettel einmal auseinandergefaltet hatte und die Niete offen vor einem auf dem Tisch lag, dann war selbst das Träumen vorbei, und man wünschte sich, dass man das Los nie geöffnet und lieber die Hoffnung behalten hätte, als nun mit nichts dazustehen.
Mit dem Erreichen des Klärwerks kam der Moment der Wahrheit. Danach war es vorbei. So oder so. Und dieser Gedanke war kaum auszuhalten.
Um mir Mut zu machen, begann ich insgeheim wieder zu zählen, wie bei meinen ersten Schritten in der Kanalisation: Eins, zwei, eins, zwei ... damals war es auch gut gegangen ... eins, zwei, eins ...
Da spürte ich eine kleine Hand in meiner. Es war Jakob, der an mir vorbeidrängte und mich sanft zog. Ich fiel in den Rhythmus seiner Schritte ein. Eins, zwei, eins, zwei ...
Mit einem Ruck blieb ich stehen. Jakob stolperte, Vanessa rannte überrumpelt in mich hinein, und hinter ihr krachten Ole und Tom ineinander.
»Na pari i ey...« Vanessa wollte gerade richtig losdonnern, doch dann verschlug es auch ihr die Sprache.

Vor uns, im Schein der Grubenlampe, lag ein schäumender, aufgewühlter See. An den Rändern schlugen die Wellen hoch, und das Wasser spritzte zu allen Seiten. Aus der Wand an der Stirnseite ragten drei riesige Rohre. Dort, wo sie in den See eintauchten, verursachten sie drei reißende Strudel. Mit atemberaubender Geschwindigkeit sogen sie alles ein, was nicht niet- und nagelfest war. In Bruchteilen von Sekunden verschwanden Müll, Unrat – überhaupt alles, was die Kanäle bis hierher gespült hatten. Kein Lebewesen, außer einem Pottwal vielleicht, hätte jemals gegen diesen brutalen Sog ankommen können. Über uns ratterten die Pumpen, und es klang so, als würden sie jeden Gegenstand, der nicht flüssig oder größer als ein Sandkorn war, zermalmen.
Was hier landete und eingesogen wurde, das war verloren.
Hier war Endstation.
Niemals hätte Orinoko die Kraft gehabt, sich aus dem Strudel zu befreien und sich an den Rand zu retten.
Meine Suche war beendet.
Ich ließ Jakobs Hand los. Ohne ein Wort zu sagen, drehte ich mich um und ging zurück. Ich wollte niemanden sehen. Und ich wollte erst recht mit niemandem sprechen.

An den Rückweg erinnere ich mich nicht mehr. Ich weiß auch nicht, wie die Flöße wieder im Lager landeten. Betäubt fand ich mich irgendwann in einem der Sessel am Feuer wieder, mit einer Schale heißer Suppe auf den Knien. Alle schienen einen Bogen um mich zu machen, als wäre mein Unglück ansteckend. Ich nahm einen Löffel der dampfenden Suppe und dachte: Wenn ich wenigstens Orinokos Körper gefunden hätte, dann könnte ich ihn jetzt begraben und betrauern. Aber so konnte ich nicht einmal das.

Und dann dachte ich, dass Orinoko bestimmt irgendwo auf mich gewartet hatte. Stunden, Tage. Irgendwann hatte er aufgegeben. Weil ich nicht gekommen war, um ihn zu retten. Das war das Schlimmste. Er hatte mir vertraut. Und ich war nicht da gewesen.

Ich spürte einen fremden, noch nie da gewesenen Schmerz in meinem Bauch. Es fühlte sich so an, als würde er nie mehr wieder weggehen.

Wie lange ich dort in dem Sessel saß, kann ich nicht sagen. Nur, dass die Suppe eiskalt war, als ich das nächste Mal meinen Löffel hineintauchte. Irgendwann kam Linus, nahm mir den Teller von den Knien und fragte leise, ob er mir eine neue Portion bringen solle. Ich schüttelte den Kopf. Er legte mir einen Arm um die Schulter und drückte mich kurz. Dann starrte ich wieder in die Flammen und ließ die Zeit verrinnen.

»Man denkt, es geht nie vorbei, aber irgendwann wird es weniger«, flüsterte da eine Stimme. Ich drehte den Kopf. Es war Kara, die sich wie immer lautlos genähert hatte. »Eines Tages, da wachst du morgens auf, und es ist nicht mehr da.«

Ich sah sie traurig an. »Aber jetzt ist es furchtbar.«

»Ich weiß.«

Es fiel mir schwer, meine Tränen zurückzuhalten.

Sie streichelte tröstend meine Wange. »Wir haben alles versucht.«

»Haben wir?«

»Würdest du irgendetwas anders machen?«

Ich zuckte mit den Schultern.
Sie lächelte sanft. »Siehst du, das ist doch schon was.«
Ich wischte mir über das Gesicht und nickte.
»Leo hat nach dir gefragt«, flüsterte sie.
»Geht es ihm besser?«, fragte ich, doch da war sie schon wieder so lautlos verschwunden, wie sie gekommen war.
Ich stand auf, ging in den Seitenflügel und legte mich neben Leo auf mein Bett. Wir sprachen nicht. Was sollten wir auch sagen? Ich starrte einfach an die Decke des Gewölbes. Wenn ich Frau Rüdiger jemals wiedersehe, dachte ich, dann muss ich ihr unbedingt sagen, dass der Mann ihrer Schwester wahrscheinlich nur zurückgekommen ist, weil er Miete sparen wollte. Oder keine Lust hatte, seine Hemden selbst zu bügeln. Aber ganz sicher hatte das nichts mit Gedankenkraft oder Fest-dran-Glauben zu tun. Sonst hätte ich Orinoko bestimmt gefunden.

Krokodilier sind poikilotherm. Das bedeutet, dass ihre Körpertemperatur von der Temperatur der Umgebung bestimmt wird. Besonders kleinere Tiere sind daher auf wärmende Sonnenstrahlen und eine milde Wassertemperatur angewiesen. Die meisten Arten bevorzugen Temperaturen über zehn Grad Celsius. Lediglich erwachsene Exemplare des Mississippi- und des China-Alligators können vorübergehend in Eis und Schnee bei minus drei Grad überleben.

19. Um die Ecke gedacht

Am nächsten Morgen erwachte ich von leisem Gemurmel, das durch die Tücher des Büros drang. Schlaftrunken richtete ich mich auf und sah zwei Schatten, die sich über den Tisch mit der Kanalnetzkarte beugten. War Leo etwa schon wieder aufgestanden? Verwirrt rieb ich mir die Augen. Nein, Leo lag noch immer neben mir. Seine Gesichtszüge wirkten entspannt, und er schmatzte leise im Schlaf. Es schien ihm tatsächlich wieder besser zu gehen.

Langsam wurde ich richtig wach, und nun erkannte ich auch die Stimmen, die aus dem Büro drangen: Sie gehörten Anna und Elektra. Was taten die beiden da? Doch in der Sekunde, als ich das letzte Stückchen Müdigkeit abgeschüttelt hatte, meldete sich schlagartig und ohne Vorwarnung der

bittere Schmerz zurück. Er hatte kein Stück nachgelassen. Ich habe Orinoko verloren, schoss es durch meinen Kopf – und das verjagte jeden anderen Gedanken.
Unglücklich rappelte ich mich auf und schlurfte zu Linus in die Küche. Vielleicht half es, wenn ich etwas aß?
»Ein Honigbrot am Morgen vertreibt Kummer und Sorgen«, versuchte Linus mich aufzumuntern und hielt mir das Brettchen mit den Schnitten hin. Ich nahm mir etwas zu essen und eine Tasse Kakao und ließ mich in einen der Sessel am Feuer fallen. Neben dem elenden Drücken im Magen stieg nun auch noch ein Gefühl der Verlorenheit in mir auf. Ich kam mir nutzlos und überflüssig vor.
Bisher war jeder Tag in der Kanalisation davon bestimmt gewesen, Orinoko zu suchen. Darum war ich überhaupt hier runtergekommen. Und davor, als ich noch zu Hause lebte, hatte ich mich mit meinen Forschungen beschäftigt und war zur Schule gegangen. Nun wusste ich überhaupt nicht mehr, was ich mit mir anfangen sollte. Ausgerechnet in dem Moment, in dem ich mich am dringendsten ablenken musste!
Um irgendetwas zu sagen, fragte ich Linus: »Was machen die da im Büro?« Ich zeigte auf Annas und Elektras Schatten hinter den Vorhängen.
»Das Feuerholz geht zur Neige«, antwortete Linus. »Anna arbeitet eine Route für einen Einholgang aus.«
Ich nickte und nahm einen kleinen Bissen von dem Brot. Immerhin gab es etwas zu tun, auch wenn es nur das Besorgen von Feuerholz war.
Da streckte Anna den Kopf zwischen den Tüchern hervor

und schaute sich suchend um. Als sie mich an der Feuerstelle entdeckte, winkte sie mir aufgeregt zu. Ich sah Linus fragend an, doch der zuckte nur mit den Schultern. Also stand ich auf und ging ins Büro.
Anna und Elektra saßen über die große Karte des Kanalnetzes gebeugt und schienen bester Laune.
»Elektra hat eine super Idee!«, rief Anna begeistert, kaum dass ich die Tücher beiseitegeschoben hatte.
Ich nickte stumm. Reichte nicht das Drücken im Bauch und das Gefühl von Nutzlosigkeit? Musste auch noch eine super Idee von Elektra hinzukommen? Ausgerechnet von ihr, der ich all diese schmerzhaften Empfindungen zu verdanken hatte!
Ich starrte auf ihre roten Locken, und plötzlich schnappten die Erinnerungen wie ein Kinofilm ein: Ich sah die Kloschüssel, ihren kläffenden Köter, die lila Kopfhörer und Orinoko, der im Strudel der Spülung verschwand.
»Guck mal«, holte mich Anna aus meinen Erinnerungen zurück. »Hier haben wir doch das letzte Mal ein Lebenszeichen von Orinoko gesehen, stimmt's?«
Ich sah sie entgeistert an. Wollte sie sich über mich lustig machen? Hatte sie etwa Spaß daran, mich zu quälen? Was spielte es noch für eine Rolle, wo wir das letzte Lebenszeichen von Orinoko gesehen hatten?!
»Also, ich weiß nicht viel über Krokodile«, mischte sich nun Elektra fröhlich mit ein. »Aber ich weiß, dass …«
Weiter kam sie nicht, denn nun brüllte ich los. Der ganze große Klumpen Traurigkeit in meinem Bauch explodierte mit einem Mal. Wie bei einer Sprengung mit hundert Dy-

namitstangen schleuderten die Worte aus meinem Mund. »Gar nichts weißt du!«, schrie ich sie an. »Überhaupt nichts! Nichts von Krokodilen und nicht, was du mir angetan hast! Hau ab, lass mich endlich in Ruhe! Ich wünschte, ich wäre dir nie begegnet! Ich wünschte, du wärst einfach nicht da!«

Für einen Augenblick war Elektras Gesicht wie versteinert. Doch dann begannen ihre Schultern zu beben, und als sie loskreischte, klang ihre Stimme so schrill, dass ich Angst hatte, die Gläser in der Lagerküche könnten zerspringen.

»Was habe ich dir getan?!«, schrie sie. »Was habe ich falsch gemacht, außer dass ich die Tochter einer Mutter bin, die sich leider, leider in deinen Vater verliebt hat! Was?! Sag es mir! Los! Meinst du, ich fand das toll?! Ich hab mir das auch nicht ausgesucht! Aber meine Mutter war glücklich, und da habe ich halt versucht, irgendwie damit klarzukommen und dieses Scheißspiel von glücklicher Familie mit Ruderausflügen und Kinobesuchen mitzumachen!«

Ich schnappte nach Luft, doch bevor ich etwas sagen konnte, tobte sie weiter: »Aber weißt du was? Es ist mir jetzt auch scheißegal, was du von mir hältst und wie du mich findest! Denn du bist eine ekelige, egoistische Kröte, die nur an sich denkt! Hast du auch nur ein einziges Mal überlegt, wie es allen anderen ging, als du einfach verschwunden bist?! Weißt du, wie sehr dein Vater leidet? Weißt du, dass meine Mutter und er wieder auseinanderziehen wollen, nur damit du zurückkommst?! Weißt du, dass meine Mutter ihre Premiere abgesagt hat, damit sie deinem Vater bei der Suche helfen kann?! So etwas hat sie für mich noch nie getan!« Elektra spritzten vor Wut die Tränen beinahe waagerecht aus den Augen. »Nicht mal, als ich wegen einer Blinddarmoperation im Krankenhaus lag, hat sie eine Vorstellung abgesagt! Aber für dich, für DICH hat sie das getan! Und du blöde, selbstgefällige Kröte sitzt hier unter der Erde, bemitleidest dich und wagst es, mich eine Zerstörerin zu nennen! Dabei bist du selbst der größte Zerstörer von allen!«

»Ich … ich wusste nicht …«, stotterte ich.

»Nee!«, zischte Elektra und zog verächtlich einen Mundwinkel hoch. »Du weißt gar nichts. Aber damit du mal eins weißt: Wir haben tausend Suchplakate in der Stadt aufgehängt. Das ganze Haus hat mitgemacht, um dich Blödmann wiederzufinden. Frau Rüdiger hat sogar versucht, dich mit Gedankenkraft oder so einem komischen Kram zurückzuholen.«

Ich hätte ihr natürlich sagen können, dass das sowieso nicht funktioniert, aber das war wohl nicht der richtige Zeitpunkt. Außerdem kam ich überhaupt nicht mehr dazu, irgendetwas zu sagen, denn nun drehte sich Elektra um und verließ das Büro.

»Manchmal bist du echt ein Idiot, Paul«, stellte Anna kopfschüttelnd fest. »Sie hat die ganze Nacht über der Karte gebrütet. Und dann hatte sie die Idee!« Anna drehte sich zurück zum Plan des Kanalnetzes und pikte mit dem Finger auf eine Stelle entlang der roten Route. »Wenn man nämlich hier, wo wir das letzte Lebenszeichen von Orinoko gesehen haben, um die Ecke biegt und ein Stück gegen den Strom weitergeht, dann kommt man zu dieser Großwäscherei. Dort ist das Wasser wärmer als irgendwo anders in der Kanalisation. Und Elektra sagt, dein Vater habe mal erzählt, dass in den USA in der Nähe von Atomkraftwerken, wo das aufgewärmte Kühlwasser zurück in die Flüsse fließt, besonders viele Krokodile leben. Weil die Wärme sie anzieht.«

»Das stimmt«, gab ich leise zu.

»Schön.« Anna zog die Vorhänge auseinander. Bevor sie hinausschlüpfte, drehte sie sich noch einmal um. »Elektra weiß übrigens eine ganze Menge über Krokodile.« Damit verschwand sie.

Da stand ich nun: das elende Drücken im Bauch, die Nutzlosigkeit in den Knochen und nun auch noch das beschämende Gefühl im Kopf. Mein Vater vermisste mich. Katharina hatte ihre Opernpremiere abgesagt, und alle zusammen hatten nach mir gesucht. Das Furchtbare war: Ich war mir absolut sicher, dass Elektra dieses eine Mal nicht log. Woher hätte sie sonst die Sache mit Frau Rüdiger und der Gedankenkraft wissen sollen?

Nicht mal der schlimmste Fluch von Vanessa hätte für diesen Superschlamassel ausgereicht! Warum hatte ich nicht wenigstens eine blöde Beruhigungs-SMS an meinen Vater geschickt? Wahrscheinlich, weil ich eine egoistische Kröte war, so wie Elektra gesagt hatte.

Das alles zusammen wäre nicht zu ertragen gewesen, wenn da nicht plötzlich dieser schmale silberschimmernde Lichtblick gewesen wäre. Den ich einzig und allein Elektra zu verdanken hatte. Wieso war ich Vollidiot nicht selbst darauf gekommen?! Ich wusste doch, dass es einen Mississippi-Alligator dorthin zog, wo es warm war!

Ich schämte mich vierfach. Vor meinem Vater, vor Katharina, vor Orinoko und vor Elektra. Und ein bisschen auch noch vor Frau Rüdiger, der sicher vor lauter Gedankenanstrengung der Kopf geraucht hatte. Ich ließ mich auf eine Holzkiste fallen und starrte auf die Karte. Natürlich war es wahrscheinlicher, dass Orinoko mit dem Strom schwamm. Jedenfalls, solange es keinen triftigen Grund gab, warum er abbiegen sollte. Aber den gab es nun. Ich hatte einfach nur nicht um die Ecke gedacht.

Ich hörte, dass draußen vor dem Büro die letzten Vorbereitungen für die Feuerholzbeschaffung gemacht wurden, und beschloss, lieber still hinter den Tüchern zu warten, bis der Trupp um Anna und Elektra verschwunden war.

Nachdem die Luke zum Gang nach unten endlich zugeklappt war, zählte ich noch bis zehn, dann trat ich zwischen den Tüchern hinaus ins Gewölbe.

Am Feuer saßen die Zwillinge und Kara. Als Tom mich sah, stand er auf. »Ich dachte schon, du kommst nie mehr da raus. Können wir los?«

Ich sah ihn überrascht an. »Was? Wohin?«

Tom guckte nicht minder verwirrt zurück. »Anna hat gesagt, sie hätten eine Idee, wo dein Krokodil vielleicht sein könnte.«

»Also, wollen wir nun nachgucken oder nicht?«, fragte Tom ungeduldig.

Kara zeigte auf Linus, der in den Töpfen rührte. »Er bleibt bei Leo.«

Linus seufzte. »Ja, wenn hier ein Chaos wie in einer italienischen Minestrone herrscht, dann muss wenigstens einer die Ruhe bewahren und die Stellung halten.«

»Danke«, sagte ich ziemlich kleinlaut, denn dass die anderen mir noch helfen wollten, war irgendwie keine Selbstverständlichkeit.

Ich ging zu meinem Bett, um die Grubenlampe zu holen. Leo lag still, aber mit aufgeschlagenen Augen bäuchlings auf der Matratze.

»Tut mir leid, wenn ich dich eben mit meinem Gebrüll geweckt habe«, murmelte ich.

»Kein Problem«, sagte er. »Mir geht es heute schon besser. Ich will nachher mal versuchen aufzustehen.«

»Das klingt gut«, sagte ich. »Ist es denn okay, wenn wir gehen?«

»Unbedingt!«

»Also dann«, sagte ich. »Bis nachher.«

»Paul?«

Ich blieb stehen.

Leo sah mich besorgt und voll Mitgefühl an. »Natürlich ist es möglich, dass Orinoko dorthin geschwommen ist, aber …« Er zögerte.

»Ich mache mir keine allzu große Hoffnung, schon klar«, beendete ich seinen Satz.

»Gut«, sagte Leo erleichtert. »Ich wünsche dir trotzdem viel Glück.«

Ich nickte und ging auf die andere Seite des Gewölbes, um in meine Ausrüstung zu steigen. Dann schleppte ich mit den Zwillingen und Kara das große Floß hinunter zum Wasserfall und brach zu einer letzten Suchfahrt nach Orinoko auf.

Nach fast fünf Stunden gelangten wir endlich an die Abzweigung, die zu der Großwäscherei führte. Wir beschlossen, das Floß in einem kleinen Seitenkanal zu lagern und zu Fuß weiterzugehen. Der Steg war einigermaßen breit, und die kleinen Zuläufe, die von rechts und links in den Kanal mündeten, konnten wir mit unseren Anglerhosen mühelos durchwaten. Durch die Gummihaut spürte ich, dass das Wasser mit jedem Schritt, den wir vorankamen, wärmer wurde.

»Ich glaube, hier fließt außer den Abflüssen von der Wäscherei nur Regenwasser!«, rief Ole vom Ende unserer kleinen Schlange. »Es stinkt kein bisschen.«

»Nur nach Aprilfrische«, ergänzte Tom grinsend.

Es stimmte. Das Wasser, das uns entgegenfloss, war relativ sauber und klar. Noch ein Grund mehr, dass Orinoko sich hierhergeflüchtet haben konnte.

Nach einiger Zeit machte der Kanal ein paar scharfe Knicke. Dann mündete er in ein kleines Schotterbecken, in das unaufhörlich leicht seifige Abflüsse gespült wurden. Ich streckte eine Hand ins Wasser. Es war pipiwarm.

»Wow«, sagte Tom, »eine riesige Badewanne!«

Um zügig die Ränder zu untersuchen, teilten wir uns auf: Die Zwillinge gingen rechts und Kara und ich links um das Becken herum.

»Orinoko?«, rief ich. »Orinoko!«

Ich schnalzte, ich lockte.

Zweimal. Dreimal. Zehnmal. Zwanzigmal.

Nichts.

Wir leuchteten jeden Winkel ab und untersuchten selbst die kleinsten Flecke auf dem grauen ausgewaschenen Betonrand, der ringsherum führte. Doch nirgends gab es auch nur den kleinsten Hinweis auf Orinoko. Ich drehte mich niedergeschlagen zu den anderen. Tom, Ole und Kara wichen meinem Blick aus.

»Einen Versuch war es wert«, sagte ich und bemühte mich dabei um eine feste Stimme. »Ich danke euch, dass ihr noch mal mitgekommen seid.«

Ole klopfte mir tröstend auf die Schulter. »Es soll hinterher keiner sagen, wir hätten nicht alles probiert.«

»Eben. Jetzt hast du alles getan, was überhaupt möglich war«, versuchte Tom mich aufzubauen.

Ich nickte tapfer. »Eigentlich standen die Chancen, dass er hier sein könnte, ohnehin schlecht.«

Mit diesen Worten schob ich mich an den anderen vorbei und wollte gerade wieder in den Zulauftunnel biegen, da machte es hinter mir »Quak«.

Ich fuhr herum.

Noch einmal: »Quak.«

Kein Zweifel. Das war der Ruf eines jungen Krokodils!

Hektisch leuchtete ich mit meiner Grubenlampe über das Wasser – und da sah ich ihn. Erst nur die lange, schöne Schnauze und die silberfarbenen Augen, aber dann tauchte der dunkle gepanzerte Rücken mit den gelben Streifen auf.

»Quak!«, machte Orinoko erneut. Ich hätte mich am liebsten zu ihm in das Becken gestürzt. Auf dem Bauch rutschte ich ganz nah an den Rand, hielt die Hände ins Wasser und wedelte hin und her. »Komm, Orinoko«, lockte ich. »Komm zu mir.«

Er legte seine kleinen Beinchen flach an und schwamm mir

mit schnellen Wellenbewegungen zielstrebig entgegen. Als er es geschafft hatte, legte ich meine Hände um seinen Körper und zog ihn aus dem Wasser. Orinoko schlug aufgeregt mit dem Schwanz. Ich drückte mein Gesicht an seinen warmen ledrigen Bauch und taste mit meinen Fingern die Panzerplatten seines Rückens ab.
»Kneif mich mal«, bat ich Kara mit erstickter Stimme.
Im nächsten Moment spürte ich tatsächlich ein Zwicken auf meinem Handrücken. Ich träumte nicht. Orinoko lebte, und er war bei mir! Wir hatten uns wiedergefunden. 8000 Kilometer Kanalnetz waren nicht groß genug, um uns zu trennen. Meine Knie wurden so weich, dass ich mich setzen musste. All die Angst, die Vorwürfe, all die schrecklichen Sorgen lösten sich mit einem Male auf und verschwanden. Es war, als würde eine schreckliche Last von meinen Schultern genommen. Ich konnte meine Freudentränen nicht zurückhalten. Es war ein unsagbares Glück, ein wirkliches Wunder, und ich schwor mir: Nie, niemals wieder würde irgendjemand Orinoko und mich noch mal auseinanderbringen.

Ich trug meinen kleinen Alligator den ganzen langen Weg allein zurück ins Lager. Immer wieder zuckte er bei plötzlichen Geräuschen oder schnellen Bewegungen der anderen zusammen. Er stand unter Schock. Aber wen wunderte das? Nach all dem, was er erlebt hatte! Wenn er ganz unruhig wurde, blieb ich stehen und kraulte ihn unter der Schnauze. Dann gab er bald wieder sein wohliges Grunzen von sich. Ein paarmal bot ich ihm die Köder an, die ich immer noch in meiner Brusttasche trug, doch er wollte nichts fressen.

»Wahrscheinlich ist er genauso aufgeregt wie ich«, sagte ich zu Kara. »Ich würde jetzt auch keinen Bissen herunterkriegen.«

Als wir an der Brücke hinter dem Wasserfall ankamen, öffnete Ole die Luke und sagte: »Wir gehen zuerst hoch und tun so, als hätten wir ihn nicht gefunden. Dann ist die Überraschung doppelt groß, wenn du mit Orinoko kommst.«

Kara und die Zwillinge krabbelten vor mir den Gang hinauf. Ich schloss hinter Orinoko und mir die Tür, und dann schob ich ihn vorsichtig nach oben. Das fand er nicht besonders lustig. Es dauerte ziemlich lange, bis wir endlich das Ende des Gangs erreicht hatten.

Schon auf den letzten Metern vernahm ich leise Stimmen vom Feuer. Die anderen waren also schon von ihrem Einholgang zurück. Ich kroch aus der Luke und zog Orinoko hervor.

»Hallo?«, rief ich laut. »Darf ich vorstellen: das elfte Mitglied der Kanalbande, Orinoko!«

Eine Sekunde war es ganz still, dann stürzten sich alle jubelnd auf Orinoko und mich. Ich setzte ihn auf den Boden. Aufgeregt ließ er seine silbernen Augen durch das Gewölbe schweifen und stakste auf durchgestreckten Beinchen über den Steinboden.

Nach den endlos langen Tagen der Suche wollten natürlich alle Orinoko von Nahem sehen und gucken, wie er sich bewegte und reagierte.

»Nicht rechts und links der Schnauze anfassen«, warnte ich lachend. »Dann schnappt er. Das ist ein natürlicher Reflex.«

Jakob war so aufgekratzt, dass er wie ein Gummiball zwischen den Säulen herumsprang, und Linus musste sich vor lauter Rührung eine Träne aus dem Augenwinkel wischen. Sogar Leo rappelte sich von seinem Bett hoch und kam, auf einen Stock gestützt, heran. Er umarmte mich und flüsterte mir ins Ohr: »Ich habe es dir doch gesagt: Wir finden dein Krokodil!«

Ungefähr fünf Mal mussten die Zwillinge erzählen, wie Orinoko aus dem Wasser aufgetaucht war und wie blöd ich aus der Wäsche geguckt hatte, als das erste Quaken kam. Alle schwatzten durcheinander, lachten und freuten sich mit uns – da fiel mein Blick auf Elektra, die ganz allein am Feuer saß, tief in einen Sessel gesunken. Traurig starrte sie in die Flammen.

»Wir sind gleich wieder zurück«, murmelte ich, hob Orinoko vom Boden und trug ihn zur Feuerstelle. Behutsam legte ich Elektra meinen kleinen Alligator in den Schoß. »Er wollte dir gern Hallo sagen.«

Elektra sah kurz auf, dann strich sie sanft über Orinokos Rücken. »Hallo, Orinoko«, flüsterte sie. »Schön, dass du wieder da bist.« Weiter konnte sie nicht sprechen, denn nun kullerten Tränen ihre Wangen hinunter.

»Es tut mir leid«, sagte ich leise.

»Mir auch«, antwortete sie und schnäuzte sich.

Wir sahen uns an, und dann mussten wir plötzlich lachen.

»Geht es ihm gut?«, fragte Elektra.

»Er ist ein bisschen schreckhafter als sonst, und fressen wollte er auch nichts. Das ist aber wahrscheinlich die Aufregung.«

»Ich habe dir auch etwas mitgebracht. Von oben«, sagte

Elektra und zog einen Fetzen Papier aus der Hosentasche. Ich betrachtete das abgerissene Stück. Es zeigte die Hälfte eines alten Fotos von mir. Darüber war zu lesen: *Vermis*. Ganz eindeutig handelte es sich um den Ausschnitt eines Suchplakats.

»Wir sind wirklich jeden Tag losgezogen und haben Hunderte Aushänge in der Stadt verteilt.«

»Ich weiß. Also, ich glaube dir«, sagte ich.

Sie schien überrascht. »Die Dinger waren jeden Morgen wieder abgerissen. Bestimmt habt ihr deshalb auch nie eins gefunden. Es war reiner Zufall, dass ich diesen Schnipsel heute entdeckt habe.«

»Aber warum hat sie jemand abgerissen?«, fragte ich. »Wer sollte so etwas tun?«

Sie zuckte mit den Schultern. »Keine Ahnung. Erst dachten wir, du wärst es selbst. Es war so, als würde dieser Jemand nicht wollen, dass wir dich finden.«

»Komisch«, sagte ich nachdenklich.

Da gab mir Elektra mit dem Ellenbogen einen kräftigen Stoß in die Seite. »Also, glaubst du mir jetzt endlich, du blöde Kröte?«

»Ja, Monster!«, erwiderte ich.

»Ich dachte, ich wäre die Ziege«, sagte sie lachend.

»Nee, das ist deine Mutter.«

Elektra grinste. »Na ja, manchmal ist sie das auch.«

»Hilfst du mir, ein Gehege für Orinoko zu bauen?«, fragte ich.

Elektra schälte sich aus ihrem Sessel. »Klar. Dann mal los. Blödmann.«

Es ist bei Mississippi-Alligatoren durchaus üblich, dass die Jungen aus verschiedenen Jahrgängen in einer Gruppe mit ihrer Mutter zusammenleben. Sie bilden eine Großfamilie mit einer riesigen Geschwisterschar – auch wenn sie unterschiedliche Väter haben.

20. Keine Sonne in Sicht

Als ich am nächsten Morgen aufwachte und in den rechten Seitenflügel rannte, fürchtete ich kurz, dass ich alles nur geträumt haben könnte. Doch dann sah ich Orinoko in dem behelfsmäßig abgetrennten Gehege friedlich auf den Steinen dösen. Es war Wirklichkeit. Er war wieder da.

In den nächsten zwei Tagen legte ich mithilfe von Elektra, Vanessa und Jakob ein richtiges großes Krokodilgehege an. Aus einem Planschbecken schnitten wir ein flaches Wasserbassin, in dem Orinoko schwimmen konnte. Darum herum formten wir mit Erde und Steinen eine kleine Hügellandschaft. Das sah schön aus, aber ein wenig kahl. Schließlich brauchte Orinoko Zweige und Äste, unter denen er sich verstecken konnte. Deshalb trennten wir vier uns beim nächsten Einholgang von den anderen Bandenmitgliedern und gruben in der Rabatte eines Supermarkts kleine Büsche und Grasinseln aus. Die pflanzten wir nach unserer Rückkehr

in alte Joghurtbecher und platzierten sie zwischen den Steinen. Nun sah das Gehege wie ein echtes Flussufer aus.
An diesem Abend veranstalteten wir eine große Party. Die Zwillinge schmückten das Gewölbe mit Kerzen und Papiergirlanden, und Linus stellte Schalen mit Chips und Salzstangen auf. Wir stießen mit Cola an, weihten das Krokodilgehege ein und feierten, dass Orinoko wieder da war und es Leo endlich besser ging. Er war zwar immer noch etwas wackelig auf den Beinen, und bei manchen Bewegungen sah ich, wie er die Zähne aufeinanderbeißen musste, um vor Schmerz nicht aufzustöhnen. Aber die Heilung war so gut vorangeschritten, dass die Zwillinge ihm die ärztliche Erlaubnis für unsere kleine Feier gegeben hatten.
Am gelassensten von allen nahm Orinoko die Party. Er lag bewegungslos in seinem Bassin und streckte nur Augen und Nase aus dem Wasser.
»Hat er denn inzwischen mal etwas gefressen?«, fragte Linus besorgt.
Ich schüttelte den Kopf. »Aber das ist bei dem Durcheinander, das er erlebt hat, nicht ungewöhnlich. Er muss sich einfach noch ein bisschen von dem ganzen Stress erholen und in seinem neuen Zuhause eingewöhnen.«
»Also, ich finde, er sieht aus, als würde er sich pudelwohl fühlen«, stellte Jakob fest.
»Hey, ich habe eine super Idee!«, rief Ole da aufgeregt. »Wenn hier jemals ein Kanalarbeiter den Gang hochkommt, dann schicken wir ihm Orinoko entgegen.«
Tom rieb sich begeistert die Hände. »Oh ja! Was meint ihr, wie schnell die wieder weg sind!«

Bei der Vorstellung, wie Kanalinspektor Richter den Gang hochkrabbelte und Orinoko in die Augen sah, kriegten wir uns vor Lachen nicht mehr ein.

»Jeepers Creepers! Wie gern ich dann sein Gesicht sehen würde!«, prustete Vanessa.

Wir waren so ausgelassen, dass wir begannen, alberne Spielchen zu spielen wie die Reise nach Jerusalem und Würstchenschnappen – bei dem natürlich Linus als Sieger hervorging. Wir kringelten uns vor Lachen und tanzten laut singend um das Feuer, bis wir keuchend in die Sessel fielen.

Ich wusste nicht, wann ich das letzte Mal so glücklich gewesen war. Orinoko und ich waren wieder zusammen. Ich hatte eine neue Familie, die mit mir durch dick und dünn ging, und sogar mit meiner Todfeindin Elektra hatte ich mich versöhnt. Mein Leben war wunderbar. Glücklich und zufrieden blinzelte ich in die Flammen, da musste ich plötzlich an zu Hause denken. An meinen Vater, der sich vor Sorgen grämte, während ich hier unten fröhlich feierte. Ich kannte dieses Gefühl nur zu gut: diese bohrende Angst, wenn man fürchtet, es könnte dem, den man lieb hat, etwas passiert sein.

Ich beschloss, meinem Vater endlich eine SMS zu schicken, bei allernächster Gelegenheit. Irgendwie musste ich das hinkriegen. Und falls es mir innerhalb der nächsten Woche nicht gelang, den Akku meines iPhones aufzuladen, dann würde ich ihm halt einen Brief schreiben. Dagegen war ja wohl vonseiten der Kanalbande nichts einzuwenden. Wo ich ihn schon nicht besuchen konnte. Zum ersten Mal machte mich das traurig. Wie gern hätte ich jetzt mit ihm über Orinokos Zustand gesprochen. Wir hatten uns immer über unsere Krokodile ausgetauscht. Gemütlich am Abendbrottisch, bei herrlichen selbst gemachten Frikadellen … Ich hatte genau den Duft in der Nase …

In dem Moment fasste Leo, der im Sessel neben mir saß, meine Hand und sagte: »Ich bin froh, dass du da bist.«

»Ich auch!«, rief Jakob und nahm meine andere Hand.

Ich sah sie an und nickte. »Ja, ich bin auch froh, dass ich hier bin.« Und der Geruch der Frikadellen verschwand so schnell, wie er gekommen war.

In den nächsten Tagen durchstöberten wir mit Kara die Tunnel im weiteren Umkreis, um einen Stromanschluss zu finden. Jetzt, wo Orinoko wieder da war, konnten wir uns mit Volldampf diesem Projekt widmen. Wenn wir uns nicht damit beschäftigten, probierten wir, in Konservenbüchsen Kuchen über dem Feuer zu backen, oder spielten *Großer Preis* und angelten Sachen aus den Kanälen. Vorm Einschlafen verfolgten wir Leos phantastische Stücke im Schattentheater. Alles war wunderbar – außer dass Orinoko ungewöhnlich ruhig war und immer noch nichts fressen wollte. Natürlich hatten Krokodile auch in der freien Natur immer wieder Phasen des Fastens, weil sie einfach keine Nahrung fanden. Aber Orinoko hatte ja Futter. Er wollte nur nichts. Das bedeutete, dass er großen Stress hatte, obwohl ihn außer mir niemand anfasste und sein Leben wieder sehr ruhig und geordnet verlief. Langsam machte ich mir Sorgen.

Ich holte feinstes Rindfleisch aus den Containern und sammelte ständig frische Insekten und seine Lieblingskäfer. Das war kein Problem, denn ich musste sowieso alle zwei Tage nach oben, um neue Pflanzen für das Krokodilgehege zu holen. Denn egal wo ich die Büsche und Gräser ausgrub und welche Sorten ich auch wählte – schon nach kürzester Zeit ließen sie ihre Blätter hängen, und die Zweige wurden ganz schlapp, so als wären sie aus Gummi. Nachdem ich zum vierten Mal alle Pflanzen ausgetauscht hatte, dämmerte mir, was ihnen fehlte: Sonne.

Nichts wuchs und gedieh in totaler Dunkelheit.

Auch kein Krokodil.

War das der Grund, warum Orinoko immer noch nicht fraß und sich nicht erholte?

Da fiel mir die grausame Geschichte von der Gruppe Mohrenkaimane ein. Es war etwa zwei Jahre her, da hatten Leute vom Tierschutz die völlig verwahrlosten Echsen ins Zoologische Institut gebracht. Ihre Rücken waren merkwürdig verformt, und teilweise waren sogar die Kieferknochen aufgeweicht gewesen.

Mein Vater hatte mir damals erklärt, woran es lag: Ihr Terrarium hatte in einem komplett dunklen Keller gestanden, und ohne Sonnenlicht weichten bei Krokodilen die Knochen auf. Je jünger sie waren und je schneller sie deshalb wuchsen, desto gefährlicher war es.

Mir wurde ganz übel. Mit Schrecken erinnerte ich mich, dass damals nur der größte und älteste Mohrenkaiman überlebt hatte. Bei den jüngeren Tieren war die Knochenaufweichung so weit fortgeschritten, dass sie mit ihren schlappen Kiefern nicht mehr fressen konnten und verhungerten.

Wie hatte ich das nur vergessen können! Ich Vollidiot! Dabei wusste ich doch, dass zur Grundausstattung jedes anständigen Terrariums eine UV-Lampe gehörte, weil eben nur die den Mangel an lebensnotwendigem Sonnenlicht ausgleichen konnte!

Wir brauchten eine UV-Lampe. Sofort.

Aber woher bekam ich dafür den Strom?

Ich rannte zu Leo ins Büro. Meine Stimme überschlug sich vor Aufregung, als ich ihm von meinen Befürchtungen berichtete. Leo nickte nachdenklich und fragte dann: »Können wir so eine UV-Birne nicht an das Dynamofahrrad anschließen?«

»Es geht nicht um kurz mal ein bisschen Licht. Die Lampe muss rund um die Uhr brennen. Dann müsste ständig einer auf dem Rad sitzen und strampeln.«

Leo rief Kara hinzu. Auch sie hatte Zweifel, dass die Idee mit dem Dynamorad funktionierte. Stattdessen schlug sie vor, mit einer großen Autobatterie die Zeit zu überbrücken, bis wir einen richtigen Stromanschluss gefunden hatten. »Wohnmobile machen das auch nicht anders, wenn sie unterwegs sind.«

»Und wieso haben wir dann nicht längst so eine Batterie?«, fragte Leo etwas vorwurfsvoll.

»Weil man die nach kurzer Zeit wieder aufladen muss – und wo sollen wir das tun?«, entgegnete Kara. »Außerdem sind sie schwer und unhandlich. Es wird nicht so leicht, die nach unten zu bekommen und zum Lager zu transportieren.«

Trotzdem war es fürs Erste eine Lösung. Vanessa wusste, wo es ein Geschäft mit Wohnmobilen gab. Dort wollten wir in der folgenden Nacht auftauchen und eine Batterie ausbauen.

Erst lief alles glatt: Wir erreichten zügig den Laden und bauten in null Komma nichts die Batterie aus. Doch gerade als wir den schweren Kasten mit Seilen verknotet hatten und in den Schacht hinunterlassen wollten, knallte eine Tür.
»Stehen bleiben!«, schrie ein Mann in Wachuniform und rannte auf uns zu.
Hektisch ließen wir die Batterie fallen, sprangen in den Kanalschacht und schlossen den Deckel. Über uns knirschte Kies, und dann hörten wir, wie der Mann zum Handy griff und die Polizei alarmierte.
»Weg hier!«, entschied Leo.
In Windeseile bauten wir unseren Stern ab und zogen uns zurück.
»Jetzt wissen die genau, was wir haben wollen«, schimpfte Anna, als wir nach Hause zum Lager stapften. »Eine Batterie neben einem Kanaleinstieg! Einen besseren Hinweis hätten wir Richter und seinen Leuten gar nicht geben können.«
Und so war es: Wo immer wir in den nächsten Tagen bei einem Wohnwagenhändler aussteigen wollten, das Gelände war bewacht.
Nach dem fünften vergeblichen Versuch rief mich Leo ins Büro. »Die Idee mit der Wohnmobilbatterie können wir vergessen. Das ist momentan zu riskant.«
»Und jetzt?«, fragte ich ängstlich. »Orinoko wird jeden Tag schlapper. Er kriecht nur noch im Schneckentempo ins Wasser – wenn er sich überhaupt mal bewegt.«

»Wir suchen weiter nach einer Stromleitung«, versuchte Leo mich zu beruhigen. »Wir weiten das Gebiet aus. Kara wird eine Lösung finden. Ganz sicher.«

Ich sah ihn skeptisch an. Seit ich hier unten war, suchte die Bande nach einem Stromanschluss. Warum sollten wir ausgerechnet jetzt Erfolg haben?

Leo schien meine Gedanken mal wieder zu erraten. »Pass auf«, sagte er und stupste mich aufmunternd an. »Heute Nacht taucht schon mal eine Gruppe nach oben und besorgt längere Kabel und UV-Lampen. Dann sind wir sofort einsatzbereit, wenn wir einen Anschluss gefunden haben, okay?«

Ich nickte und hoffte, dass er mit seinem Optimismus recht behielt. Orinoko hatte nun seit fast drei Wochen nichts gegessen, und wer wusste, ob er in der Zeit vorher, als er allein durch die Kanalisation getrieben war, irgendetwas zu sich genommen hatte. Dazu kam, dass sich sein Gesamtzustand immer weiter verschlechterte. Seit dem gestrigen Tag waren auch seine Nasenlöcher und der Mundraum gerötet. Natürlich konnten das noch Folgen des dreckigen Kanalwassers sein, aber es konnte eben auch an einem Mangel an Sonne und Futter liegen. Vielleicht war es auch alles zusammen.

In den kommenden Tagen teilten wir uns in kleine Gruppen auf, um Kabelrollen und UV-Lampen zu besorgen und gleichzeitig die Stromsuche in alle Richtungen auszudehnen. Doch egal wie weit wir rannten – es schien in der ganzen Kanalisation keine verdammte Leitung zu geben, die wir anzapfen konnten. Das einzige Kabel, das wir mehrere Kilometer entfernt fanden, diente der Bedienung eines Schleusentors. Aber wie sollten wir eine so lange Stecke bis zum Lager überbrücken? Außerdem wurden die Schleusen regelmäßig gewartet. Früher oder später würden die Kanalarbeiter unseren Anschluss entdecken, dann müssten sie nur noch dem Kabel folgen, und schon hätten sie uns gefunden. Leichter konnten wir Richter und seine Leute gar nicht zu uns führen!

Ich war verzweifelt. Wir hatten eine weitere Woche verschwendet und waren kein Stück weitergekommen. Orinoko rührte sich kaum noch. Langsam bekam ich Angst, dass sein kleiner Körper so großen Schaden nehmen würde, dass ihm dann auch kein Licht und keine Medikamente mehr helfen könnten. Es musste etwas geschehen. Und zwar sofort, sonst war es zu spät.

Am Abend berief Anna eine Besprechung ein. Alle sollten noch einmal überlegen, was wir unternehmen könnten.

»Und wenn du immer ganz früh morgens mit Orinoko auftauchst und eine Weile oben in der Sonne bleibst?«, fragte Linus.

»Wie soll er denn tagsüber an der Oberfläche mit einem Krokodil herumlaufen?!«, entgegnete Tom. »Das fällt doch sofort auf.«

»Ein paar Stunden würden sowieso nicht reichen«, antwortete ich müde.

»Dann bleibt nur noch das Dynamorad«, stellte Anna fest.

»Okay«, sagte Kara leise. »Aber ich kann nichts versprechen. Mit diesen UV-Röhren kenne ich mich nicht aus. Ich hab nur gehört, dass die ziemlich empfindlich sind und eine absolut gleichbleibende Spannung benötigen.«

»Det er fandme noget lort! Das kriegst du schon hin«, ermutigte Vanessa sie. »Und ein bisschen Strampeln tut uns bestimmt allen gut.«

Die Zwillinge schleppten das Rad ans Krokodilgehege, und Kara legte sofort los. Sie werkelte die ganze Nacht. Erst als wir anderen am nächsten Morgen wieder aufstanden, war sie mit ihren Umbauarbeiten fertig. Es gab jetzt kaum noch eine Stelle an den Felgen, die nicht von einem Dynamo belegt war. Bewundernd standen wir um das Kunstwerk.

»Ich habe einen Wechselrichter eingebaut. Hoffen wir, dass es funktioniert«, murmelte Kara erschöpft.

»Wer will anfangen?«, fragte Leo.

Ole hob die Hand. Er schwang sich auf den Sattel und trat langsam los. »Puh, ist das anstrengend!«, stöhnte er mit rotem Kopf. Es dauerte eine Weile, bis er das Rad in Schwung gebracht hatte – aber dann flackerte die Lampe auf, und bläuliches UV-Licht erfüllte den Raum. Ole trat mächtig in die Pedale. Wir wollten gerade in Jubel ausbrechen, da machte es *peng!*, und die Lampe brannte durch.

»Das war zu schnell«, seufzte Kara und wechselte mit müden, zittrigen Händen die Glasröhre aus. »Du musst langsamer und vor allen Dingen gleichmäßig treten«, mahnte sie.

Ole nickte und strampelte wieder los. Erst ganz langsam und dann behutsam immer schneller, bis er eine gute, gleichmäßige Geschwindigkeit erreicht hatte. Ich legte Orinoko auf eine Kiste, damit er so viel wie möglich von den Lichtstrahlen empfing. Wir durften nichts verschenken.

Nach zwanzig Minuten bat Ole keuchend um Ablösung. Ich schluckte. Wenn selbst er, der Stärkste von uns, nicht länger durchhielt – wie sollten wir dann jemals rund um die Uhr das Rad in Bewegung halten?
Meine Befürchtung bestätigte sich: Tom hielt eine Viertelstunde durch, Anna konnte nach zehn Minuten nicht mehr, und Jakob bekam das Rad überhaupt nicht in Gang. Als Vanessa übernahm und mit ihren dünnen Beinchen im Stehen unrhythmisch in die Pedale sprang, machte es wieder *peng*.
Jetzt hatten wir nur noch eine einzige Birne. Das Risiko war zu groß, um es irgendjemand anders zu überlassen. Ich setzte mich selbst auf das Dynamorad. Im ersten Moment dachte ich, die Pedale würden blockieren, so stark war der Widerstand. Aber dann kam ich langsam in Schwung. Ich schloss die Augen, um mich ganz auf einen gleichmäßigen Tritt zu konzentrieren. Ich musste unbedingt genau dieses Tempo halten – nicht zu schnell, nicht zu langsam und vor allen Dingen nicht ruckartig. Bald brannten meine Oberschenkel vor Anstrengung. Es fühlte sich an, als würde ich auf einem alten Klapprad die Alpen überqueren oder einen Anhänger mit zwanzig Kindern im Schlepptau ziehen.
Genau achtzehn Minuten verschaffte ich Orinoko das rettende UV-Licht. Dann machte es ein drittes Mal *peng*.
»Nde' era zori!«, fluchte Vanessa. »Das war die letzte Birne!«
Wir waren mit unserem Latein am Ende.

Von Gemeinschaftshaltung verschiedener Krokodilier-Arten in einem Terrarium ist man abgekommen. Schon bei einer größeren Gruppe einer einzigen Art können in Gefangenschaft Probleme entstehen. Grundsätzlich gilt: Je älter die Tiere, desto größer die Rivalität. Natürlich berichten erfahrene Terraristiker auch von erfolgreichen Ausnahmen.

21. Unter Wölfen

Als ich Orinoko von der Kiste hob und zurück in sein Gehege setzte, schaute er mich aus glasigen, leeren Augen an. Er gab nicht mal ein Geräusch von sich, als ich ihn an seiner Lieblingsstelle unterm Kinn kraulte. Betreten standen die anderen um uns herum. Keiner sagte ein Wort. Nach einer Weile legte mir Anna kurz die Hand auf die Schulter, seufzte und ging zum Feuer. Die Zwillinge zuckten unbeholfen mit den Armen und folgten ihr.

»Aber man muss doch irgendetwas machen können! Es muss doch irgendein Mittel geben! Das kann …«

»Pscht!«, bremste Linus Jakobs aufgeregten Redeschwall und zog ihn in Richtung Küche. »Wir machen mal für alle Kakao.«

Leo verschwand mit nachdenklich gesenktem Kopf ins Büro, und Vanessa und Elektra brachten Kara ins Bett, die

an die Wand gelehnt eingenickt war. Ich blieb allein am Krokodilgehege zurück. Den ganzen restlichen Tag rührte ich mich nicht von Orinokos Seite, grübelte und zermarterte mir den Kopf, doch ich fand keine Lösung.
Am nächsten Morgen sah ich sofort nach dem Aufstehen wieder nach Orinoko. Er lag völlig bewegungslos auf den Steinen. Ich schnipste mit den Fingern und fuchtelte wild mit der Hand vor seiner Schnauze herum, doch er zeigte keine Reaktion. Mir stockte der Atem. Er war über Nacht doch nicht etwa ...?! Gerade wollte ich aufschreien, als Orinoko mit den Augen zwinkerte. Erleichtert sackte ich zusammen. Sein Herz schlug noch. Noch lebte er. Aber ich wusste, dass ich nicht mehr länger warten konnte.
Ich atmete einmal tief durch, sammelte mich und ging zu Leo ins Büro.
»Es geht nicht mehr!«, platzte ich heraus, noch bevor ich ganz durch die Tücher getreten war.
Leo, der über der Kanalkarte brütete und eine neue Route ausarbeitete, drehte sich um und sah mich verwirrt an. »Wie meinst du das?«
»Orinoko kann hier nicht leben. Ohne Sonne oder UV-Licht stirbt er.«
»Wir werden eine Lösung finden«, versuchte Leo mich wieder zu beschwichtigen.
»Wie? Und wann?!«, fuhr ich ihn an. »Er braucht jetzt Licht, sofort!«
Leo hob ratlos die Arme. »Was willst du?«
Ich biss mir auf die Lippen und ballte verzweifelt die Fäuste. »Das ist doch klar! Außerdem *will* ich nicht – ich *muss*!«

Leo sah mich fassungslos an. Er wirkte noch blasser als sonst und seine Augen noch schwärzer. Seine Miene war wie versteinert. Nur sein linker Mundwinkel zuckte. Nach einem unerträglich langen Moment wandte er sich wieder der Karte zu und sagte mit einer fremden, kalten Stimme:
»Niemand verlässt die Kanalbande.«
»Ich weiß«, versuchte ich einzulenken. »Aber es geht um Leben und Tod.«
»Zu keiner Zeit und unter keinen Umständen«, beharrte er kühl.
»Willst du, dass Orinoko stirbt?!«, fauchte ich.
»Ich will nicht, dass uns jemand verrät und unsere Familie auseinanderbricht.«
»Das will ich doch auch nicht!«, schrie ich aufgebracht. »Glaubst du etwa, ich würde euch verpetzen? Denkst du so von mir?«
Leo blitzte mich mit seinen dunklen Augen scharf an. »Als ob du da oben die Wahl hättest! Sie werden dich weichklopfen, mürbe machen. Tag und Nacht werden sie dich bearbeiten, und irgendwann knickst du ein und verrätst uns. Weißt du, was sie dann mit uns tun?! Sie schleppen uns an Orte, wo wir auch nichts anderes können als sterben.«
»Du spinnst«, schnaubte ich. »Du willst uns nur Angst machen. Nicht alle Erwachsenen sind schlecht. Mein Vater …«
Leo zog verächtlich einen Mundwinkel hoch und unterbrach mich scharf: »Dein Vater hat sich einen Dreck für dich interessiert, als diese Opernzicke auftauchte. Ohne mit der Wimper zu zucken, hat er dein tolles Terrarienzimmer geräumt und dir nicht mal eine Träne nachgeweint.«

»Mein Vater hat mich gesucht. Das weiß ich jetzt«, entgegnete ich wütend und zerrte den Fetzen des Suchplakats aus der Hosentasche. Ich hielt ihn Leo direkt unter die Nase. »Hier!«

Leo zuckte zurück und starrte auf das Papier. Es dauerte einen Moment, bis er sich gefangen hatte, dann stellte er eisig fest: »Das beweist gar nichts. Es bleibt dabei. Niemand verlässt die Bande.«

Ohne mich noch eines weiteren Blickes zu würdigen, stand er auf und verließ das Büro.

Draußen, hinter den Tüchern, war es ganz still geworden. Niedergeschlagen ließ ich mich auf einen Stuhl fallen. Was sollte ich bloß tun? Ich wollte niemanden verraten. Aber noch weniger wollte ich, dass Orinoko starb! Ich hatte auf Leos Verständnis gehofft. Wenn ich ehrlich war, war ich sogar fest davon ausgegangen, dass er mir helfen würde, nach oben zu kommen. Bisher hatte er doch auch immer alles getan, um Orinokos Leben zu retten.

Als ich wenig später die Vorhänge auseinanderschob und zurück ins Gewölbe trat, herrschte eine merkwürdig gedrückte Stimmung. Anna sah mich ratlos und traurig an. Jakob schaute ängstlich zwischen Leo und mir hin und her und wusste offensichtlich nicht, wie er sich verhalten sollte. Linus rührte mechanisch in seinen Töpfen. Ich meinte sogar Tränen in seinen Augen zu sehen. Kara versteckte sich hinter ihren Locken, und die Zwillinge beäugten mich misstrauisch und tuschelten.

Ich stand unschlüssig im Raum. Ich hatte keine Ahnung, was ich sagen oder tun sollte. Da fasste mich Elektra am

Arm und zog mich zum Krokodilgehege. »Komm, wir müssen das Wasserbassin reinigen.«
Als wir zwischen den Erdhügeln hockten und Blätter und Laub aus dem Wasser klaubten, flüsterte sie: »Und jetzt?«
Ich wischte mir ratlos übers Gesicht. »Ich weiß es nicht. Ich kann doch nicht rumsitzen und zugucken, wie Orinoko zugrunde geht?!«
»Natürlich nicht!« Elektra boxte mir in die Seite. »Also, wenn du mich fragst: Leo hat uns gar nichts zu sagen. Wir gehen einfach.«
Ich schaute sie überrascht an. »Wir?«
Elektra guckte nicht minder verblüfft. »Was dachtest du denn?!«
Ich zuckte unsicher mit den Schultern.
»Also, für mich gibt es keinen Grund mehr, von zu Hause abzuhauen«, erklärte sie. »Oder siehst du einen?«
Ich schüttelte den Kopf. »Nein.«
»Na also, dann lass uns gehen.«
Ich sah sie verzweifelt an. Ich konnte nicht einfach gehen. Ich hatte einen Schwur geleistet. Außerdem hatte die Kanalbande Orinoko und mich gerettet. Da machte man sich nicht mal eben aus dem Staub. Die Kanalbande war meine zweite Familie. Alle, selbst die Zwillinge, waren die besten Freunde geworden, die ich je gehabt hatte. Ich wollte nicht, dass sie schlecht von mir dachten.
»Am besten rede ich noch einmal mit Leo«, sagte ich.
Elektra sah mich verständnislos an. »Und was, glaubst du, wirst du damit erreichen?«
»Wir sind Freunde. Wenn er erst einmal nachgedacht hat,

dann ... dann wird er nachempfinden können, wie ich fühle. Er wird mich verstehen.«

Elektra zog eine Augenbraue hoch und machte ihr überlegenes, spöttisches Gesicht. »Das glaubst du doch selbst nicht.«

»Du bist vielleicht so eiskalt«, fuhr ich sie an, »aber ich nicht! Ich kann die Bande nicht einfach im Stich lassen!«

»Mach, was du willst«, antwortete sie und stand auf. »Aber ich verstehe nicht, wie du so leichtfertig Orinokos Leben riskieren kannst.«

Die nächsten Stunden zogen sich wie Kaugummi. Hundert Mal legte ich mir neue Sätze zurecht, mit denen ich Leo überzeugen und beruhigen konnte. Ich suchte Argumente, um sein Vertrauen zu gewinnen, und je länger ich darüber nachdachte, desto sicherer war ich: Er würde seine Meinung ändern. Ich müsste nur noch einmal in Ruhe mit ihm reden, ohne dass uns irgendjemand belauschte oder ihn beeinflusste.

Am Nachmittag ergab sich endlich eine Gelegenheit. Die ganze Bande hockte im rechten Seitenflügel, um das Dynamofahrrad wieder in den Ursprungszustand zurückzubauen. Nur Leo arbeitete allein im Büro. Ohne dass es jemand bemerkte, huschte ich durch den Schlafflügel und schlüpfte leise zwischen den Tüchern hindurch. Leo saß wie immer über die Kanalkarte gebeugt. Doch das große Stück Papier lag ganz im Dunkeln. Nur eine einzige magere Kerze flackerte in der hinteren Ecke des Büros. Bei dem Licht konnte er gar nicht arbeiten. Er dachte nach – und das machte mir Mut.

»Leo?«, fragte ich zaghaft.
Er antwortete nicht.
»Leo! Du darfst nicht glauben, dass ich dich oder die anderen verraten will. Du bist mir genauso wichtig wie zuvor. Ihr werdet immer meine Familie bleiben – egal wo ich bin und was ich mache. Der Schwur gilt. Ich kann hier nur nicht rumsitzen und zugucken, wie Orinoko langsam stirbt. Es ist *für* ihn und nicht *gegen* dich oder die anderen. Ich möchte dich nicht verletzen.«
Leo starrte weiter auf die dunkle Karte. »*Du* kannst mich gar nicht verletzen.«
»Leo … wir sind doch Freunde …«
»Ganz andere haben versucht, mich zu verletzen«, fiel er mir ins Wort. »Und damit das klar ist: Niemand macht das hier kaputt. Niemals zerstört irgendjemand die Kanalbande.« Er fuhr herum und fixierte mich aus seinen dunklen Augen. »Eher würde ich mich den Wasserfall runterstürzen.«
Ich starrte ihn erschreckt an. All die Zuneigung, die ich bis zu diesem Moment immer in seinem Blick gefunden hatte, war wie weggewischt. Als hätte unsere Freundschaft nie existiert. Als ob es nur ein Dafür oder Dagegen gäbe, als ob ich mich zwischen dem Schutz der Bande und Orinokos Leben entscheiden müsste. Als ob das eine das andere ausschließen würde!
»Leo …«, startete ich einen verzweifelten letzten Versuch und machte einen Schritt auf ihn zu. Doch gerade als ich seine Schulter berühren wollte, zuckte er zurück und knurrte mich an: »Mach, dass du hier rauskommst, und sprich mich nie wieder an!«

Ich verließ das Büro, räumte meine Luftmatratze aus dem Schlafgewölbe und legte sie neben das Krokodilgehege. Ich konnte Leos Feindseligkeit nicht ertragen. Außerdem war ich jetzt fest entschlossen, zu gehen. Leo hatte es mir leicht gemacht. Seine blöden Prinzipien waren ihm wichtiger als ein Krokodilleben. Ich brauchte kein schlechtes Gewissen zu haben. Er schien schließlich auch keins zu haben. Ich war so aufgewühlt, dass ich mich nicht einmal darüber ärgerte, dass Elektra mal wieder recht behalten hatte.

»Wann?«, fragte sie nur, als ich ihr beim Rausreißen der abgestorbenen Pflanzen flüsternd meinen Entschluss mitteilte.
»Die Frage ist eher: Wie?«, entgegnete ich leise. »Wir beide allein kriegen doch nie einen schweren Gullydeckel hoch.«
»Vielleicht hilft uns einer von den anderen?«
Ich sah zur Feuerstelle. Leo lehnte teilnahmslos an der Wand, aber Ole und Tom redeten beschwörend auf die anderen Bandenmitglieder ein. Sie machten Stimmung gegen uns. Klar, nichts versetzte die Zwillinge mehr in Panik als ein möglicher Verrat der Bande, und nun malten sie in leuchtenden Farben aus, was alles passieren könnte, wenn sie uns gehen ließen.
Elektra war meinem Blick gefolgt. »Okay«, stellte sie ernüchtert fest. »Das können wir wohl vergessen. Weicheier!«
»Sie haben einen Eid geschworen«, versuchte ich das Verhalten der anderen zu entschuldigen.
»Na und?«, fragte Elektra verständnislos.
»Einen Eid bricht man nicht«, sagte ich leise.

Elektra verdrehte die Augen. »Willst du lieber hierbleiben und Orinoko sterben lassen?«

»Nein«, erwiderte ich. »Aber bedeutet es dir denn gar nichts, dass du dein Wort gegeben hast?«

Elektra zuckte mit den Schultern. »Nein. Ich finde eher, dass die Leute Worte viel zu wichtig nehmen.«

Ich mochte nicht, was sie da sagte, und auch nicht, wie sie es sagte.

Elektra schien mein Missfallen zu spüren, denn plötzlich packte sie mich an den Oberarmen und drehte mich so, dass sie mir fest in die Augen sehen konnte. »Jetzt hör mir mal gut zu, Paul Bach. Ich bin kein gleichgültiges, blödes Miststück!«

Ich machte mich los. »Das habe ich auch nicht gesagt.«

»Aber gedacht.«

Einen Moment rissen wir weiter schweigend Pflanzen aus.

»Weißt du, was alles für schlimme Dinge passiert sind, nur weil Menschen glaubten, sie müssten sich an irgendeinen verdammten Eid halten?«, fragte Elektra, die das anscheinend nicht auf sich sitzen lassen konnte. »Das kann auch ein ganz gemeiner Trick sein, um andere unter Druck zu setzen. Oder ein super Mittel, um sich vor unangenehmen Entscheidungen zu drücken.«

»Aber man kann seine Meinung auch nicht immer nach Lust und Laune ändern. Worauf soll man sich dann noch verlassen? Genau darum schwört man doch etwas.«

»Ja, das finde ich auch. Aber so ein Schwur darf doch nicht bedeuten, dass du dein Hirn ausschaltest.«

»Trotzdem …«

»Ich hatte mir geschworen, nie mehr mit einem neuen Freund meiner Mutter zusammenzuziehen«, fiel mir Elektra ins Wort. »Ich wollte keine neue Familie. Ich hatte es sogar bei Princess' Leben geschworen.«

»Oh«, sagte ich, denn mehr fiel mir dazu nicht ein.

»Das war okay, denn alle Männer nach meinem Vater waren Idioten. Die haben meine Mutter immer unglücklich gemacht. Aber dann war sie mit deinem Vater plötzlich wieder glücklich. Nicht nur ein bisschen verliebt, sondern wirklich glücklich, verstehst du?« Elektra sah mir in die Augen. »Da musste ich abwägen, was richtig und was falsch ist. Ich musste auf mein Gewissen hören und meinen Verstand einschalten. Denn nur die dürfen am Ende entscheiden. Nicht irgendein blöder Schwur.« Sie deutete mit dem Kinn zur Feuerstelle, wo die anderen saßen. »Sie alle da haben die Wahl: Sie können sich feige hinter ihrem Schwur verstecken oder mutig einem Freund helfen.«

Ich schwieg einen langen Moment. »Vielleicht sind sie einfach nicht so mutig und klug. So wie du«, sagte ich und schaute etwas verlegen zu Boden.

»Und das aus deinem Mund!«, flüsterte Elektra und grinste.

»Jedenfalls müssen wir hier wohl allein rauskommen«, sagte ich schnell, denn irgendwie wurde mir diese Harmonie nun doch etwas unheimlich.

Sie nickte. Da fiel mir etwas ein. »Der Notfalltreffpunkt! Man kann über die Kanäle unten an das Gitter bei den Wasserspielen am Rathaus kommen.«

»Und dann? Das Gitter ist doch fest eingebaut und lässt sich nicht öffnen.«

»Ja, aber wir können versuchen, durch Schreien oder Steinewerfen auf uns aufmerksam zu machen.«
»Puh!«, schnaufte Elektra. »Das ist echt riskant. Das Wasser rauscht da tierisch laut. Was machen wir, wenn uns keiner hört?«
Ich zuckte mit den Schultern.
»Andere Idee«, überlegte Elektra. »Wenn Leo ohne fremde Hilfe nach oben kommen kann, dann muss es einen Weg geben, den wir bislang noch nicht kennen.«
»Stimmt. Aber den wird er uns sicher nicht verra…« Ich unterbrach mich selbst und fasste mir an den Kopf. »Linus! Er muss diesen Weg nach draußen kennen. Leo hat ihn doch damals nach der Baumarktsache allein abgeholt.«
»Gut!«, zischte Elektra zwischen den Zähnen hervor, denn nun schlenderten die Zwillinge auffällig unauffällig heran. »Du redest mit Linus, und ich gucke mir noch einmal die Kanalnetzkarte an.«
Als ich aufstand und zu Linus in die Küche gehen wollte, trafen sich Leos und mein Blick. Undurchdringlich wie eine ägyptische Sphinx sah er mich an. Er musste geahnt haben, was wir vorhatten, denn ab dieser Sekunde wurde alles anders: Die Zwillinge folgten mir wie ein zweiter Schatten, und wenn ich auch nur in die Nähe von Linus kam, drängten sie sich dazwischen und verhinderten jedes Gespräch. Die Luke zum Wasserfall wurde nun rund um die Uhr von Leo, Ole oder Tom bewacht, und als Elektra in der Nacht heimlich auf die Kanalnetzkarte schauen wollte, war sie verschwunden.
Am nächsten Morgen fehlten, wie von Geisterhand besei-

tigt, alle Seile und Holzlatten für den Stern. Selbst wenn wir jetzt Unterstützer für eine Flucht gefunden hätten – es hätte uns nichts genützt. Wir hatten kein Gerät mehr, um einen Kanaldeckel zu öffnen.
Am selben Abend rief Leo alle zu einem Schattenspiel zusammen. Es handelte von einem Schakal, der in der Not von einem Rudel Wölfe aufgenommen wurde. Der Schakal lebte sich gut ein und wurde ein Mitglied der Wolfsfamilie – bis sich für ihn an anderer Stelle ein Vorteil bot. Da verriet er das treue Rudel an die blutrünstigen Hyänen. Das Rudel wurde zerstört, die Wölfe in alle Himmelsrichtungen vertrieben. Allein in der Wildnis, waren sie ihren Feinden schutzlos ausgeliefert. Wer nicht zu Tode gejagt wurde, verhungerte.
Als das Licht des Dynamofahrrads erlosch, war es totenstill im Gewölbe. Auch wenn es nur eine Tierfabel war, wusste jeder, dass *ich* mit dem gewissenlosen Schakal gemeint war. Unmissverständlich hatte Leo allen klargemacht, was er von mir dachte und welche Bedrohung er in mir sah – ohne mich auch nur ein Mal anzuschauen oder meinen Namen in den Mund zu nehmen.
Betreten bauten die anderen das Dynamorad ab. Ich saß allein auf meiner Matratze und fühlte mich genauso zurückgestoßen wie damals, als mein Vater hinter der Sicherheitskontrolle am Flughafen verschwunden war, um nach Amerika zu fliegen.
»Was für ein Arschloch!«, sagte Elektra und setzte sich zu mir.
»Warum tut er das?«, fragte ich verzweifelt.
»Wir haben keine Zeit, darüber nachzudenken«, flüsterte

Elektra. »Wir müssen hier so schnell wie möglich weg. Denn eins ist klar: Es wird eher schlimmer als besser.«
»Aber glaubst du, Linus sagt mir jetzt noch ein Wort?«
»Du musst es versuchen. Irgendwie. Und ich versuche, an Leos Geheimplan nach draußen zu kommen. Irgendwo muss er doch eine Zeichnung oder Wegbeschreibung versteckt haben.« Sie stand auf und zog mich hoch. »Los, beweg dich! Die Geschichte war total übertrieben, und die anderen sind doch auch nicht blöd.«

Tatsächlich ließen sich nicht alle Bandenmitglieder von Leos Schauermärchen beeinflussen. Im Gegenteil: Vanessa machte sich sogar lustig, indem sie knurrte und »Wuffwuff!« rief, wenn sich die Zwillinge näherten, um unsere Gespräche zu belauschen. Anna hielt sich, ganz anders als sonst, demonstrativ aus allem raus und zeigte so, dass sie nicht einverstanden war mit dem, was hier geschah.
Am meisten aber litt Linus. Er wusste natürlich, dass er die Information hatte, die Orinoko das Leben retten konnte, und war hin- und hergerissen zwischen seiner Loyalität gegenüber Leo und den Schuldgefühlen, mitverantwortlich für Orinokos Tod zu sein.
Mein kleiner Alligator lag fast nur noch mit starrem Blick bewegungslos auf den Steinen. Es brach mir fast das Herz. Er war immer so quicklebendig gewesen, beinahe übermütig – und nun war seine größte Kraftanstrengung ein Zwinkern mit den Augen!
Elektra und ich arbeiteten fieberhaft an einem Weg aus dem Labyrinth der Kanalisation. Wir versuchten, uns aus kleinen

Informationen, die wir trotz der scharfen Kontrolle durch die Zwillinge von den anderen herausbekommen konnten, eine Route zu basteln. Elektra durchstöberte jeden Winkel nach einem Geheimplan von Leo und wühlte sogar das Altpapier durch, um aus alten Codelisten etwas abzuleiten. Unterdessen behielt ich Linus im Auge und wartete auf einen geeigneten Moment, um ihn irgendwie allein abzupassen.
Nachts beobachteten Elektra und ich abwechselnd die Wachen an der Luke. Denn egal ob mit oder ohne Routenplan – erst einmal mussten wir an ihnen vorbei.
»Sie wickeln sich einen Faden um das Handgelenk, den sie mit dem Riegel verbinden«, hatte Elektra entdeckt.
»Dann können wir nicht mal unbemerkt rauskommen, wenn sie zwischendurch einschlafen«, stellte ich entmutigt fest.
»Aber manchmal gehen sie mit runter, wenn einer aufs Klo muss. Das müssen wir nutzen und sie dann auf der Brücke oder im Tunnel überraschen und überwältigen.«
Ich nickte. »Aber selbst wenn wir das schaffen, müssen wir noch irgendwie an die Oberfläche kommen, und bislang haben wir keine Ahnung, wie das gehen soll.«
Orinoko gab immer seltener Lebenszeichen von sich. Um ihm nicht zusätzlichen Stress zu bereiten, gab ich mir alle Mühe, eine gleichmäßig warme Temperatur in seinem Schwimmbecken zu halten. Fast stündlich goss ich Wasser nach. Als an einem Nachmittag das frische Wasser aus war und ich nach unten wollte, um einen Kanister zu füllen, stellte sich mir Ole in den Weg. »*Du* kommst hier nicht mehr raus. Neuer Beschluss.«
»Ich hole nur Wasser!«, fuhr ich ihn an. »Du bewachst mich

doch sowieso dabei. Außerdem: Meinst du, ich würde ohne Orinoko abhauen?!«

»Wer weiß, vielleicht versuchst du die Biege zu machen, um Verstärkung zu holen?«, argwöhnte Tom.

»Dann geh doch selbst«, sagte Elektra patzig, riss mir den Kanister aus der Hand und hielt ihn Tom hin.

»Das hättest du wohl gern, dass ich hier meinen Wachposten räume. Ihr wartet, bis die Zuständigen nach unten gehen und die Kanister wieder auffüllen.«

Da platzte Elektra der Kragen. Sie ging auf die Zwillinge los und brüllte: »Ihr blöden Idioten! Wir haben geschworen, dass wir die Bande nie verlassen und nie verraten – wir haben aber auch geschworen, dass jeder das tun darf, was er möchte, solange er die anderen nicht einengt, und dass sich niemand über einen anderen stellen darf! *Ihr* stellt euch aber über Paul und mich! *Ihr* engt uns in unserer Freiheit ein! *Ihr* brecht gerade euren Eid! Merkt ihr das gar nicht?!«

»Aber wir gefährden nicht die Bande, und das wollt ihr!«, knurrte Ole.

»Was für eine gequirlte Kacke!« Elektra stampfte vor Wut auf den Boden. »Wieso sollten wir euch verraten oder irgendjemandem zeigen, wo das Lager ist?!«

»Weil die euch dazu zwingen werden!«, warf Tom Elektra zornig an den Kopf.

»Wer sind denn bitte ›die‹?«, fragte Elektra. »Nicht alle Erwachsenen sind gleich. Pauls Vater würde ihn nicht knebeln und herauspressen, wo er war, und meine Mutter auch nicht. Die wären viel zu glücklich, dass wir endlich wieder zu Hause sind.«

Das saß. Bisher war es ein unausgesprochenes Gesetz, dass alle Eltern fies, gemein und verachtungswürdig waren und dass wir alle nichts mehr mit ihnen zu tun haben wollten. Einen Moment lang sagte keiner ein Wort.
»Stimmen wir doch ab. Dann kann jeder seine Meinung dazu sagen«, durchbrach Ole schließlich das Schweigen.
»Ja«, pflichtete Tom bei. »Wäre sowieso gut, wenn hier mal einige Flagge bekennen. Also los, kommt alle her!«
Es dauerte keine fünf Minuten, bis sich die komplette Bande versammelt hatte.
Ole verlor keine weitere Zeit. »Wer ist dafür, dass uns niemand verlässt?«, fragte er und hob selbst die Hand.
»Frag doch anders!«, fauchte Elektra. »Wer ist dafür, dass Orinoko stirbt?«
»Ich glaube, Paul und Elektra würden uns nicht verraten«, sagte Vanessa.
»Das können sie gar nicht durchhalten«, flüsterte Kara. »Sie wollen es bestimmt, aber die anderen sind immer stärker.«
»Gut, Kara ist auch dafür, dass niemand geht«, bestätigte Tom noch einmal. »Also sind wir drei. Wer noch?«
Leo hob die Hand. »Vier.«
Jakob drehte sich zu mir und sah mich traurig an. »Ich will nicht, dass du gehst. Ich will, dass du bei uns bleibst. Du wolltest mir so viel zeigen, und du hast versprochen, dass wir noch Floßfahrten machen ...«
»Das können wir doch trotzdem«, versuchte ich Jakob auf unsere Seite zu ziehen. »Ich verspreche es dir.«
Jakob sah zu Leo. Der hob nur die Augenbrauen und machte eine Geste, die so viel sagte wie: Du musst selbst wissen, was

du tust. Daraufhin drehte sich Jakob wieder zu mir, dann zu Leo. Schließlich schüttelte er den Kopf und streckte seinen Arm nach oben. Dabei liefen Tränen über seine Wangen.

»Fünf«, stellte Ole fest.

»Bei einer Enthaltung«, sagte Anna und fuhr sich müde übers Gesicht. »Ich weiß nicht, was richtig ist.«

Linus hob verzweifelt die Arme. »Wollen wir wirklich zugucken, wie Orinoko krepiert?«

»Es ist jetzt sowieso egal, was du sagst«, schloss Tom die Befragung. »Die Mehrheit ist dafür, dass Paul und Elektra bleiben müssen. Und das heißt, dass sie ab sofort das Gewölbe nicht mehr verlassen dürfen. Weder gemeinsam noch einzeln.«

Krokodilier haben phantastische Augen: In hellem Tageslicht verengen sich ihre Pupillen zu einem schmalen Spalt. Nachts in der Dunkelheit werden sie groß und nahezu rund, um so viel Licht wie möglich aufzunehmen. So verfügt das Krokodil in der Finsternis über eine Sehschärfe, die nahe an die einer Eule reicht.

22. Abschied

Die Stimmung im Quartier der Kanalbande war nun unerträglich. Kara sprach gar nicht mehr, Vanessa fluchte unaufhörlich, Anna und Jakob gerieten ständig in Streit, und Linus ließ aus lauter Verzweiflung die Kartoffeln anbrennen.

Das war wohl der Moment, in dem er es nicht mehr aushielt. Denn als er mir beim Mittagessen unter dem strengen Blick meiner Bewacher Senfsoße und Eier auf den Teller gefüllt hatte und ich mich schon abwandte, um einen Sitzplatz zu suchen, schüttete er Tom eine solche Riesenkelle auf den Teller, dass die heiße Soße über den Rand schwappte und seine Hände verbrannte. Tom schrie auf, wischte sich fluchend die Soße von den Fingern – und Linus nutzte die wenigen Sekunden seiner Unaufmerksamkeit, um mir »U-Bahn« zuzuraunen.

Tom hatte nichts von der geheimen Botschaft mitbekommen, und weil Linus sich tausendmal bei ihm entschuldigte, schien er auch nicht sicher, ob das Ganze nicht wirklich nur ein blöder Unfall gewesen war.
Ich nickte Linus stumm zu und setzte mich mit meinem Teller ans Feuer. Leo verließ also über die U-Bahn die Unterwelt. Natürlich! So musste er keinen Kanaldeckel anheben. Ich erinnerte mich an den Luftstrom, den ich damals in der Postbahn gespürt hatte, und an das ferne Rattern. Was hatte Anna noch gesagt? »An manchen Stellen gibt es Verbindungen ...« Ich war sicher: Das war der entscheidende Hinweis.

»Hat Anna die Verbindungen selbst gesehen, oder glaubt sie das nur?«, zischelte Elektra, als wir uns am Krokodilgehege zu einer geheimen Besprechung trafen.
»Keine Ahnung«, flüsterte ich und drückte Orinoko an meinen Bauch. Um ihn warm zu halten, steckte ich ihn mir nun so oft wie möglich unter den Pullover, auf die nackte Haut. »Aber wir müssen es riskieren. Jeder Tag, jede Stunde schon kann Orinokos Ende bedeuten.«
Elektra nickte. »Gut, dann heute Nacht. Leo hat Wache. Sobald irgendjemand aufs Klo muss oder er selbst nach unten geht, hauen wir ab, und dann machen wir kurzen Prozess«, sagte sie schnell, denn jetzt schoss schon wieder Ole heran, um unser Gespräch zu unterbinden.
Ich legte mich auf meine Luftmatratze und schloss die Arme fest um Orinokos Körper. Ich fühlte seinen ledrigen Leib, seinen dornigen Schwanz und seine gebogenen Beinchen

mit den langen kralligen Zehen, die sich in meine Haut gruben. Er lag so still, als wäre er ausgestopft.
Während ich so dalag und versuchte, ein wenig zu dösen, damit ich für die Flucht ausgeruht und fit war, wünschte ich mir, dass irgendein Wunder geschähe. Ja, ich wünschte mir sogar, dass die Kanalinspektion das Lager entdecken und die Bande nach oben bringen würde. Ich wollte keinen kurzen Prozess mit Leo machen – ganz egal, was Elektra darunter verstand und was er Orinoko und mir angetan hatte.
Ich kapierte einfach nicht, was in seinem Hirn vor sich ging. Wovor hatte Leo solche Angst? Was war in seinem Leben passiert, dass er uns so misstraute? Und woher kam dieser Hass auf alle Erwachsenen?
Irgendwann nickte ich über diese Gedanken ein. Als ich wieder aufwachte, waren die Kerzen heruntergebrannt, und nur noch etwas Glut glimmte im Eisenkorb. Alle schienen zu schlafen. Es war vollkommen still im Lager der Kanalbande. Die Schatten der alten Sessel sahen an der gewölbten Decke wie riesige Gebirge aus. Da fiel der letzte Holzscheit krachend in sich zusammen. Jetzt war es stockdunkel. Ich drückte Orinoko an mich und atmete seinen Geruch nach Moos und Teichwasser ein.
Plötzlich hörte ich nackte Füße über den Steinboden tappen. Ich kniff die Augen zusammen und versuchte in der Dunkelheit etwas auszumachen. Eine Gestalt löste sich zwischen den Säulen und schlich leise heran.
»Pscht!«, machte sie, und ich erkannte Elektra. Sie beugte sich dicht an mein Ohr und hauchte: »Los, komm, Beeilung! Leo ist unten. Und ich hab sie.«

»Du hast was?«, flüsterte ich verwirrt.
Sie legte einen Finger auf meinen Mund. »Die Geheimroute zur U-Bahn war im Futter von Leos Schlafsack versteckt. Das war der einzige Ort, wo ich noch nicht gesucht hatte.«
Jetzt war ich hellwach. Ich sprang auf, hängte mir die Grubenlampe um den Hals, wickelte Orinoko in eine Decke und hob ihn behutsam auf den Arm. »Ist er allein nach unten?«, fragte ich.
Elektra nickte. So leise wir konnten, schlichen wir zur Luke.
»Krpscht«, machte es da aus dem Schlafflügel. Ich zuckte zusammen und blieb wie versteinert stehen. »Krpscht.«
»Das ist nur Linus' Schnarchen«, flüsterte Elektra.
Ich huschte erleichtert auf Zehenspitzen weiter. Der Riegel der Luke hing herunter. Mit spitzen Fingern fasste Elektra das eiserne Türblatt und zog es langsam auf. Die Angeln quietschten. Ich betete, dass niemand wach wurde.
»Krpscht«, machte es wieder von den Schlafstätten, und irgendjemand wälzte sich unruhig hin und her. Das Quietschen wurde lauter. Elektra hielt abrupt inne und sah mich ratlos an. Wir konnten die Tür nicht weiter öffnen, wenn wir nicht riskieren wollten, alle zu wecken. Ich bedeutete Elektra mit Zeichensprache, dass wir uns durch den schmalen Spalt quetschen mussten. Vorsichtig nahm ich Orinoko von meinem Arm, um ihn als Ersten in den Gang zu schieben. Da kam Elektra wieder mit ihrem Mund an mein Ohr und zischelte, sodass es in meinen Ohren kitzelte: »Leo steht wahrscheinlich unten vor der Luke, oder er kommt uns im Gang entgegen. Wie auch immer, du darfst nicht zimperlich sein. Klar?«

Ich nickte. Trotz der Dunkelheit spürte ich, dass sie mich zweifelnd ansah. Nach einem kurzem Zögern schob sie mich beiseite und hauchte: »Besser, ich gehe vor.«
Mit dem Kopf zuerst schlängelte sie sich durch den Spalt und verschwand im Gang. Ich warf noch einen letzten Blick in das dunkle Gewölbe, dann schob ich Orinoko durch die Luke und zwängte mich hinterher.
Ganz vorsichtig und leise krochen wir den Gang hinunter. Ich traute mich kaum zu atmen und fand Elektra ungeheuer mutig. Jede Sekunde konnte sie mit Leo zusammenprallen. Vielleicht lauerte er nur einen Meter entfernt in der Finsternis?! Niemand konnte im Dunkeln besser sehen als er. Manchmal hatte ich schon geglaubt, er könnte Bewegungen erspüren, so wie eine Fledermaus.
Je weiter wir nun vorankamen, desto häufiger stoppte Elektra abrupt. Wir hielten uns mucksmäuschenstill und lauschten – doch wir hörten nur das Donnern des Wasserfalls. So laut, wie es war, musste die untere Luke geöffnet sein. Das bedeutete auch, dass Leo zwar nicht im Gang, aber sicher ganz in der Nähe war. Sonst hätte er die Tür nicht offen stehen lassen. Vielleicht lehnte er sogar direkt neben dem Eingang?
Ich spürte, wie die Steigung des Tunnels langsam abnahm und der Boden unter den niederdonnernden Wassermassen zu vibrieren begann.
Wir mussten das Ende des Gangs fast erreicht haben. Da drehte Elektra sich zu mir, streckte die Arme aus und tatschte mir mit den Händen im Gesicht herum. Während ich mich noch fragte, was sie da tat, hatte sie schon gefunden, was sie suchte: meine Grubenlampe. Sie zog mir die

Gummigurte über den Kopf und drückte eine Handfläche gegen meinen Brustkorb. Das verstand ich: Sie wollte, dass ich Abstand hielt.
Ich wartete fünf Sekunden, dann legte ich mir Orinoko über die Schulter, hielt ihn mit dem linken Arm fest und streckte den rechten aus, um zu ertasten, ob sich mir etwas in den Weg stellte. Was würde Leo tun, wenn wir aufeinanderträfen? Mein Herzschlag wummerte in meinen Ohren, und das Donnern des Wasserfalls war nun unerträglich laut. In der absoluten Dunkelheit, umgeben von dem tosenden Lärm, war ich ganz auf mich allein gestellt. Ich hatte keine Ahnung, ob Elektra die Brücke schon erreicht hatte. Ob sie mit Leo zusammengestoßen und wer als Sieger aus dieser Begegnung hervorgegangen war.
Vorsichtig tastete ich mich weiter voran, bis ich eine Kante erspürte. Ich hatte die untere Luke erreicht. Elektra war schon hinausgestiegen. Ungelenk drehte ich mich ein Mal um die eigene Achse und kletterte rückwärts hinaus, den Oberkörper schützend über Orinoko gebeugt.
Jetzt stand ich auf der Brücke. Nichts geschah. Ich schien ganz allein zu sein. Zaghaft machte ich zwei Schritte nach rechts – als mich jemand am Arm packte. Mit stockte der Atem, und beinahe hätte ich vor Schreck Orinoko fallen lassen, da schlug mir ein Haufen wilder Locken ins Gesicht. Elektra! Sie zog mich hinter sich her, weiter die Brücke unter dem Wasserfall entlang, in Richtung Postbahn.
Wir hatten fast das Ende der wackeligen Überführung erreicht, da spürte ich dumpfe Erschütterungen unter meinen Füßen. Jemand kam uns nachgerannt!

Elektra fuhr blitzschnell herum, und die Grubenlampe flammte auf. Im grellen Lichtstrahl sah ich, wie Leo geblendet die Hände vors Gesicht riss und aufschrie. Er war keine zwei Meter entfernt, doch er konnte rein gar nichts gegen uns tun, denn Elektra leuchtete ihm unerbittlich in die Augen.

»Lauf!«, brüllte sie mir zu, sprang im selben Moment vor und gab Leo einen Schubs, der ihn so unerwartet traf, dass er nach hinten fiel.

Orinoko fest umklammert, sprintete ich los. Am Ende der Brücke drehte ich mich noch einmal um und sah, dass Elektra mir rückwärtsgehend folgte. Dabei hielt sie Leo weiter mit dem Licht in Schach. Erst als sie den festen Steg erreicht hatte, ließ sie von ihm ab und rannte mir hinterher. Vor Anspannung zitternd wartete ich vor dem großen Zulauftunnel. Elektra hastete an mir vorbei. Bevor sie in den Tunnel tauchte, leuchtete sie noch einmal zurück.

Es war nur der Bruchteil einer Sekunde, den ich Leo im weißen Licht aufblitzen sah. Er hatte sich wieder aufgerappelt, lehnte am Geländer und machte keine Anstalten, uns zu folgen oder Alarm zu schlagen. Er schaute uns nur nach. In seinem Blick lag kein Hass, keine Härte mehr. Nur eine unendliche Enttäuschung, die mich schlimmer traf als all seine Anfeindungen zuvor. Doch bevor ich irgendwie reagieren konnte, riss Elektra den Lichtschein herum, packte mich am Arm und zog mich in den Zulauftunnel.

Eilig bewegten wir uns in nordwestlicher Richtung durch die große Röhre und folgten dann weiter Leos Plan: durch einen der kleinen eiförmigen Tunnel in einen großen Kanal und dann in einen mir völlig unbekannten Teil der Postbahn.

Nachdem wir fast eine Stunde durch den Schacht gewandert waren, wurde Elektra nervös. »Es soll hier irgendwo durch eine zweite Luke nach rechts gehen, aber ich sehe keine Luke. Meinst du, wir sind zu weit gelaufen?«

»Zeig mal«, sagte ich, hievte Orinoko über die Schulter und warf einen Blick auf die Liste. »2R – Luke«, las ich. »Stimmt, aber mir ist nicht mal eine erste aufgefallen.«

»Eben. Und wir sind schon ewig unterwegs. So lange kann das doch nicht dauern.« Elektra sah mich zweifelnd an. »Und wenn uns Leo eine Falle gestellt hat? Ich meine, vielleicht hat er mit Absicht eine falsche Route in seinen Schlafsack gelegt, damit wir uns hier unten verlaufen und irgendwo verhungern.«

Ich schüttelte den Kopf. »Das glaube ich nicht, das wäre geplanter Mord!« Trotzdem musste ich an Leos Blick denken und bekam eine Gänsehaut.

»Hoffen wir, dass du recht hast«, seufzte Elektra. »Lass uns noch ein Stück weitergehen. Aber wenn wir in der nächsten Viertelstunde keine Luke finden, dann drehen wir um.«

Wir stolperten noch eine ganze Weile über die sandverschütteten Schienen, den breiten staubigen Schacht entlang. Orinoko lag schwer und schlapp in meinen Armen.

Langsam begann auch ich an den Geheimcodes auf dem Zettel zu zweifeln, da spürte ich einen Lufthauch. »Die U-Bahn!«, rief ich. »Es kann nicht mehr weit sein! Gleich kommen die Luken, ganz bestimmt!«

Und so war es: Nach gut 400 Metern fanden wir in der rech-

ten Wand zwei dicht nebeneinanderliegende offene Luken. Wir duckten uns in den zweiten Durchgang und stiegen eine Schräge hinunter. Dann standen wir in einer riesigen, mit Schotter ausgelegten Röhre.
Elektra nahm die Lampe vom Kopf und leuchtete umher. An der Decke hingen Leitungen, und über den Boden liefen parallel zwei breite Gleise. Wir waren tatsächlich im U-Bahn-Netz gelandet.
»Hier endet Leos Plan. Wo gehen wir jetzt am besten lang?«, fragte Elektra.
»Mach mal die Lampe aus. Vielleicht sehen wir dann irgendein Licht von einer Station«, schlug ich vor.
In dem Moment quietschte es laut und schrill. Eine scharfe Windböe brauste uns um die Ohren, und ich konnte gerade noch »Weg hier!« schreien, da schoss eine U-Bahn um die Kurve. Ich riss Elektra in den Gang zurück. Nur eine Sekunde später donnerte ein bunter, mit Werbung bedruckter Zug an uns vorbei.
»Das war knapp!«, schrie Elektra gegen den Lärm. Dabei flatterten ihre Locken im Fahrtwind und verfingen sich zwischen meinen Zähnen.
»Bäh!«, spuckte ich aus.
»Was sagst du?!«, brüllte sie.
»Nichts!«, rief ich zurück.
Wir warteten noch etwas ab, bevor wir wieder in den dunklen U-Bahn-Tunnel traten. Ich meinte, ganz schwach von der linken Seite einen Lichtschein zu erkennen.
»Wir sollten da lang«, entschied ich.
»Und wenn noch mal eine Bahn kommt?!«

»Dann müssen wir uns beeilen!« Damit rannte ich los. Ich sprang über die dicken Schwellen und spürte, wie Orinokos Kopf leblos hin und her schleuderte. »Nur noch ein bisschen«, keuchte ich. »Das schaffst du. Das *musst* du schaffen!«

Bald wurde der Lichtschein stärker, und dann führte an der linken Seite der Röhre eine kleine Treppe zu einem Absatz, der einen guten Meter über den Gleisen lag. Wir stiegen hinauf und rannten weiter. Der Tunnel machte eine Kurve – und gleißend helles Neonlicht strahlte uns entgegen. Ich hielt die Hand vor die Augen und blinzelte zwischen den Fingern hindurch. Vor uns lag eine blau gekachelte, menschengefüllte U-Bahn-Station. Wir hatten es geschafft.

»Wie konnten wir Blödmänner nur die Skibrillen vergessen!«, schimpfte Elektra und kniff die Augen zusammen.

»Halte den Kopf gesenkt und guck auf den Boden. Dann ist es auszuhalten«, sagte ich und tastete mich an der Wand entlang, bis wir an eine kleine Pforte kamen, die den Steg von der eigentlichen Station trennte. Ich schaute mich kurz um. Als niemand hinsah, kletterten wir hinüber und mischten uns schnell unter die Wartenden auf dem Bahnsteig.

Obwohl wir nur mit Schlafanzügen bekleidet waren, die Hände vor die Augen hielten und ich ein längliches Paket im Arm trug, das in seiner Form an eine Waffe erinnerte, wir also wie zwei völlig Verrückte durch die Station stolperten, nahm niemand besonders Notiz von uns. Alle waren mit sich selbst beschäftigt, telefonierten, lasen Zeitung oder starrten teilnahmslos in der Gegend herum. Auf der Digitalanzeige über dem Bahnsteig sah ich, dass es 12.34 Uhr war.

Mittagszeit also. Wir waren wieder im Rhythmus der Welt über der Erde angelangt.

Ich hatte meine Arme um den eingewickelten Orinoko geschlungen und folgte Elektra, die uns den Weg in Richtung Ausgang bahnte. Gerade hatten wir den hohen Vorraum erreicht, aus dem zwei Rolltreppen und eine normale Treppe ins Erdgeschoss führten – da legte sich von hinten eine schwere Pranke auf meine Schulter.

Bei der Jagd machen sich die größeren Krokodilier die eingeübten Gewohnheiten ihrer Beutetiere geschickt zunutze. Sie beziehen beispielsweise Position an regelmäßig aufgesuchten Wasserstellen oder lauern tagelang unter Nestern und warten geduldig auf eine Unaufmerksamkeit ihrer Opfer.

23. Geschnappt

Kannst du mir mal sagen, wo ihr herkommt?«, fragte der Mann vom Sicherheitsdienst. Seine Hand wog tonnenschwer auf meiner Schulter.

Ich starrte ihn an und brachte kein Wort heraus.

»Los!«, schrie Elektra, packte meinen Arm und zerrte mich zur Treppe, aber da kamen uns schon zwei weitere Wachmänner entgegen. Einer sprach aufgeregt in sein Funkgerät. Ich presste Orinoko an mich und wollte zur anderen Stationsseite rennen – doch auch von dort eilten Wachmänner heran. Ehe wir's uns versahen, waren wir umringt von grauen Uniformen. Die Männer fragten nach unseren Namen, redeten auf uns ein, und dann rissen sie Elektra die Liste mit den Geheimcodes aus der Hand. Sie hatten nur auf uns gewartet. Sie hatten uns aufgelauert, so wie Leo es immer gesagt hatte. Jetzt nahmen sie uns in ihre Mitte und führten uns wie Schwerverbrecher hinauf ans Tageslicht.

Am Ausgang kamen uns schon Leute der Kanalinspektion mit ihren orangefarbenen Schutzanzügen entgegen. Ich sah noch, dass sie eine Karte des Kanalnetzes bei sich hatten, dann musste ich die Augen schließen. Die gleißende Sonne durchdrang grellrot meine Lider und brannte auf meinem Gesicht. Blind löste ich die Decke um Orinoko. Wenigstens er bekam endlich, was er brauchte.

Ich spürte, wie Elektra nach meiner Hand griff. Dann wurden wir in einen VW-Bus verfrachtet und in das Polizeipräsidium gefahren.

In einem kahlen, abgedunkelten Raum erwartete uns eine freundliche Frau. Sie stellte sich als leitende Beamtin der Sonderkommission »Kanalkinder« vor. »Eure Eltern sind informiert und auf dem Weg«, sagte sie und platzierte zwei Tassen wässrigen Kakao vor uns auf den Tisch.

Ein paar Sonnenstrahlen brachen unter dem Rand der heruntergelassenen Jalousie hindurch und malten ein leuchtendes Rechteck auf den Boden. Wortlos stand ich auf und legte Orinoko in den Lichtstreifen. Er starrte mich aus leeren Augen an. Für einen Moment gefror mir der Atem – doch dann sah ich, dass er schluckte. Er lebte noch. Gleich würde mein Vater hier sein, gleich konnte ich Orinoko unter eine UV-Lampe legen und den Tierarzt anrufen. Gleich. Er musste nur noch wenige Minuten durchhalten.

Die freundliche Beamtin trat ein paar Schritte näher. »Können wir deinem Krokodil irgendetwas Gutes tun?«

Ich schüttelte den Kopf und setzte mich wieder zu Elektra.

»Gut. Dürfte ich euch denn um etwas Hilfe bitten, bis eure Eltern hier sind?« Bevor wir antworten konnten, begann sie aus verschiedenen Akten Fotos zu ziehen und vor uns auf den Tisch zu legen. »Kennt ihr diese Kinder?«

Als Erstes sah ich Anna und Jakob, dann Vanessa und Linus.

»Nein«, log ich. »Alle nie gesehen.«

»Das wusstest du aber schnell. Willst du nicht erst einmal in Ruhe gucken?«

Elektra und ich schwiegen.

»Wie viele Erwachsene waren denn da unten bei euch?«

»Da waren keine Erwachsene!«, blaffte Elektra.

Ich warf ihr einen warnenden Blick zu. Zum Glück klopfte es in dem Moment, und ein Mann streckte kurz seinen Kopf zur Tür herein. Die freundliche Frau nickte und folgte ihm nach draußen auf den Gang.

»Kein Wort!«, schärfte ich Elektra ein. »Dann können wir uns auch nicht verplappern, okay?«

»Pscht!«, machte Elektra. »Hast du nie Krimis geguckt? Solche Räume werden doch immer abgehört.«

Ich sah mich alarmiert um, konnte aber nirgendwo ein Mikrofon entdecken. Trotzdem beugte ich mich sicherheitshalber zu ihrem Ohr und flüsterte: »Meinst du, die kriegen das mit dem Code raus und finden zum Lager?«

Elektra zuckte mit den Schultern. »Keine Ahnung. Sooo kompliziert ist Leos System auch wieder nicht.«

Da öffnete sich die Tür, und die Frau trat wieder herein. »Na, ist euch doch etwas zu den Fotos eingefallen?«

Ich schüttelte den Kopf.

Sie ließ sich auf den Stuhl auf der anderen Seite des Tisches fallen und seufzte. »Wir wissen, dass sich mehrere Kinder in der Kanalisation aufhalten. Seit dem Einbruch im Baumarkt wissen wir auch, dass ihr einen Weg gefunden habt, durch die U-Bahn-Station zu eurem Lager zu kommen. Wir haben die beiden Jungen auf den Überwachungskameras gesehen. Wir wissen außerdem, dass ihr dringend eine Autobatterie haben wollt. Früher oder später werden wir eure Freunde finden. Und das ist auch gut so. Die Kanalisation ist kein Ort zum Leben. Darum seid ihr doch jetzt auch hier, oder?«

Wir schauten stur auf die Tischplatte und antworteten nicht.

»All diese Kinder sind im Laufe der letzten zwei Jahre verschwunden«, fuhr die Frau unbeirrt fort. »Ich stehe in ständigem Kontakt mit ihren Eltern. Sie sind verzweifelt, sie machen sich Sorgen. Könntet ihr mir nicht wenigstens sagen, ob diese Kinder bei euch waren? Ob es ihnen gut geht?«

Elektra und ich schauten uns kurz an, aber hielten weiter die Lippen fest aufeinandergepresst.

In dem Moment drangen Rufe und schnelle Schritte vom Flur zu uns. Dann flog die Tür auf. Mein Vater stolperte auf mich zu, fiel auf die Knie und schlang seine Arme um mich. Er drückte mich so fest an sich, dass ich fast keine Luft mehr bekam. So als wollte er mich nie wieder loslassen. Ich legte meinen Kopf auf seine Schulter und schmiegte mich an ihn. Erleichtert atmete ich den vertrauten Geruch nach unserem Ökowaschpulver und Apfelshampoo ein. Nur noch ganz schwach drang das alberne Rasierwasser durch, wahrscheinlich ein Rest, der noch im Sakko hing.

Ich schloss die Augen. Die Schultern meines Vaters fühlten sich ungewohnt knochig an. Er war dünn geworden.

Und dann hörte ich einen trockenen Schluchzer. Mein Vater weinte. Ich hatte meinen Vater noch nie weinen gesehen. Nicht mal, wenn wir am Grab meiner Mutter standen.
Ich strich ihm über sein Haar und flüsterte: »Jetzt sind wir doch wieder zusammen. Du, Orinoko und ich.«
Er nickte stumm. Ich sah hinüber zu Elektra, die die Arme um den Hals ihrer Mutter geschlungen hatte. »Komm«, sagte ich und versuchte aufzustehen, denn irgendwie war mir doch mulmig zumute mit meinem weinenden Vater, hier vor all den Leuten. »Wir müssen Orinoko sofort unter ein UV-Licht legen. Er ist furchtbar schlapp und hat seit Wochen nichts gefressen. Außerdem ist seine Nase entzündet.«
Mein Vater hustete einmal kräftig, sagte: »Das machen wir«, und stand auf.
Dann mussten er und Katharina einige Formalitäten erledigen, und ein Arzt kam und wollte uns untersuchen. Ich schimpfte, dass nicht ich, sondern Orinoko dringend medizinische Hilfe brauchte. Erst als mein Vater versprach, sofort den Tierarzt zu verständigen, war ich bereit, mich ansehen zu lassen.
Der Arzt stellte einen allgemein guten Gesundheitszustand fest, wir sollten uns nur mal wieder richtig ausschlafen.
Das fand die nette Polizeibeamtin auch und verabredete mit unseren Eltern eine umfangreiche Befragung für den nächsten Morgen um 10 Uhr.
»Allerdings würde es uns sehr helfen, wenn ihr jetzt noch mal einen kurzen Blick auf die anderen Fotos werfen könntet …« Sie sah zu meinem Vater und Katharina. »Das wäre

wirklich sehr wichtig. Sie können sich vorstellen, wie es den anderen Eltern geht …«

Da stimmten die beiden natürlich sofort zu.

Diesmal sollten Elektra und ich getrennt befragt werden. Wahrscheinlich dachte sie, dass wir so eher klein beigeben würden. Ich warf Elektra einen beschwörenden Blick zu, bevor wir in unterschiedliche Befragungszimmer geführt wurden.

Die Polizeibeamtin zeigte mir Bilder von zwei Kindern, die ich noch nie gesehen hatte, dann ein Foto von Ole und eines von Tom.

»Den hatten Sie schon«, sagte mein Vater, der neben mir saß und mir über die Schulter schaute.

Nach zwei älteren Mädchen folgte ein Bild von Kara, und schließlich kam Leo. Mir schnürte sich der Hals zu. Denn das, was ich sah, war einfach zu furchtbar: Leos rechtes Auge war blau unterlaufen, über seine Lippe zog sich eine große Platzwunde, und seine Wangenknochen waren dick geschwollen. Sein Arm hing in einer Schlinge.

»Um Gottes willen!«, stieß mein Vater hervor.

»Wer hat das gemacht?«, fragte ich leise. »Wer hat ihm das angetan?«

Die Polizeibeamtin seufzte und schlug die Akte auf. »In der letzten Einrichtung, in der Leo Niemüller untergebracht wurde, ist er zusammengeschlagen worden. Wir haben nicht herausbekommen, von wem. Bei Leo ist leider alles schiefgegangen, was schiefgehen konnte. Seine Mutter starb bei der Geburt, der Vater ist unbekannt. Er wuchs bei seinen Großeltern auf, die sich rührend kümmerten, bis …«

»Hat sein Opa wirklich in Australien gelebt?«, unterbrach ich.
Die Polizeibeamtin zuckte mit den Schultern. »Wir wissen nur: Als Leo vier Jahre alt war, musste seine Großmutter in ein Pflegeheim. Sein Opa verstarb, als er sechs Jahre alt war. Leo kam in verschiedenen Pflegefamilien unter, lief aber immer wieder weg. Es begann eine Odyssee durch Heime, Wohngruppen ... Er wurde misshandelt, kam in geschlossene Einrichtungen ... und vor zwei Jahren verschwand er plötzlich.«
»Gibt es keine Onkel, Tanten oder andere Verwandte?«, fragte ich.
Die Polizeibeamtin schüttelte den Kopf. »Nein, er hat niemanden.«
Und da verstand ich: Leo besaß nicht mal eine Familie, in der er es nicht mehr aushalten konnte oder vor der er hätte weglaufen können. Er war ganz allein. Er hatte nur die Kanalbande.
»Leo war also bei euch?«, fragte die Polizeibeamtin.
Ich war zu schwach, um Widerstand zu leisten, und nickte.

Schweigend verließen wir den Besprechungsraum. Mein Vater trug Orinoko, ich folgte ihm mit etwas Abstand. Erst als wir die breite Steintreppe des Polizeipräsidiums hinuntergingen, konnte ich wieder einen klaren Gedanken fassen. Suchend schaute ich mich um. »Wo sind denn Elektra und Katharina?«, fragte ich.
Mein Vater blieb stehen. »Die beiden ziehen erst einmal wieder ins Hotel. Wir dachten, das wäre das Beste.«

»Nein!«, schrie ich. »Wieso das denn?«
Verblüfft sah mein Vater mich an. »Ihr habt die ganze Zeit kein Wort miteinander gesprochen. Wie zwei Eisblöcke habt ihr da nebeneinandergesessen.«
»Aber doch nicht, weil wir nicht miteinander reden, sondern weil wir mit *denen* nicht reden wollten. Ihr kapiert aber auch gar nichts!«
Mein Vater schüttelte verzweifelt den Kopf.
»Los, ruf sie an!«, schrie ich. »Ich will, dass sie sofort zurückkommen!«
Aber in dem Moment bremste schon ein Taxi. Elektra stieg schimpfend aus, rannte auf mich zu und legte mir einen Arm um die Schulter.
»Ich will nicht mehr allein sein«, sagte sie zu meinem Vater. »*Ihr* könnt ins Hotel ziehen, aber *wir* bleiben zusammen.«
Und dann fuhren wir nach Hause in unsere Wohnung, wo der Tierarzt schon im Treppenhaus wartete. Er nahm Orinoko Blut ab, untersuchte ihn ausgiebig und stellte neben Lichtmangel und einer zu niedrigen Körpertemperatur auch noch Anzeichen einer Vergiftung fest. Er bettete Orinoko unter eine spezielle UV-Lampe und versprach, spätestens am nächsten Mittag die Ergebnisse der Blutuntersuchung zu haben. Dann wüsste er, ob Orinoko eine Infektion hätte und mit welchem Medikament er ihn behandeln müsse. Von einer Zwangsernährung riet er uns erst einmal ab, denn das würde noch mehr Stress bedeuten. Wir sollten Geduld haben. Mehr konnten wir im Moment für meinen kleinen Alligator nicht tun.

Nachdem Orinoko versorgt war, setzten wir uns alle ins Wohnzimmer, und Elektra und ich erzählten, was passiert war. Natürlich nicht alles. Wir verrieten nichts Genaues über das Gewölbe oder das Versteck hinter dem Wasserfall. Wir sagten auch keine Namen, sondern nur »Jungen« und »Mädchen«, und wir ließen auch nicht durchblicken, wie viele wir waren. Das hatten wir versprochen, und das wollten wir auch halten.

Irgendwann – ich glaube, Elektra erzählte gerade vom Einbruch bei der Stadtentwässerung – stand ich auf und ging ins Bad. Ungläubig betrachtete ich das weiße Klobecken. Hier hatte alles begonnen. Unsere unglaubliche Reise in die Tiefen und Wirren der Kanalisation, unsere wilden und großartigen Abenteuer. Ich drückte den Spülknopf. Das Wasser rauschte unter dem Rand hervor, drehte sich in einem Strudel und verschwand. Dorthin, wo jetzt wahrscheinlich eine große Suche im Gang war.

Sicher hatten die Häscher längst die U-Bahn-Röhre und den Schacht der Postbahn hinter sich gelassen. Wenn sie nicht längst im Gewölbe waren, dann müssten sie zumindest bald den Wasserfall erreichen.

Da bekam ich Angst. Was, wenn Leo sich tatsächlich in die Tiefe stürzte? Ich schloss die Augen und hoffte inständig, dass die Kanalarbeiter das Lager nicht fanden. Auch wenn das für die anderen Eltern bitter war, weil sie dann ihre Kinder nicht wiedersahen. Aber Leo hatte keinen Ort, wo er hingehen konnte, und das machte mich unendlich traurig.

Ich wusch mir die Hände. Dabei fiel mir Elektras Bürste ins

Auge, über die ich mich immer so geärgert hatte. Zwischen den Borsten hingen immer noch rote Locken. Doch plötzlich konnte ich mir gar nicht mehr erklären, was ich daran so schlimm gefunden hatte. Auch die vielen Stöckelschuhe, die im Flur rumflogen, störten mich nicht sonderlich. Nur der Anblick des Marmortischs in der Küche versetzte mir immer noch einen kleinen Stich.

Ich ging zurück ins Wohnzimmer, stellte mich in den Türrahmen und sagte: »Ich glaube, wir brauchen einen neuen Küchentisch.«

»Es geht schon wieder los«, murmelte mein Vater.

»Wieso? Das finde ich auch«, sagte Elektra.

Katharina schaute erstaunt auf.

»Für Paul hat der Holztisch seiner Mutter eine besondere Bedeutung«, erklärte Elektra.

»Und Elektra hängt an dem Marmortisch, weil er sie an die Zeit mit ihrem Vater erinnert«, fuhr ich fort. »Darum brauchen wir einen neuen, neutralen Tisch, den wir gemeinsam aussuchen, und die beiden anderen Tische benutzen Elektra und ich als Schreibtische.«

»Wie wäre es mit einem ovalen Tisch – aus Glas? Oder halb Stein und halb Holz?«, schlug Elektra vor.

Katharina sah meinen Vater kopfschüttelnd an. »So einfach ist das?«

»Ihr habt ja nicht gefragt. Selbst schuld«, sagte Elektra und gähnte. »Aber jetzt möchte ich ins Bett. Es ist schließlich mitten in der Nacht.«

»Es ist kurz nach fünf am Nachmittag«, korrigierte Katharina.

»Bei euch«, sagte ich. »Aber es ist nicht immer alles so, wie ihr denkt.«

Obwohl ich zutiefst erschöpft war von all dem, was ich an diesem Tag erlebt hatte, wachte ich mitten in der Nacht auf und konnte nicht wieder einschlafen. Das lag nicht nur an dem anderen Tag-Nacht-Rhythmus, es lag auch an dem schrecklichen Bild von Leo. Sein geschundenes Gesicht und sein hoffnungsloser Blick hatten sich tief in mein Gedächtnis eingebrannt und ließen mir keine Ruhe. Ich stand auf und wanderte durch die dunkle Wohnung. Da sah ich in der Küche meinen Vater sitzen.

»Kannst du nicht schlafen?«, fragte er.

»Ich muss immerzu an Leo denken.«

»Ich auch«, sagte mein Vater.

Ich setzte mich an meinen alten Platz, gegenüber meinem Vater. »Weißt du, was er zu mir gesagt hat, als ich zurück nach Hause wollte? Er hat gesagt: Wenn die uns kriegen, dann bringen sie uns an einen Ort, wo man nur sterben kann. Ich habe ihm nicht geglaubt. Ich habe gedacht, er wolle mir nur Angst machen. Aber er hat die Wahrheit gesagt. Da, wo er war, da konnte er nicht leben.«

Mein Vater holte tief Luft und nickte.

»Wenn sie unser Lager finden und ausheben«, fuhr ich fort, »dann wird Leo sich nicht einfach fangen lassen. Er hat gesagt, dass er nie wieder oben leben und nie wieder bei Erwachsenen sein will. Lieber würde er sich umbringen.«

Einen Moment saßen wir schweigend beisammen. Schließlich fragte mein Vater: »Hast du nach Orinoko gesehen?«

Ich nickte. »Glaubst du, er wird es schaffen?«
»Wer einen Sturz ins Klo und eine Irrfahrt durch die Kanalisation überlebt hat, der wird auch das überleben«, antwortete mein Vater. Dann brachte er mich ins Bett und blieb an meinem Fußende sitzen, bis ich eingeschlafen war.

Krokodiljunge bleiben nach Möglichkeit eng im Familienverband zusammen. Wird ein Jungtier von der Gruppe getrennt oder verirrt sich, äußert es laute Hilferufe. Man hat bei Nilkrokodilen beobachtet, dass dann nicht nur die Mutter, sondern auch andere weibliche Tiere das Junge einsammeln und zurück in seine Kinderstube bringen.

24. Die Idee

Als mein Vater mich am nächsten Morgen weckte, war es schon spät. Die Zeit reichte gerade für eine Dusche und eine Tasse Kakao neben Orinokos Terrarium, dann mussten wir auch schon wieder ins Polizeipräsidium aufbrechen. Es lag eine merkwürdige gespannte Stimmung in der Luft. Als würde an diesem Tag noch etwas Ungeheuerliches passieren.

Katharina steuerte den Wagen über den geflickten Asphalt der Krummen Straße. Als wir in die große Hauptstraße bogen, klingelte plötzlich das Handy meines Vaters. Ich zuckte zusammen, denn dieses Geräusch war ich gar nicht mehr gewohnt. Es war der Tierarzt, der uns die Ergebnisse von Orinokos Blutuntersuchung mitteilen wollte.

Ich klammerte mich an die Kopfstütze des Beifahrersitzes und versuchte zu hören, was der Arzt sagte. Doch das

»Aha«, »Mmmh«, »Verstehe« meines Vaters übertönte alles.

Als er endlich fertig telefoniert hatte, drehte er sich nach hinten und sagte: »Es ist weniger dramatisch, als er gedacht hat. Mit dem entsprechenden Penicillin und UV-Licht werden wir Orinoko wieder auf die Beine bringen. Ihr seid gerade noch rechtzeitig gekommen.«

Ich ließ mich in den Sitz zurückfallen. Eine unendliche Last fiel von meinen Schultern. Gleichzeitig war ich mächtig stolz auf meine kleine Panzerechse. Orinoko war eben ein echter Alligator, der seiner starken, zähen Gattung alle Ehre machte.

Auch Elektra strahlte, und im Rückspiegel sah ich, wie Katharina meinen Vater glücklich anlächelte. Alle freuten sich unglaublich über diese Nachricht – aber das flirrende, beunruhigende Gefühl wollte trotzdem nicht verschwinden. Es waberte weiterhin durch die Luft, und ich war mir sicher: Gleich würde es sich in einer Art Gewitter entladen.

Es knallte zum ersten Mal kurze Zeit später, im grau gefliesten Flur des Polizeipräsidiums. Wir traten gerade in den langen, kahlen Gang zum Befragungszimmer, als hinter uns mit leisem Summen der Fahrstuhl hielt. Die Türen öffneten sich, ich warf einen kurzen Blick über die Schulter – und erstarrte: Sieben uniformierte Polizisten schoben Anna, Jakob, die Zwillinge, Kara, Vanessa und Linus hinaus. Die Mitglieder der Kanalbande trugen noch ihre Schlafanzüge oder Nachthemden, und ihre Augen waren mit schützenden schwarzen Stofftüchern verbunden. Meine Befürchtungen hatten sich bewahrheitet. Die Kanalinspektion hatte das Lager gefunden und ausgehoben.

Während sich die Fahrstuhltüren wieder schlossen, sah ich Elektra erschrocken an und flüsterte: »Wo ist Leo?«

Im selben Moment schaute die freundliche Polizeibeamtin aus ihrer Bürotür am anderen Ende des Gangs und rief: »Paul, Elektra? Mögt ihr bitte hierherkommen?«

»Verräter!«, schrie da Ole. »Wo sind sie?« Er riss sich die Augenbinde herunter und blinzelte mit schmerzverzerrtem Gesicht in das künstliche Licht. »Dort hinten!«, schrie er und stürzte in unsere Richtung.

»Hey, hey, hey!«, rief einer der Polizisten, packte Ole an den Schultern und zog ihn zurück.

»Lügner! Schweine!«, schrie Tom. »Wartet, bis wir euch in die Finger kriegen!«

»Wir haben euch nicht verraten!«, rief Elektra. »Die haben schon auf uns gewartet! Sie wussten, in welcher U-Bahn-Station wir auftauchen würden! Leo und Linus waren auf den Überwachungskameras, damals schon, nach der Baumarktsache!«

»Blödsinn!«, tobte Jakob. »Scheiß-Paul! Du hast geschworen, die Bande nie zu verraten! Du hast versprochen, dass du wiederkommst und mit mir Floß fährst! Du bist wirklich wie der Kojote in Leos Geschichte!«

»Das ist nicht wahr!«, verteidigte ich mich verzweifelt.

Nun kam auch die freundliche Polizeibeamtin herangeeilt und mischte sich ein: »Die beiden haben kein Wort gesagt. Leider. Genau deshalb musste ich sie ja heute noch einmal hier einbestellen.«

Tom hörte gar nicht hin. »Sobald ich einigermaßen ins Licht gucken kann, mache ich euch fertig!«, brüllte er.
Doch die Drohungen der Zwillinge interessierten mich nicht die Bohne. Das Einzige, was ich wissen wollte, war: Wo steckte Leo?!
»Was ist mit Leo passiert? Ist er okay?«, fragte ich die Polizeibeamtin angstvoll.
Sie legte mir die Hände auf die Schultern und führte mich den Gang hinunter. »Ich kann dir alles erklären.«
»Hat er sich etwas angetan?!« Ich konnte mich gar nicht beruhigen.
»Es geht ihm den Umständen entsprechend gut«, sagte sie und schob mich in den Besprechungsraum. Dort erzählte sie uns, dass die Kanalinspektion in das Gewölbe eingedrungen war, als alle noch schliefen. Sie hatten die Bande leicht überwinden können, nur Leo hätte sich wie ein Verrückter gewehrt. Er hatte um sich geschlagen und sogar einen der Kanalarbeiter verletzt. Vier Mann hatten sie gebraucht, um ihn zu bändigen.
»Er hat ein Beruhigungsmittel bekommen und liegt jetzt im Krankenhaus«, beendete die Polizistin ihren Bericht.
Elektra warf mir einen vielsagenden Blick zu. »Da wird er nicht lange bleiben.«
»Das haben sich die Kollegen auch gedacht.« Die Polizeibeamtin sah verständnissuchend zu meinem Vater. »Wir mussten ihn fixieren.«
»Was mussten sie?«, fragte ich.
»Das bedeutet, sie haben ihn ans Bett gefesselt«, erklärte mein Vater.

»Das ist das Schlimmste, was sie ihm antun können!«, rief ich.
Mein Vater drehte sich zu der Polizistin. »Wir würden Sie gern allein sprechen.«
Katharina wusste wohl, was er vorhatte, denn sie nickte uns auffordernd zu. »Könntet ihr eben draußen warten?«
Wir gingen hinaus auf den Flur. Es dauerte eine ganze Weile, bis Katharina und mein Vater wieder aus dem Besprechungsraum kamen. Die Polizeibeamtin schüttelte ihnen die Hand und bat Elektra und mich, die Befragung zu verschieben, weil sie erst einmal die anderen Eltern informieren müsse.
Bei Leo hat sie ja nicht viel zu tun, dachte ich bitter. Trotzdem taten mir auch die anderen leid. Was würde jetzt aus Anna und Jakob? Kara? Den Zwillingen? Und der arme Linus! Nun würde er wieder drangsaliert werden. Und Vanessa wäre auch wieder einsam und allein.
In Gedanken versunken folgte ich Elektra, Katharina und meinem Vater zum Ausgang. Als wir die breite graue Treppe vor dem Polizeipräsidium hinuntergingen, stupste mich Elektra in die Seite. »Die haben doch was«, sagte sie beunruhigt und deutete auf Katharina und meinen Vater.
Da fiel auch mir auf, dass die beiden seltsam still und in sich gekehrt wirkten. Am Fuße der Treppe blieben sie plötzlich mit ernsten Mienen stehen.
»Wir müssen etwas mit euch besprechen«, sagte Katharina in einem offiziellen Tonfall.
Sie führten uns in ein Eiscafé am Rathausplatz, nicht weit von den Wasserspielen, wo hinter einem Gitter der unter-

irdische Fluss ans Tageslicht springt. Es war lange her, dass ich Eis gegessen hatte. In der Kanalisation, ohne Strom und Kühlung, war so etwas ja unmöglich. Und so bestellte ich ein großes Spaghetti-Eis – auch wenn mir der Zusammenprall mit der Kanalbande und die Neuigkeiten zu Leo noch schwer in den Knochen steckten. Elektra entschied sich für einen Copacabana-Becher mit Früchten. Schweigend warteten wir, bis der Kellner die Eisbecher brachte.

Die Menschen an den Nachbartischen genossen die letzten sonnigen Herbsttage. Tauben flatterten über den gepflasterten Platz, und ein Straßenmusikant fiedelte den Titanic-Song. Um uns herum pulsierte das Leben, aber Katharina und mein Vater nippten nur abwesend an ihren Espressos.

»Also«, begann Katharina schließlich. »Wir haben darüber nachgedacht, was ihr gesagt habt, über den neutralen Tisch. Und wir finden, wir sollten noch einen Schritt weiter gehen.«

Elektra fasste nach meiner Hand und krallte sich ängstlich fest.

»Konstantin und ich denken, wir sollten uns eine neue, neutrale Wohnung suchen, in der wir alle gemeinsam von vorn anfangen können. Und die etwas größer ist.«

»Für ein Terrarienzimmer?«, fragte Elektra und ließ erleichtert meine Hand los.

»Wenn es der Platz hergibt, ja«, antwortete mein Vater zögernd.

»Wir ... wir dachten eher an ein drittes Kinderzimmer«, sagte Katharina.

»Oh Gott!«, schrie Elektra entsetzt. »Du bist schwanger?!«

Am Nachbartisch rissen die Leute die Köpfe herum.
»Was?! Nein ... nein!« Katharina fuhr sich nervös durchs Haar. »Wie kommst du denn darauf?«
»Ja, und warum dann ein drittes Kinderzimmer?«, fragte ich und stopfte mir vor Aufregung einen dicken Löffel Spaghetti-Eis in den Mund.
»Wir haben uns überlegt ... also ... wir dachten, wir nehmen Leo bei uns auf«, sagte mein Vater.
Mir blieb der Klumpen Eis im Hals stecken.
»Wo für einen Haufen Krokodile und zwei Kinder Platz ist, da passt auch noch ein drittes hin, oder?«, fügte Katharina hinzu.
Es dauerte einen Moment, bis das Gehörte durch meine Hirnwindungen gelaufen war und ich wirklich verstand. Leo sollte eine Familie bekommen. Eine richtige Familie, von der er nicht weglaufen musste. *Unsere* Familie!
Ich rannte um den Tisch und fiel meinem Vater um den Hals. Dann sah ich zu Katharina und drückte auch sie. »Du bist cool«, sagte ich, als ich sie wieder losließ.
»Ich weiß«, antwortete Katharina und zeigte das überlegene Elektra-Grinsen. »Und manchmal auch zickig.«
»Es gibt nur ein Problem«, warf Elektra nachdenklich in die Runde. »Leo muss damit einverstanden sein.«
Klar. Unsere ganze wunderbare Idee nützte nichts, wenn Leo sich nicht darauf einließ und uns kein Vertrauen schenkte. Darum wollte ich erst einmal allein mit ihm reden. Auf meine Bitte hin fuhren Katharina, Elektra und mein Vater mich ins Kinderkrankenhaus.
Leos Zimmer lag am Ende eines bunt gestrichenen Gangs.

Die orangefarbene Tür war weit geöffnet. In der Mitte des abgedunkelten Raums stand das Bett. Leos Hände steckten in weißen Schlingen, und über seinen Bauch war ein Gürtel gespannt, sodass er nur auf dem Rücken liegen und sich nicht einmal drehen konnte. Als ich in das Zimmer trat, hielt er den Kopf abgewendet und starrte zum Fenster, auf die heruntergelassenen Jalousien.

»Leo?«, fragte ich zaghaft.

Er warf den Kopf herum. Einen langen Moment schauten wir uns an. Ich glaube, um irgendwie herauszubekommen, was der andere dachte und wollte. Doch ich konnte nichts aus seinem Blick herauslesen. Er war so undurchdringlich wie immer.

Dann schaute Leo an mir vorbei zum Flur und gab mir mit dem Kinn einen Wink. »Mach die Tür zu, aber leise!«, befahl er im Flüsterton.

Lautlos zog ich die Tür ins Schloss.

»Wir haben euch nicht verraten, ehrlich«, versuchte ich einen Anfang. »Sie haben schon in der U-Bahn-Station gelauert. Sie wussten, dass da früher oder später jemand von uns rauskommt. Sie hatten Kameraaufnahmen.«

»Ich weiß«, sagte Leo ruhig und ohne jeden Vorwurf. »Sonst wären sie nicht so schnell da gewesen. Wie geht es Orinoko?«

»Er wird es schaffen. Er bekommt Medikamente und liegt unter einer UV-Lampe.« Ich stockte kurz. »Komm doch mit und guck ihn dir an.«

Leo antwortete nicht. Er hatte den Kopf so weit gehoben, wie es seine Fesseln zuließen, und beobachtete das Geschehen hinter dem Sichtfenster der Zimmertür. »Okay, die Luft

ist rein. Du kannst meine Fesseln lösen.« Er versuchte mir seine Hände entgegenzuhalten.
In meinem Kopf rotierte es. Mir war klar, dass wenn ich Leo befreite, kein Gespräch mehr möglich wäre. Er würde mir nicht zuhören. »Wo willst du denn hin?«, wich ich aus, um mir Zeit zu verschaffen.
»Nach unten, wo keine Erwachsene sind. Wo ich leben kann, ohne dass jemand auf mir herumtrampelt oder mich fesselt.«
Unschlüssig trat ich an sein Bett. »Die Frau von der Polizei hat gesagt, dass sie die Klappe zum Gewölbe zugeschweißt haben. Da kann man nicht mehr rein. Außerdem kennen sie das Versteck jetzt.«
»Ich werde schon was finden. Kannst du mir deine Jacke geben? Und vielleicht deine Schuhe?«
Ungeduldig streckte er mir seine Arme entgegen. Ich hatte nicht mehr viel Zeit. Wenn ich nicht gleich seine Fesseln löste, würde er sowieso nicht mehr mit mir sprechen. Und befreite ich ihn, wäre er weg, bevor ich ihm von unserer Idee hätte erzählen können. Auf dem Weg zum Krankenhaus hatte ich mir alle Worte zurechtgelegt, aber dabei hatte ich vergessen, dass Leo Leo war. Dass er seine Zeit nicht mit Klagen oder Vorwürfen verschwenden würde. Dass es ihn nicht interessierte, warum und weshalb ich so und nicht anders gehandelt hatte. Es gab nur eine Sache, um die seine Gedanken kreisten: wie er so schnell wie möglich wieder abtauchen und verschwinden konnte.
»Beeil dich!«, drängte er. »Die schauen hier alle fünf Minuten rein.«

»Du könntest mit zu uns kommen«, platzte ich heraus. »Dann würdest du zu meiner Familie gehören, und wir könnten immer zusammen sein. Mein Vater und Katharina sind einverstanden. Es war sogar ihr Vorschlag.«

Leo schaute nervös zur Tür. »Du meinst das bestimmt ehrlich, Paul, aber glaub mir: Am Ende stimmt das alles nie mit diesen Versprechungen. Da sind alle Erwachsenen gleich.«

»Aber dein Opa, der war doch anders«, widersprach ich.

»Mein Opa ist tot!«, fuhr er mich an und erschrak selbst darüber, wie laut er plötzlich geworden war. Er sah mich flehend an. »Bitte, mach mich los, bevor es zu spät ist.«

Ich trat noch einen Schritt näher heran. »Kannst du dir nicht vorstellen, dass es noch andere Erwachsene gibt, die sind wie dein Opa?«

Leo warf verächtlich den Kopf in den Nacken.

»Du könntest es doch ausprobieren«, fuhr ich fort. »Ich meine, weglaufen kannst du dann immer noch.«

»Paul, wenn du wirklich mein Freund bist, dann mach diese verdammten Schnallen auf!« Seine Stimme klang kläglich.

Das war furchtbarer als jeder Wutausbruch. Doch ich konnte nicht. Ich wollte nicht, dass er weglief.

Mit einem abfälligen Blick drehte Leo den Kopf weg. »Dann nicht.«

»Leo ...«

»Verpiss dich! Du musst auch kein schlechtes Gewissen haben. Du schuldest mir nichts. Wir sind quitt. *Ich* habe die Suchplakate abgerissen, damit du glaubst, dass niemand dich vermisst.«

»Das habe ich mir schon gedacht«, sagte ich. »Darum bist

du nachts vor unseren Ausflügen immer heimlich allein nach oben gegangen.«

Leo schaute mich perplex an. »Du wusstest das?«

»Stell dir vor«, antwortete ich.

Er drehte den Kopf wieder weg, aber diesmal nicht aus Sturheit oder Verachtung. Ich glaube, er war verunsichert. Und er wollte auf keinen Fall, dass ich das bemerkte. Vom Gang her hörte ich Schritte und das geschäftige Treiben der Krankenschwestern. Irgendwo wurde ein Bett hin und her geschoben, und draußen fuhr ein Rettungswagen mit Martinshorn vor.

»Weißt du, warum Krokodile 200 Millionen Jahre lang alles überlebt haben?«, fragte ich da.

Leo schwieg.

»Weil sie immer einen Weg gesucht haben, mit Veränderungen klarzukommen.«

Eine Weile sagte Leo nichts, aber dann flüsterte er kaum hörbar: »Das habe ich auch.«

»Ich weiß«, sagte ich und musste wieder an das furchtbare Foto denken.

Er atmete schwer ein und aus. »Ich habe echte Monster getroffen, Paul. Nicht solche wie deine Opernzicke. Meine Monster hatten Krallen und harte Fäuste. Mit denen kann man nicht klarkommen. Egal wie man sich bemüht, egal wie sehr man sich verbiegt.«

Ich musste schlucken, denn dagegen konnte ich nichts sagen. Ich wusste, dass Leo recht hatte. Einer allein konnte sich so viel Mühe geben, wie er wollte – wenn die anderen sich nicht bewegten, dann hatte er keine Chance.

Ich ging um das Bett herum, sodass Leo meinem Blick nicht mehr ausweichen konnte. »Aber auch wenn die anderen Erwachsenen Monster waren, darfst du nicht aufgeben. Du darfst nicht aufhören, es zu probieren.«

»Wie lang?«, fragte Leo, und seine Stimme klang unendlich müde. »Bis sie mich ganz kaputt gehauen haben?« Da sah ich zum ersten Mal Angst in seinen Augen. Nackte, panische Angst.

Ich legte meine Hand auf seine. »Diesmal wird es anders. Das verspreche ich dir. Bei Orinokos Leben.«

Und dann befreite ich ihn aus seinen Fesseln.

Krokodilier sind näher mit Vögeln verwandt als mit Echsen. Beide stammen ursprünglich von Thecodontiern ab. Sie zeigen nicht nur Gemeinsamkeiten im Körperbau wie den Muskelmagen und die vollständige Trennung der Herzkammern – auch ihr Verhalten stimmt teilweise überein. Beide bauen etwa Nester aus Pflanzenmaterial und zeigen eine gewissenhafte Brutpflege. So gehört manchmal zusammen, was man nie für möglich gehalten hätte.

25. Veränderungen

Seit meinem Kanalabenteuer ist viel passiert. Annas und Jakobs Eltern haben sich getrennt. Endlich, sagt Jakob. Er wohnt jetzt mit Anna und seinem Vater in der alten Wohnung. Ihre Mutter ist ins Nachbarhaus gezogen. Seitdem verstehen sich ihre Eltern viel besser, und einmal die Woche unternehmen sogar alle etwas gemeinsam. Ganz ohne Streit und ohne Bauchschmerzen.

Linus ist auch wieder zu Hause. Seine Eltern lassen ihn die meiste Zeit in Ruhe. Er hat ihnen klargemacht, dass eigentlich *sie* die Schwachen sind, nicht er. Dass er es, im Gegensatz zu ihnen, nicht nötig hat, ständig in Wettkämpfen und Turnieren zu beweisen, wie toll er ist. Weil er sich so, wie er ist, vollkommen in Ordnung findet, genau wie die anderen Mitglieder der Kanalbande auch. Das hat Linus' Eltern ziemlich beeindruckt. Sie haben ihn gefragt, wie er das schaffe, ganz ohne professionelles mentales Aufbautraining. Sein Vater überlegt sogar, ein Buch darüber zu schreiben. Einen Titel hat er schon: *Ganz weit vorn ohne Konkurrenzkampf*.

Ole und Tom haben auch eine Lösung gefunden: Sie bleiben zusammen in einer Wohnung wohnen, und ihre Eltern kommen abwechselnd. Ja, sie haben eine Kinderwohnung, und ihre Eltern müssen hin- und herziehen. Zwei Wochen wohnt ihre Mutter bei ihnen und die andere Hälfte des Monats ihr Vater. Die beiden dürfen sich ganz gerecht die Zeit mit ihren Kindern teilen.

Vanessa ist nur unter einer Bedingung wieder nach Hause zurückgekehrt: dass Kara mitkommen durfte. Sie hat das Zimmer bekommen, in dem früher die Au-pair-Mädchen wohnten. Vanessas Eltern nehmen sich tatsächlich mehr Zeit für ihre Tochter – und auch für Kara. Aber selbst wenn sie unterwegs sind, ist das für Vanessa kein Problem mehr, denn sie ist ja nicht allein.

Kara musste sich erst daran gewöhnen, dass sie sich nicht um Strom und Essen zu kümmern braucht und dass der Kühlschrank einfach von allein voll ist. Sie hat jetzt eine Spange in den Haaren, sodass man ihr Gesicht sehen kann. Ihre Mutter ist in einer Entzugsklinik. Einmal im Monat fährt Kara mit Vanessa dorthin und besucht sie.

Und bei uns? Wenn es abends Essen gibt – mal Frikadellen, mal Sushi –, sitzen wir alle friedlich um einen ovalen Tisch. Anschließend machen wir es uns im Wohnzimmer gemütlich: Elektra und Princess auf dem Sessel, Orinoko und ich auf dem Sofa, und Leo kuschelt sich am liebsten auf den dicken Wollteppich. Mit seinem neuem Haustier, einer Teddyratte.

Es ist nicht so, dass es nie Streit gibt. Manchmal ist Elektra eine blöde Zicke, und mindestens einmal die Woche treibt sie mich mit ihrem überlegenen Grinsen an den Rand des Wahnsinns. Katharinas Gesangsübungen nerven immer noch, und vor einer Premiere ist sie unerträglich. Mein Vater ist manchmal auch komisch, wenn er sich so umständlich wissenschaftlich ausdrückt. Und Leo kann sogar noch anstrengender sein! Wenn er einfach abhaut, niemandem Bescheid sagt und alle ihn suchen müssen. Oder wenn er nicht in die Schule gehen will.

Tja, und dann motzen regelmäßig alle, dass ich so unbeweglich sei mit meinen strengen Zeiten für meine Forschungsarbeit. Deshalb knallen bei uns zu Hause manchmal ganz schön die Türen. Aber in anderen Nächten schlafen Leo, Elektra und ich auch alle drei gemütlich zusammen in einem Zimmer, und Leo macht ein Schattentheater.

Die Kanalbande trifft sich mindestens alle zwei Wochen. Dann kocht Linus ein wunderbares Essen, und wir beraten über alles, was gerade anliegt. Wir achten aufeinander. Zu jeder Zeit und unter allen Umständen.

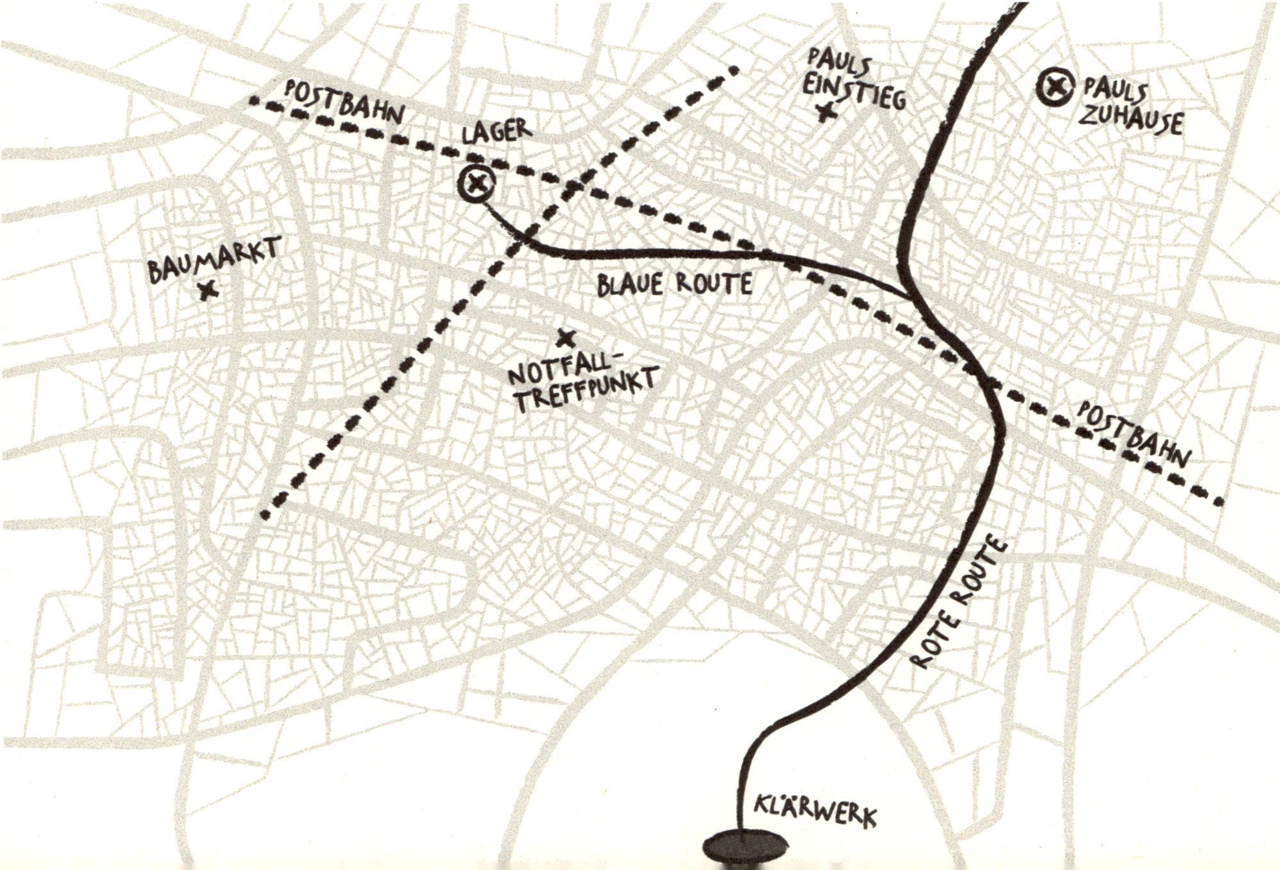
POSTBAHN
LAGER
PAULS EINSTIEG
PAULS ZUHAUSE
BAUMARKT
BLAUE ROUTE
NOTFALL-TREFFPUNKT
POSTBAHN
ROTE ROUTE
KLÄRWERK

Vanessas *Internationaler Katalog der Flüche*

Accipicchia! (italienisch)	Junge, Junge!
Andskotans! (isländisch)	Zum Teufel!
Benar-benar menjengkelkan! (indonesisch)	Ausdruck, wenn etwas total nervt
Bliksem donner! (africaans)	Verdammt noch mal!
Caca la vaca! (spanisch)	Kuhscheiße!
Cho de! (vietnamesisch)	Verdammter Hundesohn!
Cholera jasna! (polnisch)	Verdammt noch mal!
Chuffing Nora! (englisch)	Alter Schwede!
Cor blimey! (englisch)	Teufel noch mal!
Dao mei! (chinesisch)	Dumm gelaufen!/ Pech gehabt!
Det er fandme noget lort! (dänisch)	So eine verdammte Scheiße!
Dotekabocha! (japanisch)	Dicker, dummer Kürbis!
Duan zi jue shun! (chinesisch)	Ich wünsch dir eine Zukunft ohne Kinder!
Fan också! (schwedisch)	Teufel auch!
Farðu til helvítis! (isländisch)	Fahr zur Hölle!
For helvede! (dänisch)	Verdammt! (Zur Hölle!)
For pokker! (dänisch)	Verdammt!
För sjutton! (schwedisch)	Zum Kuckuck!
Himmel, Arsch und Zwirn! (deutsch)	
Hot verdom! (holländisch)	Verdammt noch mal!
Huan dan! (chinesisch)	Verdammter Mistkerl!

Jeepers Creepers! (amerikanisch)	Jesus Maria!
Jolki-palki! (russisch)	Verdammt!
Krauzdunnawedda no amoi! (bayrisch)	Donnerwetter noch mal!
Kreizsackelzement! (bayrisch)	Kreuzsackzement!
Lanet olsun! (türkisch)	Verflucht!
Maldito! (spanisch)	Verdammt!
Mon dieu! (französisch)	Mein Gott!
Na pari i eychi! (griechisch)	Verdammt!
Nde' era zori! (bolivianisch)	Da steckt doch der Wurm drin!
Pek! (türkisch)	Mist!/Pech gehabt!
Perbacco! (italienisch)	Verdammt!
Potverdikkeme! (niederländisch)	Zum Teufel noch mal!
Proklijatie! (russisch)	Verdammt noch mal!
Qu si ba! (chinesisch)	Fall tot um!
Ruddy hell! (englisch)	Hölle noch mal!
Sacramento! (spanisch)	Heiliger!
Saperlipopette! (französisch)	Sapperlot!
Sha gua! (chinesisch)	Idiot!
Sugar-Honey-Ice-Tea! (amerikanisch)	Die Anfangsbuchstaben ergeben das Wort »SHIT«, das so viel wie »Scheiße« bedeutet
Tro oi! (vietnamesisch)	Großer Gott!
Tschjort poberi! (russisch)	Verdammt!
Tuhan mara! (mandonesisch)	Himmelherrgott noch mal!
Verdammte Axt! (deutsch)	
Zehrimar! (aserbaidschanisch)	Verdammt!

Danksagung

Als ich begann, Pauls Geschichte zu schreiben, wusste ich zwar einiges über Krokodile und die Kanalisation, aber das reichte natürlich bei Weitem nicht aus, um dieses Buch zu schreiben. Einige Menschen haben mir besonders geholfen, und ihnen möchte ich danken:

Herrn Ingmar Arnold vom Verein Berliner Unterwelten (mit der spannenden Internetseite www.berliner-unterwelten.de).

Herrn Helmut Lemke von der Stadtentwässerung Hannover, der mir eindrucksvoll erklärt hat, wie die Kanalisation und ein Klärwerk funktioniert. (Ich werde ganz sicher nie wieder schlecht gewordene Suppe im Klo herunterspülen, ohne vorab alle Stückchen herauszusieben!)

Herrn Alexander Meurer von der Arbeitsgemeinschaft Krokodile der Deutschen Gesellschaft für Herpetologie und Terrarienkunde e.V. (www.kroko-treff.de/agkrokodile), den ich mit Fragen über Panzerechsen löchern durfte und der mich darüber aufklärte, wie kompliziert und schwierig die artgerechte Haltung dieser einzigartigen Raubtiere ist.

Danke an Greta und Vincent für ihre schonungslose Kritik, Danke an Udo – nicht nur dafür, dass er mit mir in die Wiener Kanalisation gestiegen ist – und ein Danke an meinen Erstleser Mathis Baltzer. Ebenfalls danken möchte ich Gerd Zietlow, der mich (immer noch) in die Kunst des Vorlesens einweiht.

Ich danke außerdem dem Oetinger Verlag und seinen Mitarbeitern für ihr Engagement und die Unterstützung beim Sammeln für Vanessas *Internationalen Katalog der Flüche*.

Ganz besonders möchte ich Carina Mathern danken, die mich auf dem Weg von der ersten Idee bis zum allerletzten Satz begleitet hat.